BASTEI
LÜBBE

JERRY COTTON IM
TASCHENBUCH-PROGRAMM:

31 529 Töte Miss America
31 530 Todeshochzeit in L. A.
31 531 Cotton, der Killer
31 532 Todesgruß an Jerry Cotton
31 533 Der Fluch des Inka
31 534 Mr. Nemesis
31 535 Liebesgrüße aus der Hölle
31 536 Ich liebte eine Mörderin
31 537 Jäger und Gejagte
31 538 Zehn Tage der Rache
31 539 Der Voodoo-Killer
31 540 Geliebte Mafia
31 541 Die Mörder-Villa von Long Island
31 542 Sumpf des Verbrechens
31 543 Mafia-Cops
31 544 Ein nasses Grab auf hoher See
31 545 Der Ripper von Brooklyn
31 546 Der Teufel von Maine
31 547 Der Diamanten-King
31 548 Bis der Tod euch scheidet
31 549 Baxters Töchter
31 550 Jagdzeit in Alaska
31 551 Lady Sensenmann
31 552 Geschäft ohne Gewissen
31 553 Mord ist nichts für Amateure
31 554 Meine Geisel: Jerry Cotton
31 555 Steckt den Teufel in den Knast!
31 556 Abkassiert und eingesargt
31 557 Blüten aus Haiti
31 558 Die Kinder von Harlem
31 559 Blutschwur der Yakuza
31 560 Phil Deckers Grab
31 561 Heiße Fracht für New York
31 562 Händler des Todes
31 563 Die Mafia lädt zum Sterben ein
31 564 Ich erschoss Mr High
31 565 Gespielin des Todes
31 566 Zwei Millionen für Zeeroohka
31 567 Die ohne Skrupel sind …
31 568 Den großen Boss betrügt man nicht
31 569 Ein Callgirl starb in meinen Armen

JERRY COTTON

Die Gangster-Festung

Kriminalroman

BASTEI
LÜBBE

BASTEI LÜBBE TASCHENBUCH
Band 31 570

1. Auflage: Dezember 2008

Vollständige Taschenbuchausgabe

Bastei Lübbe Taschenbücher
in der
Verlagsgruppe Lübbe

Originalausgabe

Lektorat: Peter Thannisch
Titelbild: defd
Umschlaggestaltung: Rainer Schäfer
Satz: Wildpanner, München
Druck und Verarbeitung:
Bercker Graphischer Betrieb
Printed in Germany
ISBN 978-3-404-31570-3

Kapitel 1

Krachend flog die Tür des Farmhauses auf. Zwei Männer schossen aus ihren Sesseln in die Höhe. Eine Blendgranate explodierte mit furchtbarem Knall und verbreitete einen Moment lang gleißendes Licht. Das Haus drohte aus allen Fugen gesprengt zu werden.

Die beiden Kerle wurden niedergerungen. Oben zeigte sich ein Mann mit einer Pistole in der Hand. »Waffe weg!«, erklang es. Die Hand des Kerls zuckte in die Höhe. Ein entschlossener Zug prägte unvermittelt sein Gesicht.

Eine Maschinenpistole ratterte. Kleine Flammen flackerten vor der Mündung. Der Gangster wurde herumgerissen und geschüttelt und stürzte sterbend zu Boden.

Die Beamten des SWAT-Einsatzteams stürmten die Treppe hinauf. Die Treppe drohte unter ihren stampfenden Schritten zusammenzubrechen. Oben zweigten einige Türen vom Flur ab. In einer der Türen zeigte sich ein Mann. Er hielt ein etwa zehnjähriges Mädchen wie einen lebenden Schutzschild vor sich. Die Mündung seiner Waffe hatte er gegen die Schläfe des Kindes gedrückt. »Ich erschieße die Kleine …«

Er brach mit einem Kopfschuss zusammen. Die Räume wurden besetzt. Die Waffen waren verstummt. Einer der SWAT-Männer sagte ins Mikrofon seines Headsets: »Sie können kommen, Cotton. Wir haben alles im Griff. Das Mädchen ist unversehrt.«

Phil und ich betraten das Haus. Es roch nach verbranntem Pulver. Die beiden Kerle, die in der Halle überwältigt worden waren, lagen bäuchlings am Boden. Soeben kam ein schwarz uniformierter Mann mit einem Helm auf dem Kopf die Treppe herunter. Er führte das Mädchen an der

Hand. »Oben sind noch zwei. Sie leisteten Widerstand und wir mussten sie erschießen. Nun, Linda ist heil und unversehrt, ich denke, wir haben einen guten Job gemacht.«

Der Mann sprach ohne besondere Gemütsregung.

Das Mädchen wurde aus dem Haus gebracht. Draußen wartete ein Psychologe aus dem Police Department, der sich um die Kleine kümmern würde. Die beiden Gangster in der Halle wurden hochgezerrt und in Sessel gedrückt. Ich heftete meinen Blick auf einen der Kerle. Er war höchstens Anfang der dreißig. »Wie ist Ihr Name?«

»Milt Osborne.«

Ich schaute den anderen an. »Wie heißen Sie?«

»Wes Taylor.«

Mir entging nicht das unruhige Flackern in den Augen der beiden. Osborne nagte aufgeregt an seiner Unterlippe. Beiden standen wohl noch ein wenig unter Schock vom Einsatz der Blendgranate. »Sie werden ins Field Office gebracht«, sagte ich und holte mein Telefon aus der Jackentasche, tippte eine eingespeicherte Nummer her, gleich darauf erklang es:

»John D. High. Sind Sie erfolgreich gewesen, Jerry?«

Es war 22 Uhr vorbei, aber der Assistant Director hatte es sich nicht nehmen lassen, im Field Office das Ergebnis unseres Einsatzes abzuwarten.

»Das Mädchen ist wohlauf, Sir«, sagte ich. »Ja, der Einsatz war ein Erfolg. Allerdings wurden zwei der Gangster getötet. Die beiden anderen lasse ich ins Field Office bringen, wo wir sie noch in dieser Nacht vernehmen werden.«

»Gut. Ich werde auf Sie warten.«

»Das ist nicht nötig, Sir.«

»Ich weiß. Dennoch warte ich.«

»Es ist Ihre Entscheidung, Sir. Wir werden uns melden, sobald wir zurück sind.«

Wir überließen das Feld den Kollegen aus dem Police Department. Ein Team von der SRD war vor Ort. Für uns gab es hier nichts mehr zu tun.

Für die Rückfahrt benötigten wir über eine Stunde. Die Farm lag bei Larchmont, und der Verkehr in Manhattan war trotz der späten Stunde noch enorm. Ich stellte in der Tiefgarage des Bundesgebäudes den Jaguar auf einem der für das FBI reservierten Parkplätze ab, dann fuhren wir mit dem Aufzug in den dreiundzwanzigsten Stock. Wenig später betraten wir das Büro des Chefs. Es ging auf Mitternacht zu.

»Meinen Glückwunsch«, sagte Mr High und erhob sich, kam um seinen Schreibtisch herum und schüttelte erst mir, dann Phil die Hand. Dann wies er auf den kleinen Besprechungstisch, um den einige Stühle gruppiert waren, und lud uns ein, Platz zu nehmen.

Wir erstatteten Bericht. Kaum, dass wir am Ende angelangt waren, läutete mein Handy. Ich nahm es aus der Tasche und ging auf Empfang, eine dunkle Stimme sagte: »Soeben wurden Osborne und Taylor eingeliefert, Special Agent.«

»Wir kommen sofort nach unten. Ich denke, wir beginnen mit Osborne. Arretieren Sie Taylor.«

»Ist in Ordnung.«

Ich beendete das Gespräch und sagte: »Bin neugierig, wer hinter der Entführung steckt.«

Wir begaben uns in den Zellentrakt und ließen Milt Osborne vorführen. Der Bursche konnte keinem von uns in die Augen sehen. Er setzte sich an den Tisch in der Raummitte und legte die Hände auf die Tischplatte. In seinen Mundwinkeln zuckte es.

Ich stellte uns dem Burschen vor. Er schluckte würgend. Dann fragte ich: »Warum wurde die Tochter des Stadtverordneten entführt?«

Osborne duckte sich ein wenig. »Das hat man uns nicht gesagt.«

»Waren Sie dabei, als das Mädchen entführt wurde?«

»Ja. Wir sollten es auf die Farm bringen und dort festhalten. Mehr weiß ich auch nicht.«

»Wissen Sie nicht mehr, oder wollen Sie es uns nicht sagen?«, kam es von Phil. Er stand an der Seite des Tisches und hatte die Arme vor der Brust verschränkt. Mit seinem Blick übte er Druck auf den Gangster aus. Der vermied es, Phil oder mich anzusehen. Er schien auf seinem Stuhl regelrecht zu schrumpfen. »Ich weiß wirklich nichts.«

»Für wen arbeiten Sie?«, fragte ich.

»Wir gehören einer Gruppierung an.«

»Welcher Gruppierung?«

»Der NMA«, antwortete Osborne. »Das steht für ›National Movement for America‹.«

Phil und ich wechselten einen schnellen Blick. »Welche Ziele verfolgt diese ›Nationale Bewegung für Amerika‹?«, fragte ich.

Osbornes Backenknochen mahlten, aber er schwieg.

»Handelt es sich um eine rechtsextreme Gruppierung?«, fragte Phil.

Osborne nickte.

»Wer steht der Gruppe vor?«

»Präsident ist ein Mann namens Cavendish – Colonel Henry Cavendish. Er wohnt in der 88th Street.«

»Hatten Sie von ihm den Auftrag, die Tochter des Stadtverordneten zu kidnappen?«

»Ich weiß es nicht. Die Entführung plante Stanfield. Der ist auf der Farm ums Leben gekommen. Er äußerte lediglich einmal, dass man eine noch größere Sache vorhabe.«

»Was für eine Sache?«

»Ich weiß es nicht.«

Ich stemmte mich mit beiden Armen auf den Tisch und beugte mich ein wenig nach vorn. »Hat man ein Attentat geplant?«

»Keine Ahnung, ich nehme es aber an.« Osborne atmete tief durch. »Ich kann Ihnen nichts sagen, Special Agents. Ich habe lediglich getan, was mir Stanfield auftrug. Wir gehören einer Wehrsportgruppe an. Ich habe keine Fragen gestellt.«

»Was sollte mit der Entführung des Mädchens erpresst werden?«, fragte ich.

»Auch das kann ich Ihnen nicht sagen.«

»Was können Sie uns überhaupt sagen?«

»Nichts. Wir haben das Mädchen auf dem Schulweg entführt. Ich habe das Auto gefahren. Taylor und Fisher waren dabei. Taylor betäubte das Mädchen mit Chloroform. Dann brachten wir es auf die Farm. Dort sollten wir abwarten. Zwei Tage vergingen, ohne dass etwas geschah ...«

»Wer ist Fisher?«

»Ben Fisher. Er kam auch auf der Farm ums Leben.«

Wir ließen Osborne ab- und Wes Taylor vorführen. Trotzig schaute er von mir zu Phil, dann sagte er: »Ich weiß nicht, was euch Milt erzählt hat. Von mir werdet ihr allerdings nichts erfahren.«

»Setzen Sie sich zunächst mal«, forderte ich ihn auf.

»Ohne einen Anwalt rede ich gar nicht mit euch.«

»Haben Sie nicht das Gefühl, dass Ihnen ein paar Pluspunkte guttun würden?«, fragte Phil.

Der Bursche verzog den Mund. »Ihr werdet euch an mir die Zähne ausbeißen.«

»Gehören Sie auch zur ›Nationalen Bewegung für Amerika‹?«, fragte ich.

Er schaute mich irritiert an.

»Wir wissen Bescheid«, fügte ich hinzu. »Sie sind sicher

auch Mitglied der Wehrsportgruppe, von der Osborne sprach.«

Taylor blinzelte unruhig. »Was hat Ihnen Osborne noch erzählt?«

»Dass man vielleicht ein Attentat plant.«

In Taylors Zügen arbeitete es krampfhaft. »Davon weiß ich nichts.«

»Dann wissen Sie vielleicht, welchen Grund die Entführung des Mädchens hatte.«

Taylor schien mit sich zu kämpfen. »Wir hatten den Auftrag, das Girl zu entführen und auf der Farm festzuhalten.«

»Von wem hatten Sie den Auftrag?«

»Von Stanfield.«

»Wer war dieser Stanfield? Nahm er eine besondere Rolle in der Gruppierung ein?«

»Er war Gruppenführer in der Wehrsportgruppe.«

»Die Wehrsportgruppe gehört zur ›Nationalen Bewegung für Amerika‹, nicht wahr?«

»Ja.«

»Was für Ziele verfolgt die Gruppierung?«, fragte ich Taylor.

»Wir sind Gegner des Systems«, knurrte der Gangster und es klang fast stolz. »Wir vertreten eine ablehnende Haltung gegenüber der Politik und Kultur der Vereinigten Staaten.«

»Das heißt«, sagte Phil, »Sie sind den Vereinigten Staaten von Amerika, ihrer Bevölkerung, ihren Prinzipien und ihrer Politik feindlich gesonnen.«

»Wenn Sie es so ausdrücken möchten ...«

»Wem gehört die Farm, auf der wir Sie festgenommen haben?«

»Keine Ahnung.«

»Das Gericht weiß es zu honorieren, wenn sich jemand wenig kooperativ zeigt«, drohte Phil.

»Ich war doch nur ein Mitläufer. Unsere Befehle erhielten wir von Stanfield. Er hatte den Draht zur Basis. Osborne, Fisher und ich waren doch nur Figuren in einem Spiel, die man beliebig hin und her schob.«

Wir gaben auf. Wenig später fuhren wir nach oben. »Wir sollten uns mal mit diesem Cavendish unterhalten«, meinte Phil.

»Das werden wir ganz sicher«, versetzte ich.

»Jemand muss verraten haben, wo das Mädchen festgehalten wird. Es gibt einen Spitzel. Seinen Namen müssen wir herausfinden.«

Henry Cavendish wechselte das Mobiltelefon in die andere Hand.

Am anderen Ende der Leitung erklang es: »Ich nehme das in die Hand, Colonel. Wenn wir diesen Kerl erwischen, hat er sich gewaschen.«

»Ja, ich will, dass er bestraft wird. Nicht nur, dass man uns das Druckmittel weggenommen hat, es wurden auch zwei unserer besten Leute getötet. Zwei weitere Männer befinden sich im Gewahrsam des FBI. Schnappt euch den Kerl, Major. Wir werden ein Exempel statuieren. Jeder soll sehen, dass man uns nicht ungestraft verraten darf.«

»Was das Druckmittel anbetrifft, werden wir ein neues beschaffen«, sagte Kellerman.

»Natürlich. Wir werden unserem Willen Geltung verschaffen. Doch können wir sicher sein, dass wir nicht wieder verraten werden?«

»Sie haben recht, Colonel. Ich werde sämtliche Hebel in Bewegung setzen, um den Verräter auszuschalten.«

Fast alle Tische im ›Tropica Club‹ waren besetzt. Auch an der Theke saßen Männer. Auf der Bühne verrenkte sich eine fast nackte Tänzerin. Wie eine Schlange wand sie sich um die Chromstange, die bis zur Decke reichte. Die Augen der männlichen Gäste hingen mit verzehrender Gier an ihr. Sie bewegte sich mit unnachahmlicher Geschmeidigkeit. Ihre langen, blonden Haare flogen. Es war akrobatische Höchstleistung, was sie vollbrachte. Aber daran dachte wohl niemand bei ihrem Anblick.

Draußen fuhr ein Ford vor. Der Fahrer rangierte den Wagen in eine Parklücke, dann stiegen vier Männer aus. Sie waren mit Trenchcoats bekleidet. Wenig später betraten sie den Club. Sie ließen ihre Blicke schweifen. Am Tresen saßen zwei Männer auf Barhockern und unterhielten sich. Beide waren um die dreißig Jahre alt. Sie achteten nicht auf die Ankömmlinge. Überhaupt achtete kaum jemand auf sie.

Plötzlich zogen sie Pistolen unter den Mänteln hervor und schlugen sie auf die beiden Männer am Tresen an. Schüsse knallten. Die beiden Burschen wurden regelrecht von den Barhockern gerissen. Ehe die anderen Gäste einen Gedanken fassen konnten, rannten die vier Kerle schon wieder zur Tür. Im nächsten Moment waren sie draußen. Sie warfen sich in den Ford, der Motor begann zu röhren, der Fahrer kurbelte am Lenkrad …

Wir traten kurz vor 8 Uhr den Dienst an. Wie fast jeden Tag waren Phil und ich gemeinsam zur Arbeit gekommen. Wir hatten kaum das Büro betreten, als mein Telefon zu dudeln begann. Ich schnappte mir den Hörer, hob ihn vor mein Gesicht und nannte meinen Namen. Die wohlvertraute Stimme des Assistant Directors erklang: »Guten Morgen, Jerry. Kommen Sie und Phil doch gleich mal zu mir.«

»Wir kommen, Sir. – Zum Chef«, sagte ich an Phil gewandt, nachdem ich den Hörer aufgelegt hatte. Mein Partner war gerade dabei, aus der Jacke zu schlüpfen, seine Brauen hoben sich, er zog die Jacke wieder an und antwortete:

»Was er wohl für eine Überraschung parat hat?«

»Wer rastet, der rostet«, versetzte ich grinsend. »Mr High sorgt dafür, dass wir nicht einrosten.«

»Sicher, immer positiv denken«, knurrte Phil.

Eine Minute später betraten wir das Büro von Helen. Sie lächelte freundlich, erwiderte unseren Gruß und deutete auf die Verbindungstür zum Büro des AD. »Geht nur hinein.«

Ich klopfte gegen die Tür und öffnete sie.

»Hereinspaziert«, rief der Chef und erhob sich hinter seinem Schreibtisch. Nachdem er uns begrüßt hatte, forderte er uns auf, Platz zu nehmen, er setzte sich zu uns und sagte ohne Umschweife: »Im ›Tropica Club‹ wurden vergangene Nacht zwei Männer erschossen. Ihre Namen sind Richard Weston und Price Swanson. Es war eine Hinrichtung. Die beiden werden dem organisierten Verbrechen zugeordnet. Illegale Prostitution. Sie sollen für Carl Meacham gearbeitet haben.«

Der Name sagte mir etwas. »Wurde gegen Meacham nicht schon früher mal wegen Förderung der Prostitution ermittelt?«

»Das Verfahren wurde eingestellt.« Der Chef zuckte mit den Achseln. »Es waren vier Männer, die gegen 24 Uhr den Club betraten und ohne jede Vorwarnung das Feuer eröffneten. Genauso schnell, wie sie aufgetaucht waren, verschwanden sie wieder.«

»Es muss doch eine Reihe von Augenzeugen geben«, wandte ich ein.

»Sicher«, sagte der Chef nickend. »Die gibt es. Sie sahen vier Männer in Trenchcoats, die ein Zielschießen auf Weston und Swanson veranstalteten und wie der Blitz verschwanden.«

»Hintergrund könnte ein Bandenkrieg sein«, bemerkte Phil.

»Davon bin ich überzeugt«, erklärte der Assistant Director. »Ich betraue Sie mit der Angelegenheit.«

»Wir sind noch nicht mit der anderen Sache fertig, Sir«, gab Phil zu bedenken. »Es gilt, herauszufinden, wer die Entführung der Stadtverordnetentochter anordnete und was der Grund für die Entführung war.«

»Das ist mir klar, Phil. Aber ich habe niemand anderen. Das Police Department hat den Fall an uns abgegeben. Wir sind gefordert.«

»Ich wollte mich ja nicht beschweren, Sir«, murmelte mein Kollege. »Natürlich können wir parallel ermitteln …«

»Die Vernehmungen von Osborne und Taylor waren nicht gerade ergiebig«, wechselte der Chef das Thema.

»Wir haben einen Namen«, antwortete ich. »Henry Cavendish. Wir werden dem werten Herrn einen Besuch abstatten. Irgendetwas haben die Rechtsextremisten vor. Eine große Sache.«

»Solche Gruppierungen wollen Zeichen setzen«, murmelte Phil.

»Von Cavendish werden Sie keine Antworten auf Ihre Fragen erhalten«, meinte Mr High.

»Wir können uns zumindest ein Bild von ihm machen«, erwiderte ich.

»Nehmen Sie wegen der Morde im ›Tropica Club‹ mit dem Police Department Verbindung auf«, sagte Mr High. »Von dort bekommen Sie auch die Ergebnisse der Spurensicherung.«

Wir kehrten in unser Büro zurück, ich telefonierte mit dem Department und hatte gleich drauf Ed Schulz an der Strippe. »Ihr habt uns wieder einen Fall aufs Auge gedrückt, Ed«, sagte ich.

Der stellvertretende Leiter der Mordkommission Manhattan lachte kehlig. »So kann man es auch bezeichnen. Nun, wir wollen doch nicht, dass ihr arbeitslos werdet.«

»Diese Gefahr besteht ganz sicher nicht«, erklärte ich.

»Spaß beiseite«, knurrte Ed. »Es waren zwei Hinrichtungen im Zuhältermilieu. Irgendjemand drängt ins Geschäft.«

»Mr High nannte einen Namen«, sagte ich. »Carl Meacham.«

»Meacham besitzt einige Clubs und Bars und wird schon seit langer Zeit verdächtigt, die illegale Prostitution zu fördern. Allerdings hat er sich bisher immer erfolgreich aus der Affäre gezogen.«

»Wir werden uns mit ihm beschäftigen«, versicherte ich. »Kannst du uns die Unterlagen zuleiten?«

»Natürlich. Viel ist es nicht. Die Augenzeugen konnten nichts aussagen, Spuren – soweit es solche überhaupt gibt – sind noch nicht ausgewertet.«

»Schick uns, was du hast«, bat ich. Dann beendeten wir das Gespräch.

Ich rief beim Grundbuchamt in Larchmont an. Wenig später wusste ich, dass der Besitzer der Farm ein Mann namens Jason Wheeler war, der in Boston lebte. Ich notierte mir den Namen und die Anschrift des Burschen. Dann telefonierte ich mit einem Kollegen aus dem Police Department in Boston …

Henry Cavendish wohnte in der 88th Street. Der Jaguar trug uns nach Norden. Vor dem Gebäude mit der Nummer 119 fand ich einen Parkplatz. Die Achtundachtzigste war verhältnismäßig ruhig. Auf den Gehsteigen bewegten sich nur wenige Passanten. Hierherauf verirrten sich auch kaum Touristen. Es gab hier nichts zu sehen.

Seit ein paar Tagen war das Wetter gut. Nur die Nächte waren noch ziemlich frisch. Tagsüber herrschte ungetrübter Sonnenschein. In den Straßencafes im Big Apple herrschte Hochbetrieb.

Wir betraten das Gebäude. Es handelte sich um ein Wohn- und Geschäftshaus. Es gab eine Rezeption, hinter der ein Mann mittleren Alters saß und in einer Zeitschrift blätterte. Jetzt hob er den Blick und schaute uns entgegen. »Zu Henry Cavendish«, erklärte ich.

»Vierte Etage, Apartment 4 E. Soll ich Sie anmelden?«

»Nicht nötig«, antwortete ich. Wir gingen zum Aufzug und Phil drückte den Knopf. Der Lift stand im Erdgeschoss und die Tür glitt fast lautlos auf. Wenig später standen wir vor Apartment 4 E. Ich legte den Daumen auf den Klingelknopf. Der Klingelton war durch die geschlossene Tür zu hören. Nach kurzer Zeit verdunkelte sich die Linse des Spions, dann wurde die Tür einen Spaltbreit aufgezogen und das Gesicht einer Frau zeigte sich. Es wurde zur Hälfte vom Türblatt verdeckt. Fragend schaute sie uns an.

Ich übernahm es, uns vorzustellen, dann erkundigte ich mich nach Henry Cavendish.

»Was wollen Sie denn von Henry?«

»Wir haben ein paar Fragen an ihn.«

Die Frau drehte den Kopf. »Henry!«

»Was ist?«, erklang es in der Wohnung.

»Zwei Agents vom FBI möchten dich sprechen.«

Gleich darauf wurde die Frau zur Seite geschoben und Henry Cavendish zeigte sich. Er hatte dunkle Haare und trug einen Schnurrbart. »Was will das FBI von mir?«

»Wir sollten das in der Wohnung besprechen«, gab ich

zu verstehen. »Zwischen Tür und Angel lässt es sich nicht so gut reden.«

In Cavendishs Miene arbeitete es. Sekundenlang kämpfte er mit sich. Mir entging nicht die Unruhe, die sein Gesicht prägte. Plötzlich nickte er und sagte: »Kommen Sie herein.«

Wir betraten die Wohnung. Cavendish drückte die Tür ins Schloss. »Setzen Sie sich«, forderte er uns auf, Platz zu nehmen. Und als wir saßen, fragte er: »Was führt Sie zu mir?«

»Wir haben in der vergangenen Nacht zwei Männer verhaftet. Zwei weitere kamen bei der Verhaftungsaktion ums Leben. Ihre Namen sind Stanfield, Fisher, Osborne und Taylor. Die vier hatten die Tochter des Stadtverordneten Anderson entführt.«

Cavendish starrte mich wortlos an. Ich beobachtete ihn. In seinem Gesicht zuckten die Muskeln. Die Frau war in einem angrenzenden Raum verschwunden und hatte die Tür hinter sich geschlossen.

»Kennen Sie die Namen?«

»Auf Anhieb sagen sie mir nichts. Sollte ich sie kennen?«

»Sie sind doch Präsident der ›Nationalen Bewegung für Amerika‹«, mischte sich Phil ein.

Cavendishs Blick irrte von mir ab und heftete sich auf Phil. »Das ist richtig.«

»Dieser Organisation gehört eine Wehrsportgruppe an.«

»Wir verfolgen keine kriminellen Ziele. Körperliche Ertüchtigung, ideologische Gesinnung ...«

»Wir kennen die Ziele solcher Gruppierungen«, unterbrach ich Cavendish. »Stanfield, Fisher, Osborne und Taylor gehörten zu der Wehrsportgruppe.«

»Richtig. Jetzt weiß ich auch wohin mit den Namen.« Cavendish hob die Hände; eine Geste, die Bedauern ausdrücken sollte. »Wir haben viele Mitglieder. Sie werden verstehen, dass ich nicht alle von ihnen namentlich kenne.«

»Stanfield war Gruppenführer.«

»Möglich.«

»Wir haben die Kidnapper auf einer Farm bei Larchmont überwältigt. Haben Sie eine Ahnung, wem die Farm gehört?«

»Nein. Aber ein Blick ins Grundbuch von Larchmont wird es Ihnen sicher sagen.«

»Kann es sein, dass das Kidnapping auf das Konto Ihrer Organisation geht?«, fragte ich. »Vieles spricht dafür. Die vier Kidnapper sind Mitglieder der ›Nationalen Bewegung für Amerika‹.«

»Das ist sicher ein Zufall. Ich betone noch einmal, dass unsere Ziele nicht gesetzeswidriger Art sind. Wir sind weder gegen die Verfassung der Vereinigten Staaten noch zweifeln wir die Gesellschaft an.«

»Und dennoch führen Sie was Großes im Schilde«, bemerkte Phil.

Cavendishs Brauen schoben sich zusammen, über seiner Nasenwurzel bildeten sich zwei senkrechte Falten. »Was meinen Sie?«

»Osborne machte eine Andeutung. Man plane eine große Sache.«

Cavendish verzog den Mund. »Dann weiß Osborne mehr als ich.«

»Wo treffen Sie sich mit Ihren Gesinnungsgenossen?«, fragte ich. »Es gibt doch sicher Zusammenkünfte. Haben Sie einen Vertreter? Ich nehme an, die Gruppierung ist hierarchisch geordnet. Erzählen Sie uns mehr, Mister Cavendish.«

»Wir treffen uns in ›Jimmy's Lounge‹. Das Lokal verfügt über einen Saal. Einmal jährlich findet so ein Treffen statt. Die Wehrsportgruppe kommt natürlich öfter zusammen. Die Jungs trainieren hart. Mein Stellvertreter heißt Robert Kellerman. Es gibt verschiedene Abteilungen ...«

Als wir uns wieder auf der Straße befanden, sagte ich: »Sie lehnen den demokratischen Verfassungsstaat und das an den universalen Menschenrechten orientierte Gleichheitsprinzip ab. Leute wie Cavendish sind gefährlich. Der Weg vom Rechtsextremismus in den Terrorismus ist nicht weit.«

»Ich frage mich, was sie vorhaben«, murmelte Phil versonnen. »Osborne hat das nicht nur einfach so dahergesagt.«

Wir erreichten den Jaguar und setzten uns hinein. Während ich den Motor startete und den Wagen aus der Parkbucht manövrierte, fuhr Phil den Bordcomputer hoch. Ich lenkte das Fahrzeug zum Broadway, auf dem wir uns nach Süden wandten. Phil tippte etwas, wartete kurz, dann sagte er: »Da haben wir ihn ja: Robert Kellerman, neununddreißig Jahre alt, letzte bekannte Anschrift: 216 East 108th Street. Vorbestraft wegen Mitgliedschaft in einer kriminellen Vereinigung.«

»Sollten wir uns näher mit ihm befassen?«, fragte ich.

»Wir werden ihn uns wohl zur Brust nehmen müssen«, erwiderte Phil. »Wobei ich aber nicht glaube, dass wir etwas Neues erfahren. Man müsste sich an die Kerle heranmachen. Ich meine, man müsste einen V-Mann bei diesen Nationalisten einschleusen.«

Ich zog die Unterlippe zwischen die Zähne und kaute darauf herum. »Keine schlechte Idee«, erklärte ich schließlich. »Allerdings kommt von uns beiden keiner mehr in Frage, denn uns kennt Cavendish, und es wäre viel zu gefährlich.«

»Dennoch sollten wir uns eingehender darüber unterhalten«, meinte Phil.

Als wir ins Field Office zurückkehrten und unser Büro betraten, lag auf meinem Schreibtisch eine dünne Akte. Ich schlug sie auf. Es waren die Protokolle zu den beiden Morden im ›Tropica Club‹. Wir schauten sie durch. Sie gaben in der Tat nicht viel her. Vier Männer hatten die Bar gegen Mitternacht betreten und dann die Pistolen gezogen. Schüsse fielen, Weston und Swanson kippten von den Stühlen, die Mörder verschwanden, ehe jemand so richtig zum Denken kam.

Wir hatten einen Namen.

Carl Meacham!

Meacham wohnte in der 19th Street. Wir beschlossen, ihm einen Besuch abzustatten. Seine Wohnung lag in der vierzehnten Etage. Wer in dieser Gegend wohnte, musste viel Geld verdienen. Aber wir wussten, dass Meacham einige Bars und Clubs besaß, die sicher einiges abwarfen.

Es war Apartment Nummer 1407. Das Türschild sagte uns, dass wir richtig waren. Phil läutete. Gleich darauf ging die Tür auf. Ein etwa fünfzigjähriger Mann mit grauen Haaren stand vor uns. Pulvergraue Augen blickten uns fragend an.

Ich ergriff das Wort. »Mister Meacham?«

»Ja. Was kann ich für Sie tun?«

»Wir sind die Special Agents Decker und Cotton vom FBI New York.«

»Aha.« Seine linke Braue hob sich, was seinem Gesicht einen ausgesprochen arroganten Ausdruck verlieh. »Was wünschen Sie?«

»Zwei Ihrer Männer wurden vergangene Nacht im ›Tropica Club‹ ermordet.«

Sein Gesicht verschloss sich. »Weston und Swanson. Ja,

die beiden arbeiteten für mich. Weston war Geschäftsführer in der ›Golden Lounge‹, Swanson war so etwas wie mein Buchhalter. Er hinterlässt eine Frau und zwei Kinder. Es ist tragisch.«

»Gehört Ihnen der ›Tropica Club‹ auch?«, fragte Phil.

Meacham nickte. »Ich besitze mehrere Etablissments in New York. Aber kommen Sie doch herein, Special Agents.«

Wir folgten seiner Aufforderung. In der Wohnung war alles nur vom Feinsten. Das Beste schien gerade gut genug zu sein. Beim Mobiliar handelte es sich um Designer-Möbel, die Bilder an den Wänden waren echt.

Im Wohnzimmer bot er uns Platz an. Als wir saßen, sagte er: »Ich habe mir schon gedacht, dass Sie wegen der beiden Morde zu mir kommen. Aber ich kann Ihnen nicht weiterhelfen. Ich weiß nicht, ob Weston und Swanson Feinde hatten.«

»Wir glauben auch gar nicht, dass die beiden aus persönlichen Gründen erschossen wurden«, erklärte ich.

»Was ist Ihre Meinung?«

»Jemand drängt ins Geschäft.«

Meacham legte die Stirn in Falten. »Ich verstehe nicht ganz.«

»Sicher nicht, wie sollten Sie auch?« Ich verlieh meiner Stimme einen sarkastischen Unterton und erntete dafür einen verzehrenden Blick. »Werden Sie bedroht, Mister Meacham?«

»Was wollen Sie überhaupt von mir?«

»Okay, reden wir Tacheles. Wir wissen, dass Sie Ihr Geld zu einem großen Teil mit illegaler Prostitution verdienen.« Als Meacham etwas sagen wollte, hob ich die Hand und gebot ihm mit dieser Geste, zu schweigen. Ich fuhr fort: »Sie brauchen nichts zu sagen, Mister Meacham. Ja, das Verfahren gegen Sie wurde eingestellt. Dennoch wissen wir, was Sache ist. Also raus mit der Sprache, wer drängt ins Geschäft? Sagen Sie's uns. Es hilft uns, und es hilft gewiss auch Ihnen.«

»Ich glaube, ich rufe meinen Rechtsanwalt an«, stieß Meacham hervor und erhob sich, um zum Telefon zu gehen. »Ich muss mir das nicht anhören.«

»Lassen Sie«, knurrte ich. »Wir wollten Sie nur nicht darüber im Unklaren lassen, dass wir Bescheid wissen.«

Meacham war stehen geblieben. Er schien meinen Worten hinterherzulauschen. Plötzlich drehte er sich um, machte einen Schritt auf uns zu und sagte: »Er nennt sich ›The Avenger‹. Er hat mir telefonisch angekündigt, dass er sich rächen werde. Wofür weiß ich nicht. Das hat er nicht gesagt.«

»Drohte er Ihnen persönlich?«

»Ja. Zuletzt«, meinte er, »sei ich dran.«

»Und Sie können sich nicht denken, wer dahintersteckt?«

»Nein. Aber ich habe vorgesorgt.« Meacham ging zu seiner Jacke, die an der Garderobe hing, griff hinein und holte eine Pistole aus der Tasche. »Die habe ich immer und überall dabei.«

»Ist sie registriert?«, fragte Phil.

»Natürlich.«

»Nun«, knurrte ich, »›The Avenger‹ hat angefangen, seine Drohung in die Tat umzusetzen.«

»Es kann eine Finte sein, um uns auf eine falsche Spur zu leiten«, meinte Phil.

»Natürlich«, antwortete ich. »Das ist natürlich nicht von der Hand zu weisen. Wir dürfen keine Möglichkeit außer Acht lassen.« Ich schaute Meacham an. »Wer immer auch dahintersteckt: Er wird weitermachen. Sie sollen zuletzt dran sein.

Am Abend besuchten wir den ›Tropica Club‹. Hier wurde Striptease angeboten. Das Lokal war gut besucht. Es war 22 Uhr. Im Moment fand keine Vorführung statt. Stimmenwirrwarr empfing uns, Musik, die aus mehreren Lautsprechern kam, mischte sich in den Lärm. Manchmal war Lachen zu hören.

Wir gingen zum Tresen und setzten uns auf zwei freie Barhocker. Nichts mehr erinnerte daran, dass hier vor zwanzig Stunden zwei Männer ermordet worden waren.

Wir schauten uns um. Leichtbekleidete Bedienungen schwirrten zwischen den Tischen herum. Ob sie auch animierten, würde sich vielleicht herausstellen. Ein Keeper kam heran. »Was wollen Sie trinken?«

»Zwei Wasser«, verlangte ich.

»Sind Sie gekommen, um sich zu waschen?«, fragte der Bursche grinsend.

»Autofahrer«, versetzte ich und erwiderte sein Grinsen.

Als er die zwei Flaschen und die Gläser brachte, zeigte ich ihm meine ID-Card. »Decker und Cotton, FBI New York«, sagte ich.

»Ah, darum nur Wasser. Sie sind im Dienst.«

»So ist es. Waren Sie gestern Abend auch hier?«

»Ja.«

»Sie sahen also die vier Kerle«, konstatierte ich.

»Ihre Kollegen von der Mordkommission haben mich bereits vernommen. Ja, ich sah die vier. Aber ich kann sie nicht beschreiben. Es ging alles so verdammt schnell. Ich bin sofort hinter der Theke in Deckung gegangen. Dann stürmten die Kerle auch schon wieder hinaus. Niemand wagte ihnen zu folgen. Banks rief dann die Polizei.«

»Wer ist Banks?«

»Warren Banks, der Geschäftsführer. Er war zufällig in der Bar.«

»Wo befindet er sich, wenn er nicht in der Bar ist?«

»Zu Hause, oder in einem der anderen Schuppen.«

»Besitzer der Bar ist Carl Meacham, nicht wahr?«

»Stimmt.«

»Kennen Sie ihn persönlich?«

»Ein- oder zweimal im Jahr kommt er in die Bar. Ja, ich kenne ihn vom Sehen. Banks hat völlig freie Hand, was den Geschäftablauf hier anbetrifft.«

»Diese Bedienungen hier«, dehnte ich, »lauter hübsche Mädchen. Schaffen Sie nebenbei an?«

Der Keeper prallte regelrecht zurück. »Wo denken Sie hin? Die Ladies sind sauber. In diesem Club läuft nichts Illegales.«

»Versuchen Sie sich zu erinnern«, sagte ich mit Nachdruck. »Vielleicht fällt Ihnen doch die eine oder andere Besonderheit ein. Sie haben die vier Mörder kurz gesehen. Irgendetwas muss doch hängen geblieben sein.«

»Sie erregten meine Aufmerksamkeit erst, als es zu krachen begann. Aber da bin ich verdammt schnell auf Tauchstation gegangen.«

Wir befragten auch den anderen Keeper, aber er konnte uns ebenso wenig sagen wie sein Kollege. Wir tranken unser Wasser, zahlten und verließen den Club.

»Was haben wir denn erwartet?«, knurrte Phil genervt, als wir auf der Straße standen. »Es war vergeudete Zeit.«

»Wo du recht hast, hast du recht«, pflichtete ich bei.

Kapitel 2

»Wir schnappen uns Vaugham, wenn er morgen früh zur Arbeit fährt«, sagte der Bursche im Tarnanzug. »Er verlässt täglich um 7 Uhr 30 seine Wohnung in der 54th Street. Gegen 8 Uhr 30 kommt er bei seinem Geschäft an. Dort erwarten wir ihn.«

»Soll er an die Stelle des Mädchens treten?«, fragte einer.

»Ja. Wir treffen uns um 8 Uhr vor seinem Geschäft in der Jackson Avenue. Josh und Artur, ihr beide bleibt im Wagen sitzen. Wir beide, Jacob, schnappen uns den Kerl. Du setzt dich zusammen mit ihm in den Fond des Wagens. Ihr bringt ihn dann auf die Farm. Ich komme hinterher. Noch Fragen?«

»Keine Fragen«, kam es dreistimmig.

»Okay. Das war's auch schon, was ich mit euch zu besprechen hatte. Redet mit niemand drüber. Wir müssen davon ausgehen, dass sich ein Polizeispitzel bei uns eingeschlichen hat.«

»Wie kommst du darauf?«

»Der Coup mit der kleinen Linda Anderson muss verraten worden sein. Also kein Wort – zu niemand.«

»Ein Verräter!«, tönte einer der Kerle. »Das Schwein soll verfaulen.«

»Wir kriegen ihn. Und dann wird er verfaulen.«

Es klang wie ein Versprechen.

Als Gordon Vaugham am nächsten Morgen um 8 Uhr 35 vor seinem Geldverleih in der Jackson Avenue in Queens aus dem Oldsmobile stieg, waren plötzlich zwei Männer da. Einer trat ganz dicht an Vaugham heran. »Ich ziele mit einer Pistole auf dich, Vaugham. Wir gehen jetzt zu dem Ford dort drüben und du setzt dich auf den Rücksitz. Wenn du zu türmen versuchst oder wenn du schreist ...«

»Keine Bewegung!«, ertönte es klirrend. »FBI!«

Der Kerl, der Vaugham bedrohte, zog die Hand unter der Jacke hervor. Sie hielt eine Pistole. Auch der andere zog eine Waffe. In einer Ausfahrt stand Joe Brandenburg. Er schoss. Einer der beiden Burschen brach zusammen. Der andere feuerte auf den FBI-Agenten. Da krachte es auf der anderen Straßenseite. Der Kidnapper bäumte sich auf, kreiselte halb um seine Achse und sackte dann zusammen.

Aus der Parkbucht schoss der Ford. Als der Fahrer Gas gab, drehten die Räder durch und quietschten durchdringend. Doch dann griffen sie, der Wagen bäumte sich regelrecht auf, dann raste er davon.

Vaugham stand da wie vom Donner gerührt. Er war nicht fähig, einen klaren Gedanken zu fassen. Das alles war vor seinen Augen wie ein schlechter Film abgelaufen und überstieg sein Begriffsvermögen.

Joe Brandenburg kam heran. »Sind Sie in Ordnung, Mister Vaugham?«

»Was – was war das?«, stotterte der Geschäftsmann.

»Wir haben soeben Ihre Entführung vereitelt«, erklärte Joe, dann ging er zu einem der Kerle hin, die am Boden lagen.

Les Bedell kam über die Straße. Er hielt sein Mobiltelefon in der Hand und sprach. Weitere Polizisten traten aus ihren Deckungen.

Les Bedell sagte ins Telefon: »Der Tipp war zutreffend, Jerry. Wir konnten die Entführung vereiteln. Allerdings ist Blut geflossen. Die Kerle griffen nach den Waffen. Zwei sind uns entkommen. Aber wir haben die Zulassungsnummer des Ford.«

»Das war der zweite anonyme Tipp, den wir bekommen haben und dem wir einen Erfolg zu verdanken haben«, sagte Jerry Cotton.

»Leider hat uns der Anrufer nicht verraten, wer hinter den Verbrechen steckt«, erwiderte Les Bedell. »Aber vielleicht bekommen wir das aus den beiden Kerlen heraus, die uns ins Netz gegangen sind.«

Wir statteten Robert Kellerman einen Besuch ab. Seine Haare waren militärisch kurz geschnitten. Er trug die Hose eines Tarnanzugs, über den Oberkörper hatte er sich nur ein weißes T-Shirt gezogen. Sein Gesicht verfinsterte sich, nachdem ich uns vorgestellt hatte. »Cavendish hat mich informiert«, brummte er. »Wir haben mit der Entführung nichts zu tun. Für Stanfield, Fisher, Osborne und Taylor sind wir sicher nicht verantwortlich.«

»Natürlich nicht.«

»Na also. Was wollen Sie dann von mir?«

»Osborne äußerte, dass die ›Nationale Bewegung‹ ein großes Ding vorhabe.«

»Wir sind nicht kriminell, Special Agent«, beteuerte Kellerman. »Sicher, wir vertreten eine eigene Ideologie und sind mit dem System nicht einverstanden, aber wir sind nicht gesetzeswidrig tätig.«

»Wir nehmen an, dass die Entführung der Tochter des Stadtverordneten einen politischen Hintergrund hatte. Tatsache ist, dass die Kidnapper einer rechtsextremistischen Gruppierung angehören beziehungsweise angehörten und dass sie keine Lösegeldforderung geltend machten.«

»Ich kann Ihnen dazu nichts sagen.«

»Arbeiten Sie?«

»Was soll diese Frage?«

»Wir wollen nur wissen, womit Sie sich Ihren Lebensunterhalt verdienen.«

»Die NMA hat Gönner, Sponsoren. Wir haben vor, auch in anderen Städten Zellen zu gründen. Das bedarf organisatorischer Maßnahmen. Nein, ich arbeite nicht. Die NMA zahlt mich.«

»Das gilt wohl auch für Cavendish.«

»Er ist Zellenführer, wir nennen ihn auch Präsident. Sein Dienstrang ist Colonel.«

»Was sind die Ziele der NMA?«

»Wir prangern Missstände an und bieten der Jugend eine Ideologie, die ihr weiteres Leben ...«

»Hören Sie auf!«, fuhr Phil Kellerman unduldsam in die Parade. »Versuchen Sie nicht, uns ihre hehre Gesinnung zu verklickern. Wir wissen Bescheid. Was Sie anprangern, sind die grundsätzlichen Werte unserer Gesellschaft.«

»Sie bezeichnen uns als rechtsextrem. Das sind wir aber nicht. Vielleicht sollten Sie mal versuchen, diesen Begriff für sich selbst neu zu definieren. Wir ...«

Wieder unterbrach Phil den Redefluss Kellermans, indem er sagte: »Sie sind gegen Indianer, gegen Schwarze, gegen die Verfassung und gegen alles, was der Verfassung treu ergeben ist. Es geht Ihnen nicht darum, Missstände anzuprangern. Sie wollen das System ändern – und dazu ist Ihnen jedes Mittel recht. Um Ihre Pläne durchzusetzen, scheuen Sie auch vor Verbrechen nicht zurück.«

»Mit Ihnen spreche ich nicht länger!«, blaffte Kellerman. Seine Augen versprühten regelrecht Blitze. »Beweisen Sie uns irgendwelche gesetzeswidrigen Machenschaften und kommen Sie dann wieder.«

»Sagt Ihnen der Name Gordon Vaugham etwas?«, fragte ich und ließ Kellerman nicht aus den Augen.

»Nein. Was ist mit dem Mann?«

»Er sollte heute Morgen entführt werden.«

»Was soll ich damit zu tun haben?«

»Bei den Entführern könnte es sich um Mitglieder der NMA handeln.«

»Sie kommen mir mit Vermutungen?« Ein höhnisches Grinsen spaltete Kellermans Lippen. »Wenn Sie nicht mit mehr aufwarten können.«

Wir verließen Kellerman.

»Du hast dich von ihm herausfordern lassen«, wies ich Phil zurecht, als wir zum Jaguar gingen.

»Mir stinken diese Parolen«, knurrte mein Partner. »Für mich sind das alles Gangster, die ihre Aktivitäten mit dem Deckmantel ideologischer Gesinnung versehen. Die Entführung geht auf das Konto der NMA. Davon bin ich überzeugt.«

»Diesen Beweis gilt es zu erbringen«, gab ich zu verstehen. Dann fügte ich hinzu: »Möchte wissen, von wem wir den Tipp mit der Farm erhalten haben und wer uns den Hinweis gab, dass Vaugham vor seinem Geschäft entführt werden sollte.«

»Sieht so aus, als hätten diese Verbrecher nicht nur die Polizei als Gegner«, meinte Phil.

»Bei dem Verräter kann es sich nur um Josh handeln«, sagte Artur Meredith ins Telefon.

»Wie kommst du darauf?«, fragte Kellerman.

»Jacob und Wayne scheiden meiner Meinung nach aus. Wenn einer von ihnen der Verräter wäre, würde er nicht nach der Waffe gegriffen haben, als plötzlich Polizei da war. Auch ich bin nicht der Verräter. Nur wir vier wussten, dass der Coup heute Morgen steigen sollte. Also kommt nur Josh in Frage.«

»Locke ihn in die Wohnung über der Lounge, Artur. Dann werden wir es aus ihm herauskitzeln.«

»In Ordnung, Major.«

Artur Meredith wählte eine Nummer. »Wir haben eine Besprechung, Josh. Es ist wegen des Fehlschlags von heute Morgen. Komm zur Lounge. Ich erwarte dich in einer Stunde. Der Major will mit uns einen neuen Plan ausarbeiten.«

»Lerne ich ihn dann endlich mal kennen?«, fragte Josh Bellows.

»Ja, du lernst ihn kennen.«

Meredith rief Kellerman an. »Josh wird in einer Stunde zur Lounge kommen.«

»Ich werde da sein.«

Meredith wartete vor der Tür des Lokals. Josh Bellows fuhr rechts ran, stellte den Motor ab und stieg aus. »Hallo, Artur. Der Major vergeudet wohl keine Zeit, wie?«

»Das können wir uns nicht leisten. Komm.«

Sie betraten das Gebäude durch den Hintereingang und stiegen in die erste Etage hinauf. Oben läutete Meredith, die Tür wurde geöffnet. Die beiden betraten die Wohnung. Im Sessel saß Kellerman. Drei weitere Männer waren anwesend. Sie fielen sofort über Bellows her, drehten ihm die Arme auf den Rücken, einer griff in seine Jackentasche und holte das Handy heraus.

»Was soll das?«, keuchte Bellows. Er war bleich bis in die Lippen. Die Angst kam kalt und stürmisch und trocknete seine Kehle aus.

Einer der Kerle begann auf Bellows' Handy zu tippen. Er sichtete die Anrufliste. Schließlich las er die Nummern vor, die er der Reihe nach abrief, ein anderer der Männer notierte sie. Zehn Nummern gab die Anrufliste her. Dann begann der Bursche, der das Telefon hatte, die Nummern der Reihe nach anzurufen. Wenn sich jemand meldete, unterbrach er die Verbindung und wählte die nächste Nummer. Schließlich sagte eine dunkle Frauenstimme: »FBI Field Office New York. Was kann ich für Sie tun?«

Der Kerl trennte die Verbindung. »Er hat mit dem FBI telefoniert.«

»Warum?«, fragte Kellerman. Mit kalten Augen fixierte er Josh Bellows.

Der Bursche wand sich im harten Griff der Kerle. »Die NMA hat meinen Bruder auf dem Gewissen«, keuchte er schließlich.

»Wer ist dein Bruder?«

»Er wurde Rambo genannt.«

»Richtig, Rambo. Jetzt weiß ich, von wem die Rede ist. Es war ein Unfall.«

»Der vertuscht wurde. Niemand übernahm die Verantwortung dafür. Man hat Slim auf die Straße geworfen wie ein verendetes Stück Vieh. Es sollte nach einem Unfall mit Fahrerflucht aussehen. Aber ich weiß, wer Slim auf dem Gewissen hat.«

»Und du wolltest dich rächen.«

»Ja, ich wollte die NMA fertigmachen. Leider war ich nur ein Handlanger. Also konnte ich lediglich die Aktionen, in die ich eingeweiht war, dem FBI verraten.«

»Wer hat dir von dem Mädchen erzählt?«

»Fisher. Wir waren Freunde.«

»Du wirst niemals mehr Gelegenheit haben, uns zu verraten. Du weißt, was dir blüht?«

Unvermittelt riss sich Josh Bellows los und rannte zur Tür. Es war die Verzweiflung, die ihn dirigierte. Er folgte einem der ältesten Prinzipien der Menschheit, der Selbsterhaltung. Aber er schaffte es nicht. Sie rissen ihn zu Boden und schlugen auf ihn ein. Als er sich nicht mehr rührte, stieß Kellerman hervor: »Entsorgt diesen Haufen Abfall. Lasst ihn auf Nimmerwiedersehen verschwinden.«

»Die Nummernschilder des Ford waren gestohlen«, sagte Joe Brandenburg. »Die beiden Kerle, die wir geschnappt haben, schweigen.«

»Gehören Sie zur NMA?«, fragte ich.

»Sie beantworten nicht eine einzige Frage«, gab Les Bedell zu verstehen.

»Die Mitglieder solcher Organisationen leisten oft einen Schwur«, mischte sich Phil ein, »den Schwur, unter keinen Umständen etwas über den Verein und seine Ziele zu verraten. Und gerade das Fußvolk fühlt sich dem Eid verpflichtet. Aus den beiden werden wir wohl nichts herausbekommen.«

»Wer ist der Mann, der uns mit den Hinweisen versorgt?«, fragte ich nachdenklich.

»Einer, der dazugehört, der aber einen Grund hat, seinen Gesinnungsgenossen eins auszuwischen«, sagte Joe. »Was er treibt, ist ein Spiel mit dem Feuer. Wenn sie ihm auf die Schliche kommen, ist sein Leben keinen rostigen Cent wert. Mit Verrätern macht man in diesen Kreisen kurzen Prozess.«

»Warum gibt er sich uns nicht zu erkennen?«

»Weil er vielleicht selbst Dreck am Stecken hat«, meinte Les Bedell.

Gegen 22 Uhr betrat ein großer, blondhaariger Mann mit Bürstenhaarschnitt ›Jimmy's Lounge‹ in der Clinton Street, Lover East Side. Die Gäste, die den Schankraum bevölkerten, waren zu neunzig Prozent männlich; meist

Burschen zwischen zwanzig und dreißig Jahren. Viele von ihnen trugen Tarnanzüge. Black Metal Musik vermischte sich mit dem Stimmendurcheinander.

Der Blondhaarige ging zum Tresen und stemmte beide Ellenbogen darauf. Der Keeper kam herbei. »Was darf's sein?«

»Bier.«

Der Keeper brachte eine Dose. Als er den Verschluss aufbrach, zischte es. Er stellte sie vor den Blonden hin. »Dich hab ich hier noch nie gesehen.«

»Ich bin neu in der Gegend. War bis vor einem Monat bei der Armee. Sergeant. War auch einige Zeit im Irak. Was sind das hier für Leute? Bin ich hier in die Mannschaftskantine einer Kaserne geraten?«

Der Keeper grinste. »Diese Jungs gehören zur NMA. Sie beschäftigen sich mit Kriegsspielen. Harmlose Irre, die mit ihrer Freizeit sonst nichts anzufangen wissen.«

»NMA?«

»›Nationale Bewegung für Amerika‹«, erklärte der Keeper. Er beugte sich ein wenig über den Tresen und schaute verschwörerisch drein. »Lauter Spinner. Amerika gehört den Weißen, tönen sie. Rassistische Spinner. Ich hab mich noch nicht anstecken lassen von ihren Parolen.«

»Interessant«, murmelte der Blonde und deutete auf eine Tür. »Was ist dahinter?«

»Der Billardraum. Da stehen drei Tische.«

Der Blonde nahm die Bierdose, trank einen Schluck und setzte sich in Bewegung. Gleich darauf betrat er den Billardraum. An den drei Tischen wurde gespielt. Einige Burschen und auch zwei junge Frauen in Kampfanzügen schauten zu.

Der Blonde stellte sein Bier auf einen Tisch, verschränkte die Arme und beobachtete einen vierschrötigen Burschen mit Glatze, der gerade zum Stoß ansetzte. Er stand über den grünbezogenen Billardtisch gebeugt und starrte über die Spitze des Queue hinweg auf die weiße Kugel. Auch er trug einen Tarnanzug. Er versetzte der weißen Kugel einen Stoß. Sie rollte los, knallte gegen die Bande, kam zurück und prallte gegen eine ›Halbe‹, die vor eine der Taschen rollte und einen Zoll davor liegen blieb.

»Scheiße!«, stieß der Vierschrötige hervor.

Der Blonde grinste. Seine Mundwinkel bogen sich nach unten.

Der Blick des Vierschrötigen fiel auf ihn. Seine Brauen schoben sich zusammen.

Einer der anderen Kerle beugte sich mit dem Queue über den Billardtisch und suchte mit den Augen das Ziel. Er versenkte eine ›Ganze‹ und kam halb um den Tisch herum. Als er wieder eine ›Ganze‹ versenkte, klatschte der Blonde Beifall. Aller Augen richteten sich auf ihn.

»Hast du irgendein Problem?«, schnappte der Vierschrötige.

Der blondhaarige Bursche verschränkte wieder die Arme vor der Brust. »Wie kommst du darauf?«

»Könnte ja sein.«

»War doch 'n prächtiger Stoß. Warum soll ich ihm nicht Beifall zollen?«

»Was bist denn du für einer? Ich hab dich hier noch nie gesehen.«

»Kannst du auch nicht, denn ich bin heute zum ersten Mal hier. War bis vor 'nem Monat im Irak. Meine Dienstzeit ist abgelaufen. Ich kehrte in die Staaten zurück und begab mich nach New York. Wenn ich euch so sehe, fühle ich mich um ein paar Wochen zurückversetzt. Ist das eine neue Mode?«

»Du warst bei der Army?«

»Ja. Sergeant. Wagst du gegen mich ein Spiel?«

Der Vierschrötige schürzte die Lippen. »Warum hast du eben so spöttisch gegrinst, als ich den Stoß versemmelte?«

»Das war mitfühlend«, versetzte der Blonde.

»Du willst mich wohl verarschen?«

»Einen Büffel wie dich verarscht man nicht«, grinste der Blonde. »Traust du dich gegen mich anzutreten? Spielen wir um einen Fünfziger. Der Verlierer gibt obendrein ein Bier aus.«

»Ich glaube, du bist ein verdammtes Großmaul, Blondie. He, hast du auch einen Namen?«

»Howard Henderson. Und wie heißt du?«

»Mel Adams. Gut, spielen wir um einen Fünfziger und ein Bier. Lass uns aber erst dieses Spiel fertig machen.«

»Natürlich.« Henderson angelte sich sein Bier und trank. Jedes Mal wenn Adams einen Fehlstoß machte, grinste er. In Adams' Augen erschien ein böses Funkeln. Aber schließlich gewann er das Spiel. Triumphierend starrte er Henderson an. Dieser sagte: »Nicht schlecht. Aber schreib deinen Fünfziger schon mal ab.« Er nahm seine Brieftasche aus der Jeansjacke, fingerte eine Fünfzig-Dollar-Note heraus und legte sie auf den Rand des Billardtisches. »Leg deinen Fünfziger dazu, Mel. Dem Gewinner gehört alles.«

Sie legten die Kugeln auf. Adams machte den ersten Stoß und versenkte eine ›Halbe‹. Sein nächster Stoß ging fehl. Henderson kam dran. Er versenkte drei ›Ganze‹, dann war wieder Adams an der Reihe. Sein Stoß war erfolglos. Henderson lachte höhnisch auf. »Es war leichtsinnig von dir, dich auf dieses Spiel einzulassen.«

»Du gehst mir auf die Nerven!«, fauchte Adams böse. Ein brutaler Zug kerbte sich in seine Mundwinkel.

»Bist du etwa ein schlechter Verlierer?«

»Noch habe ich nicht verloren«, grollte Adams.

»Gleich, mein Freund – gleich hast du verloren. Hast du dann noch das Geld, um mir ein Bier auszugeben?«

Die Umstehenden lachten.

Es schürte Adams' Zorn. Er biss die Zähne zusammen, dass die Backenknochen in seinem Gesicht hart hervortraten, und stieß die Luft durch die Nase aus. »Dann zeig, was du kannst.«

Henderson setzte an. Wieder versenkte er drei ›Ganze‹, dann richtete er sich auf. »Damit du wenigstens vom Spiel etwas hast«, sagte er und schoss die weiße Kugel blindlings gegen die Bande.

Adams knirschte mit den Zähnen. Dann spielte er. Es gelang ihm ein Treffer, dem folgte ein Fehlstoß und er stieß eine Verwünschung aus.

»Dann werde ich dir jetzt zeigen, wie es geht«, sagte Henderson und beugte sich über den Billardtisch.

Bei Adams knallte eine Sicherung durch. Er drosch den Queue auf den Rand des Billardtisches, dass er in zwei Teile zerbrach, warf das Stück, das er in der Hand hielt auf den Tisch und wandte sich Henderson zu, riss ihn zu sich herum und packte ihn mit den Fäusten an den Aufschlägen der Jeansjacke. »Sag mal, willst du mich provozieren?«

Sein Atem schlug in Hendersons Gesicht. In seinen Zügen wütete der Zorn. Er hatte jetzt die Lippen zusammengepresst, sodass sie nur noch einen dünnen, blutleeren Strich bildeten. Seine Augen zeigte eine stumme Drohung.

»Nimm die Hände von mir!«, sagte Henderson ganz ruhig. »Ich wusste ja nicht, dass du keinen Spaß verstehst.«

»Ich werde dich zum Tempel hinausprügeln!«, keuchte Adams. »Einen wie dich verspeise ich zum Frühstück.«

»Nimm deine Hände von meiner Jacke«, forderte Henderson. Er verlieh jedem Wort eine besondere Betonung.

Adams schüttelte ihn. »Willst du mir drohen? Pass auf,

Blondie ...« Adams' Kopf zuckte nach vorn. Mit einem brutalen Kopfstoß in das Gesicht von Henderson wollte er klare Verhältnisse schaffen. Aber Henderson sprang gedankenschnell zurück. Der Kopfstoß ging ins Leere, Adams' Hände lösten sich von Hendersons Jacke. Und ehe Adams sich versah, landete Henderson einen schmetternden Schlag an seinem Kopf.

Adams kam aus dem Gleichgewicht und machte einen Schritt zur Seite, ungläubig starrte er Henderson an, in den Augen den törichten Ausdruck des Nichtbegreifens. Seine Hände öffneten und schlossen sich. Plötzlich löste sich aus seiner Kehle ein gefährliches Grollen – dem zornigen Grollen einer Dogge nicht unähnlich. »Dafür ramme ich dich unangespitzt in den Boden!«, versprach er, dann sprang er Henderson an. Seine rechte Faust zischte durch die Luft. Henderson duckte sich und die Faust radierte lediglich über seinen Schädel. Er glitt einen halben Schritt zur Seite und stellte Adams ein Bein. Adams landete mit einem Aufschrei auf dem Bauch. Mit dem nächsten Atemzug aber wälzte er sich schon herum und kam hoch. »Du wirst auf allen vieren aus der Kneipe kriechen!«, drohte er.

Breitbeinig stand Henderson da. »Meinst du nicht, dass du verloren hast, und zwar auf der ganzen Linie?« Er ging zum Billardtisch, nahm die beiden Geldscheine, faltete sie sorgfältig zusammen und steckte sie in die Hosentasche.

Jetzt rastete Adams gänzlich aus. Er stürmte heran und trat nach Henderson. Dieser erwischte das Bein mit beiden Händen, drehte es herum und Adams brüllte gequält auf, hüpfte kurze Zeit auf einem Bein, dann stürzte er. Henderson packte ihn mit der Linken am Kragen des Tarnanzuges und zog ihn ein Stück in die Höhe, holte aus und drosch ihm die Faust gegen den Kopf. Dann ließ er ihn los. Adams fiel auf das Gesicht.

»Ich hoffe, du hast genug«, knurrte Henderson.

Als Henderson den Billardraum verlassen wollte, stellten sich ihm drei Uniformierte in den Weg. Einer sagte: »So billig kommst du nicht weg, Henderson.«

»Geht zur Seite, ihr Milchknaben«, knurrte Henderson. »Euch drei schnupfe ich. Marsch, zur Seite.«

Der Mittlere der drei sprang Henderson an. Der drehte sich in ihn hinein, duckte sich, griff über seine Schulter und erwischte den Burschen an der Uniformjacke. Ein Ruck und er flog über seine Schulter, landete der Länge nach auf dem Boden und schnappte erstickend nach Luft.

Henderson wandte sich einem zweiten zu. Sein Fußfeger legte den Burschen flach. Einer stürmte mit dem erhobenen Queue auf Henderson los. Der Stock sauste nach unten, Henderson wich behände aus, donnerte dem Burschen von der Seite die Faust in den Leib, und als er sich verbeugte, hämmerte er ihm die Faust wie einen Hammer ins Genick. Einer der Kerle wollte wieder hoch, aber ein Schwinger von Henderson unter das Kinn legte ihn wieder flach.

Blitzschnell bückte sich Henderson nach dem Queue, der am Boden lag, hob ihn auf und schlug sich damit leicht in die geöffnete Linke. »Noch jemand, der es genau wissen will?«

Sie zogen die Köpfe zwischen die Schultern und starrten Henderson verbissen an. Dieser warf den Queue zu Boden, wandte sich abrupt um und verließ den Raum. Im Schankraum ging er zur Theke und verlangte noch ein Bier …

Mr High hatte um kurz nach 20 Uhr Feierabend gemacht. Er fuhr auf dem schnellsten Weg nach Hause. Routiniert steuerte er seinen Oldsmobile durch den Verkehr.

Das Gebäude, in dem er wohnte, verfügte über eine

Tiefgarage. Um die Schranke zu öffnen, musste er eine Plastikkarte in ein Lesegerät schieben. Er fuhr die Rampe hinunter und steuerte den Oldsmobile auf den von ihm angemieteten Parkplatz.

Mr High freute sich nicht auf den Feierabend. Seit Verbrecher seine Familie ausgelöscht hatten, hatte er sein Leben der Arbeit verschrieben. Er war ein Workaholic, der sein Privatleben vollkommen dienstlichen Belangen unterordnete. Aber irgendwann war auch bei ihm der Akku leer und er musste sich die Zeit nehmen, um ihn nachzuladen. High stieg aus und verriegelte per Fernbedienung die Türen seines Wagens.

In der Tiefgarage roch es nach Abgasen. Gelbe Neonröhren an der Decke sorgten für Licht. Mr High wandte sich dem Aufzugsschacht zu. Gedanklich war er schon wieder zwölf Stunden weiter. Ein Fall beschäftigte ihn derzeit besonders. Die NMA spielte hierbei eine Rolle …

Um den Aufzugsschacht kam ein Mann herum. Er trug einen Kampfanzug und war maskiert. In seiner rechten Faust lag eine Pistole, die er auf Mr High gerichtet hielt.

Der AD hielt an, als wäre er gegen eine unsichtbare Mauer gestoßen.

Hinter ihm erklangen Schritte. Mr High schaute über die Schulter. Auch von hinten näherte sich ein Maskierter im Kampfanzug und zielte mit einer Pistole auf ihn. Mr High, der die Luft angehalten hatte, stieß die verbrauchte Atemluft aus.

»Keinen Laut!«, gebot der Maskierte vor John D. High. »Zu dem Buick dort.« Er wies mit der Pistole auf ein metallic-blaues Fahrzeug.

Der AD stellte keine Fragen. Ihm war es wie Schuppen von den Augen gefallen. Ihm war klar, dass er von Angehörigen der NMA entführt wurde. Widerstand war angesichts der auf ihn angeschlagenen Pistolen zwecklos. Die Anspannung fiel von Mr High ab, seine Schultern sanken nach unten. Er setzte sich in Bewegung. Einer der Kerle öffnete die hintere Tür. »Setzen Sie sich.« Mr High ließ sich auf die hintere Sitzbank fallen. Einer der Gangster setzte sich neben ihn, der andere klemmte sich hinter das Steuer. »Geben Sie mir Ihre Karte, High.«

Der AD griff in die Tasche und reichte ihm das Kärtchen. »Wie sind Sie denn hereingekommen?«

»Ich habe geläutet und Ihren Namen genannt. Der Doorman öffnete uns.«

»Was haben Sie mit mir vor?«

»Das werden Sie sehen, High.«

Von nun an schwiegen sie. Der Fahrer fädelte den Buick in den fließenden Verkehr ein ...

Mein Telefon läutete. Es war Helen, die sagte: »Mr High ist nicht zum Dienst erschienen, Jerry. Er hat auch nicht angerufen. Das ist doch seltsam, findest du nicht?«

»Ausgesprochen seltsam. Hast du versucht, ihn telefonisch zu erreichen?«

»Vielleicht hat er verschlafen und ...«

»Nicht der AD«, stieß ich hervor. »Ruf ihn an und sag mir wieder Bescheid.«

»In Ordnung, Jerry.«

Als ich aufgelegt hatte, schaute ich auf die Uhr. Es war 8 Uhr 05. Um diese Zeit war der Chef normalerweise längst im Dienst.

Wenige Minuten später klingelte mein Telefon erneut. Helen sagte: »Fehlanzeige, Jerry. Er geht weder an seinen Festnetzanschluss noch an sein Handy. Ich mache mir Sorgen.«

»War der Anrufbeantworter eingeschaltet?«, fragte ich.

»Nein.«

»Danke, Helen, wir werden uns drum kümmern. Zunächst aber sollten wir noch abwarten. Dem Chef kann ja etwas dazwischengekommen sein.«

»Er ließe uns niemals im Unklaren«, wandte Helen ein.

»Jetzt mal den Teufel nicht gleich an die Wand«, knurrte ich.

Nachdem ich aufgelegt hatte, sagte Phil, der dank des aktivierten Lautsprechers hören konnte, was Helen gesprochen hatte: »Warum sollte nicht auch Mr High mal verschlafen?«

»Das Klingeln des Telefons hätte ihn geweckt.«

»Vielleicht hat er den Klingelton auf leise gestellt.«

Ich winkte ab. »Warten wir. Wenn er bis um 9 Uhr nicht aufgetaucht ist, sehen wir nach.«

Mr High tauchte nicht auf.

Phil und ich fuhren zu seiner Wohnung. Phil läutete. In der Wohnung blieb es ruhig. Ich fuhr mit dem Aufzug hinunter in die Tiefgarage. Der Oldsmobile unseres Chefs stand auf seinem Platz. Jetzt begann ich mir echte Sorgen zu machen. Der Aufzug trug mich wieder nach oben. »Sein Wagen steht unten«, sagte ich.

Phil machte ein Gesicht, als hätte er in eine Zitrone gebissen. »Wir müssen in der Wohnung nachsehen«, murmelte er bedrückt.

»Schließ auf«, sagte ich.

Phil holte das Etui mit den Spezialdietrichen aus der Tasche. Es dauerte keine zwanzig Sekunden, dann hatte er die Tür geöffnet. Ich verspürte ein Kribbeln zwischen den Schulterblättern. Was erwartete uns in der Wohnung? Ich war angespannt bis in die letzte Faser meines Körpers.

Wir gingen hinein. Alles war sauber und ordentlich. Das Wohnzimmer war verwaist. Ich betrat das Schlafzimmer. Das Bett war nicht zerwühlt. Wir schauten auch ins Arbeitszimmer des Chefs und ins Badezimmer. Nichts!

Wir verließen die Wohnung wieder, ich läutete bei einem Nachbarn. Es war eine Frau, die öffnete. Ich sagte ihr, wer wir waren, dann erklärte ich ihr, dass Mr High spurlos verschwunden war. Sie zuckte mit den Schultern und sagte: »Ich hörte ihn gestern Morgen gegen 6 Uhr die Wohnung verlassen. Seitdem habe ich von ihm nichts mehr gesehen oder gehört.«

Wir fuhren zurück zum Bundesgebäude an der Federal Plaza. Vom Büro aus rief ich Steve Dillaggio an. Er hatte dienstfrei. »Mr High ist spurlos verschwunden«, sagte ich.

»Was sagst du da?«

»Du hast richtig gehört. Er ist nicht zum Dienst erschienen und hat sich auch nicht entschuldigt. Phil und ich waren in seiner Wohnung. Sie ist leer. Sein Oldsmobile steht auf dem Parkplatz in der Tiefgarage.«

»Das klingt wie nach einer Entführung«, murmelte Steve.

»Ich befürchte das Schlimmste«, sagte ich.

»Ich komme ins Büro«, sagte Steve. »In spätestens einer Stunde bin ich da.«

Es dauerte fünfzig Minuten. Steve ließ sofort alle verfügbaren Agents im Besprechungsraum zusammenkommen. Gemurmel und Geflüster erhob sich. »Ruhe, bitte«, rief Steve, nach und nach versiegten die Stimmen, dann war es still. Steve ergriff wieder das Wort: »Mr High ist spurlos verschwunden. Er befindet sich nicht in seiner Wohnung und ist auch nicht telefonisch zu erreichen. Wir müssen davon ausgehen, dass er entführt wurde.«

Betroffenes Schweigen war die Reaktion auf Steves Worte. Er fuhr fort: »Wir wissen nicht, was dahintersteckt. Aber es ist anzunehmen, dass die Entführer mit einer Forderung an uns herantreten werden. Ich werde sofort Washington in Kenntnis setzen. Außerdem werde ich das Detective Bureau einschalten. Wenn ich etwas Näheres weiß, werde ich Sie unverzüglich in Kenntnis setzen.«

Jetzt wurden wieder murmelnde Stimmen laut.

»Gehen Sie jetzt an Ihre Arbeitsplätze zurück. Jerry, Phil, mit euch beiden will ich noch reden. Kommt in mein Büro.«

»In Ordnung«, sagte ich.

Wenig später saßen wir uns in Steves Büro gegenüber. »Vielleicht steckt die NMA dahinter«, eröffnete Phil das Gespräch. »Womöglich ist das die große Sache, von der Osborne gesprochen hat.«

»Das ist nicht von der Hand zu weisen«, erwiderte ich. »Aber was ist der Grund?«

»Sicher wollen Sie irgendetwas erpressen«, meinte Steve. »Wobei das nichts weiter als eine Vermutung ist. Den Chef kann sonst wer entführt haben. Ein Racheakt ist nicht auszuschließen.«

»Daran glaube ich nicht«, sagte ich. »Eine Entführung ergibt im Rahmen eines Racheakts keinen Sinn. Wenn sich jemand an Mr High oder am FBI rächen wollte, dann hätte er den AD nicht entführt, sondern ihn getötet.«

Da läutete Steves Telefon. Der SAC angelte sich den Hörer und hob ihn an sein Ohr. »Steve Dillaggio, Special Agent in Charge, FBI New York.«

Steve schaltete den Lautsprecher ein. Eine dunkle Stimme war zu hören. »... die Kidnapper mit uns Verbindung aufgenommen. Sie verlangen die sofortige Freilassung von Jack Douglas und haben uns drei Tage Bedenkzeit gegeben.

Nach Ablauf dieses Ultimatums wollen sie High töten. Das ist aber nicht alles. Sie wollen weitere Geiseln nehmen. Und je länger die Freilassung von Douglas hinausgezögert wird, umso mehr von den Geiseln werden sterben.«

»Wer ist Jack Douglas?«

»Er war Präsident der ›Nationalen Front Amerikas‹. Weil er zwei Leute mit einem Bombenanschlag auf ein Kaufhaus beauftragte, bei dem einige Menschen ums Leben kamen, wurde er vor etwas über zwei Jahren zu einer lebenslangen Haftstrafe verurteilt.«

»Hat sich eine Organisation zu der Entführung bekannt?«, fragte Steve.

»Nein. Die ›Nationale Front Amerikas‹ wurde damals zerschlagen. Vielleicht hat sie sich wieder aufgebaut. Wir wissen es nicht.«

»Drei Tage«, murmelte Steve, dann hob sich seine Stimme: »Wurde schon ein Krisenstab gebildet?«

»Hywood, der ›Chief of Department‹ ist dabei, einen auf die Beine zu stellen. Sie, SAC Dillaggio, werden diesem Stab sicher angehören.«

»Ich bitte darum«, sagte Steve. »Sollten Sie zu neuen Erkenntnissen gelangen, halten Sie mich bitte auf dem Laufenden.«

»Das ist doch Ehrensache«, sagte der Anrufer.

Steve legte auf und sagte: »Heute ist der 28. Mai. Wir haben bis zum einunddreißigsten Zeit. Die Sache High hat Priorität. Jerry, Phil, ihr beiden übernehmt die Angelegenheit federführend. Wenn ihr Hilfe benötigt, seid ihr befugt, sie ohne Rückfrage zu rekrutieren.«

»Ich erinnere mich an die ›Nationale Front‹«, erklärte ich. »Eine rechtsextreme Gruppierung. Ihre Ideologien und die der NMA dürften nicht kontrovers sein. Ich glaube, wir müssen uns ein wenig näher mit der NMA beschäftigen.«

»Denkt daran, dass wir nur drei Tage Zeit haben«, mahnte Steve.

Wir begaben uns in unser Büro und holten die Akte von Jack Douglas auf den Monitor. Er war 46 Jahre alt und saß in Rikers Island ein. Das Gericht wollte er damals wegen Befangenheit ablehnen, weil ein afroamerikanischer Richter den Vorsitz hatte, er war aber mit seinem Antrag nicht durchgekommen. Der Antrag verriet seine Gesinnung.

Ich rief beim Police Department an und ließ mich mit dem Beamten verbinden, der damals die Ermittlungen gegen Douglas leitete. Sein Name war Stan Hollister, sein Dienstrang war Detective Lieutenant. Hollister sagte: »Es ist uns damals gelungen, auch die Helfershelfer von Douglas auszuschalten. Ein paar kleine Fische mögen uns vielleicht entkommen sein, aber von denen hat sicher keiner das Format, eine Folgeorganisation ins Leben zu rufen. Ich denke, dass es sich bei den Kidnappern um ein paar Sympathisanten handelt, die es unserem Rechtsstaat beweisen wollen.«

»Vielleicht gibt es die Folgeorganisation längst«, sagte ich. »Schon mal was von der ›Nationalen Bewegung für Amerika‹ gehört, abgekürzt NMA?«

»Wir haben ein Auge auf sie geworfen. Bis jetzt haben sich die Mitglieder der NMA als harmlos entpuppt. Sie fahren einige Male im Monat ins Grüne und spielen Krieg.«

»Vier Mitglieder der NMA haben die Tochter des Stadtverordneten Anderson entführt. Präsident der NMA ist ein Bursche namens Henry Cavendish.« Ich räusperte mich. »Die NMA besteht nicht nur aus der Wehrsportgruppe. Das ist sicher nur eine Randerscheinung. Sie vertritt eine rechtsextreme Ideologie und ist gefährlich.«

»In Amerika gibt es zig solcher Organisationen«, meinte Hollister. »Von der NMA auf die NF zu schließen dürfte

Spekulation sein. Aber wir sind ebenfalls am Ball. Auch wir haben die Ermittlungen aufgenommen. Wir halten uns gegenseitig auf dem Laufenden, Special Agent.«

Ich verabschiedete mich und legte den Hörer auf den Apparat. »Sprechen wir mit Douglas selbst«, schlug ich vor.

Kapitel 3

Man kannte uns in Rikers Island. Jack Douglas wurde in den Vernehmungsraum geführt. Ich bat den Wachtmeister, dem Gefangenen die Handschellen abzunehmen. »Setzen Sie sich, Mister Douglas.«

Er ließ sich nieder. Auch ich nahm Platz. Zwischen uns war der zerkratzte Tisch, auf den weißes Neonlicht fiel. Phil war stehen geblieben und hatte die Arme vor der Brust überkreuzt.

»Wer sind Sie und was sollen Sie?«, blaffte Douglas. Er hatte lichte, dunkle Haare, auf seiner Nase saß eine Brille mit dicken Gläsern. Douglas sah eher aus wie ein solider Buchhalter denn wie ein rechtsradikaler Bombenleger.

Ich übernahm es, uns vorzustellen. Dann sagte ich: »Irgendjemand scheint großes Interesse daran zu haben, dass Sie wieder in Freiheit gelangen.«

»Meine Freunde lassen mich nicht im Stich.«

»Wer sind Ihre Freunde?«

»Erwarten Sie darauf von mir wirklich eine Antwort?«

»Die NF wurde vor zwei Jahren total zerschlagen«, meldete sich Phil zu Wort.

Douglas grinste herablassend. »Was heißt das schon?«

»Es gibt eine Gruppierung, die sich ›National Movement for America‹ nennt – die ›Nationale Bewegung für Amerika‹«, gab ich zu verstehen, »abgekürzt NMA. Haben Sie irgendwelche Kontakte zu dieser Gruppierung?«

»Das würden Sie gerne wissen, wie?« Douglas lachte kehlig. »Aber von mir erfahren Sie nichts, bei mir beißen Sie auf Granit. Meine Freunde werden für Schlagzeilen sorgen. Wir werden sehen, wer den längeren Atem hat. Sie haben Zeit bis zum 31., um mich freizulassen. Dann stirbt

Ihr Mr High. Und in der Zwischenzeit werden sich meine Freunde schon neue Geiseln besorgt haben.«

»Sollte mit der Tochter des Stadtverordneten Anderson Ihre Freilassung erpresst werden?«, fragte ich.

»Finden Sie's heraus, Special Agents.«

Wir ließen Douglas wieder abführen. »Was hast du denn erwartet?«, fragte Phil, als wir das Gefängnis verlassen hatten. »Dass er uns seine Gesinnungsgenossen verrät? Oder dass er uns sagt, wer als Nächstes entführt werden soll?«

Darauf gab ich keine Antwort. Ich wusste wahrscheinlich selbst nicht so genau, was ich mir von Douglas' Vernehmung erwartet hatte.

Als wir im Jaguar saßen und in Richtung Manhattan fuhren, ergriff Phil noch einmal das Wort: »Auf keinen Fall dürfen wir die Drohung auf die leichte Schulter nehmen. Herrgott, wir wissen nichts – gar nichts. Und die Gangster haben sich wahrscheinlich schon ihr nächstes Opfer herausgepickt.«

»Was denkst du?«, fragte ich. »Wird man Douglas freilassen, wenn es uns nicht gelingt, innerhalb von drei Tagen Mr High zu befreien?«

»Ich glaube nicht. Staat und Justiz sind nicht erpressbar. Im Falle Douglas wird man kaum eine Ausnahme machen.«

»Nehmen wir uns noch einmal Cavendish vor«, sagte ich.

Wir benutzten die Queensboro Bridge, um nach Manhattan zu gelangen. Dann fuhren wir in den Westteil und schlugen die Richtung zur 88th Street ein.

Cavendish war zu Hause. Er fixierte uns mit kühler Zurückhaltung. »Können wir Sie sprechen?«, fragte ich.

»New York One hat eine Sondersendung ausgestrahlt«,

sagte Cavendish. »Ich weiß, dass Ihr Assistant Director gekidnappt wurde und dass die Entführer die Freilassung von Jack Douglas fordern. Jetzt suchen Sie Ihren Mr High wahrscheinlich bei mir. Bitte, kommen Sie herein, und sehen Sie selbst, dass ich ihn nicht in der Wohnung habe.«

Es klang ausgesprochen zynisch.

»Kennen Sie Jack Douglas?«

»Ich verfolgte vor etwas über zwei Jahren den Prozess gegen ihn. Er beließ es nicht nur beim Hinausbrüllen irgendwelcher Parolen, sondern wartete mit Taten auf.«

»Was ihn lebenslänglich hinter Gitter brachte«, sagte Phil. »Heißen Sie das gut, was er getan hat?«

»Sie wollen wissen, ob ich gewaltbereit bin.« Cavendish hob die Schultern. »Gewalt ist ein Mittel zum Zweck. Warum sollte man ihr abgeneigt sein.«

»Sie machen kein Hehl aus Ihrer Gesinnung«, sagte ich.

»Warum sollte ich. Wollen Sie mir einen Strick daraus drehen?«

»Nicht, solange Sie sich mit Ihrer Gesinnung innerhalb des Rahmens bewegen, der durch Gesetze und Verordnungen abgesteckt ist.«

»War das alles?«

»Seit wann hängen Sie dem Rechtsextremismus an?«

»Was für ein hässliches Wort. Ich würde mich als national- oder rechtskonservativ bezeichnen.«

»Ihre Ideologien sind Antipluralismus und Autoritarismus«, konterte Phil. »Sie brauchen nicht zu versuchen, uns etwas vorzumachen. Ihre Gesinnung trennt sie nur wenige Schritte vom Terrorismus. Was Douglas verbrochen hat, war ein terroristischer Akt. Sie selbst haben Ihre Gewaltbereitschaft zugegeben.«

»Ich habe sie nicht in Abrede gestellt, das ist ein Unterschied.«

»Hatten Sie Beziehungen zur ›Nationalen Front Amerikas‹?«, fragte ich und bereitete damit dem Geplänkel zwischen Phil und Cavendish ein Ende.

»Nein, nie.«

»Seit wann gibt es die NMA?«

»Seit vier Jahren. Falls Sie also denken, dass wir eine Nachfolgeorganisation der NF sind, so muss ich Sie enttäuschen.«

»Ist Douglas in den Augen rechtsextremer Kreise nicht so etwas wie ein Märtyrer?«, fragte ich.

»Er wurde verraten und verkauft«, sagte Cavendish. »Wenn er ein Märtyrer ist, dann hat ihn die Gesellschaft dazu gemacht.«

Es war kurz vor 22 Uhr, als Howard Henderson ›Jimmy's Lounge‹ betrat. Das Bild, das sich seinen Augen bot, war fast dasselbe wie am Abend zuvor. Die laute Musik dröhnte in seinen Ohren.

Er ging zum Tresen. Der Keeper kam zu ihm.

»Ein Bier«, verlangte Henderson.

Der Keeper nickte, holte aus dem Kühlschrank eine Dose und öffnete sie, dann stellte er sie vor Henderson hin. »Dir gefällt es wohl hier? Erinnert dich an deine Zeit bei der Army, wie? Warum bist du nicht dabeigeblieben?«

»Meine Dienstzeit endete. Wenn ich mich weiter verpflichtet hätte, wäre ich im Irak geblieben. Dort unten aber stirbt es sich verdammt schnell. Ich fühle mich nicht alt genug, um schon den Löffel abzugeben.«

Der Keeper lachte. »Diese Narren hier schießen mit Platzpatronen aufeinander, wenn sie ihre Manöver durchführen. – Mel Adams ist übrigens ganz schön sauer auf dich. Er hielt sich immer für unschlagbar. Auch ein paar andere Jungs hast du ganz schön verärgert. Sie haben geschworen, dir die Waden einzurenken, solltest du dich noch einmal hier blicken lassen.«

»Die Doofen sterben eben niemals aus«, versetzte Henderson gleichmütig. Er nahm den Kopf etwas nach vorn. »Ob es bei der NMA einen Job für mich gibt?«

»Du meinst hauptberuflich?«

»Ja. Ich habe fünf Jahre militärische Erfahrung gesammelt und könnte eine Menge davon weitergeben.«

»Das sind Rechtsradikale«, knurrte der Keeper. »Um bei ihnen mitzumischen, musst du eine besondere Gesinnung mitbringen.«

»Die könnte man sich aneignen.« Henderson grinste vielsagend.

»Ich weiß nicht. Es ist eine ganz besondere Art der Weltanschauung. Aber das musst du selber wissen. Ich weiß nicht, ob die Jobs vergeben. Ich gehöre nicht zu dem Verein. Durchs Gelände zu hetzen und mich auf Befehl in den Dreck zu schmeißen ist nicht mein Ding.«

»Sicher, das ist Ansichtssache.« Henderson trank einen Schluck.

Plötzlich wies der Kellner mit dem Kinn in die Richtung der Tür, die in den Billardraum führte. »Da kommt Adams. Man hat ihm gemeldet, dass du hier bist. Sein Gesichtsausdruck ist wenig verheißungsvoll.«

Hendersons Mundwinkel bogen sich verächtlich nach unten. Er stellte mit einem harten Ruck die Bierdose auf den Tresen, dann drehte er sich um und blickte Adams entgegen.

Die Feindseligkeit, die Adams verströmte, berührte ihn wie ein heißer Atem. In den Augen des Vierschrötigen irrlichterte die Heimtücke. Einige Kerle waren aufmerksam geworden und beobachteten Adams.

Der blieb zwei Schritte vor Henderson stehen und stemmte die Arme in die Seiten. Sein Blick, mit dem er Henderson von unten bis oben maß, war genauso herausfordernd wie seine ganze Haltung.

»Was willst du?«, fragte Henderson ohne die Spur einer Gemütsregung. »Reicht dir eine Abreibung nicht?«

»Wenn ich mit den Fingern schnippe, zerreißen dich meine Freunde in der Luft.«

Henderson leckte sich mit der Zungenspitze über die Lippen. »Vielleicht, Adams. Aber du müsstest irgendwann mit mir rechnen. Und ich würde dir eine gesalzene Rechnung präsentieren. Willst du das Schicksal herausfordern?«

Adams ging weiter und stellte sich neben Henderson an die Theke. »Jemand will dich sprechen.«

»Wer?«

»Das wirst du sehen.«

»Was ist, wenn ich nicht mitkomme?«

»Dann solltest du dich in ›Jimmy's Lounge‹ nicht mehr blicken lassen.«

»Worum geht es?«

»Das wirst du erfahren.«

»Du bist nicht sehr gesprächig, Adams.«

»Was ist, kommst du mit?«

»Darf ich erst mein Bier austrinken?«

»Sicher.«

Henderson trank in aller Ruhe sein Bier. Adams hatte begonnen, mit den Fingerkuppen seiner Rechten auf der Theke zu trommeln. Er verriet Ungeduld. Hin und wieder schoss er Henderson einen wenig freundlichen Blick zu.

Schließlich zerdrückte Henderson mit einer Hand die Bierdose und warf sie auf den Tresen. »Wir können.«

»Komm.« Adams ging zur Hintertür, Henderson folgte ihm. Sie betraten einen kleinen Flur, an dessen Ende sich eine Treppe nach oben schwang.

Adams ging vor Henderson her in den Hof. Da stand ein Ford.

»Steig ein«, gebot Adams und öffnete per Fernbedienung die Zentralverriegelung.

»Wohin bringst du mich? Das ist doch keine Falle?«

»Keine Sorge«, knurrte Adams. »Aber wir beiden unterhalten uns noch miteinander. Darauf kannst du Gift nehmen.«

»Ich stehe dir jederzeit zur Verfügung, Adams«, versetzte Henderson und grinste. »Du gehörst zur unbelehrbaren Sorte, nicht wahr? Dabei solltest du aus den Lektionen, die dir das Leben erteilt, lernen.«

»Warum bist du kein Philosoph geworden?«, blaffte Adams.

Von jetzt an schwiegen sie. Die Fahrt ging nach Norden. Sie benutzten die First Avenue. Schließlich bogen sie in die 108th Street ein, der sie ein ganzes Stück folgten, dann parkte Adams den Ford. »Wir sind da.«

Henderson stieg aus und reckte die Schultern. Dann warf er die Autotür zu. Auch die Fahrertür knallte.

Sie betraten ein Gebäude und stiegen die Treppe hinauf. Adams klingelte an einer Tür, auf der ein Messingschild mit dem Namen ›R. Kellerman‹ angebracht war.

Gleich darauf wurde ihnen geöffnet. Ein Mann zeigte sich, sekundenlang starrte er Henderson an, dann sagte er: »Kommt herein.«

Adams und Henderson betraten die Wohnung, der Bursche drückte die Tür ins Schloss und lehnte sich mit dem Rücken gegen das Türblatt, hakte die Daumen in den Hosenbund und ließ noch einmal seine Stimme erklingen:

»Man hat mir von dir erzählt, Henderson. Wie es scheint, bist du aus einem besonderen Holz geschnitzt.«

»Wie heißt du?«, fragte Henderson, der sich dem Burschen zugewandt hatte. »Bist du Kellerman? Ich will wissen, mit wem ich spreche.«

»Robert Kellerman.«

»Was willst du?«

»Du warst Sergeant bei der Army«, stellte Kellerman fest.

»Ja.«

»Leute wie dich suchen wir.«

»Wer ist ›wir‹? Wofür sucht ihr Leute wie mich?«

»Wir nennen uns ›National Movement für America‹«, erklärte Kellerman, »abgekürzt NMA. Zu der Organisation gehört eine Wehrsportgruppe. Wir haben regen Zulauf. Einer der Ausbilder ist vor kurzem ausgefallen. Du kennst dich aus mit militärischen Gepflogenheiten.«

»Ich suche einen Job«, gab Henderson zu verstehen.

»Was hältst du von Minderheiten in unserem Land? Ich spreche von Indianern, Niggern, Chinesen, Latinos, Behinderten.«

»Habt ihr was gegen diese Leute?«

»Wir ernähren die Rothäute in den Reservaten gewissermaßen mit unseren Steuern. Neger und Chinks fühlen sich als gleichberechtigt. Die Bohnenfresser drängen illegal in unser Land und nehmen uns weißen Amerikanern die Jobs weg. Und die Missgeburten genießen Privilegien, die ebenfalls der gesunde Steuerzahler finanziert.«

»Das ist eben so.«

»Die Politik fördert diese Minderheiten. Es sind Randgruppen. Schmarotzer, lebensunwerte Erscheinungen.«

Scharf beobachtete Kellerman, während er sprach, Henderson. Es war, als versuchte er in dessen Zügen zu lesen.

Henderson zuckte mit keiner Wimper, als er sagte: »Das ist eine rechtsradikale Einstellung.«

»Wie stehst du dazu? Könntest du dich dieser Gesinnung anpassen?«

»Wenn die Kohle stimmt, bete ich sogar den Teufel an«, knurrte Henderson.

»Die Modalitäten müssten wir absprechen. Du wärst grundsätzlich nicht abgeneigt?«

»Ich arbeite nicht für einen Hungerlohn.«

»Unsere Gruppenleiter und Zugführer müssen nicht hungern.«

»Wie finanziert sich der Verein?«, wollte Henderson wissen.

»Durch Mitgliedsbeiträge und Spenden.«

»Ich müsste mich erst mit euren Gepflogenheiten vertraut machen.«

»Dazu würdest du Gelegenheit erhalten.«

»Na schön, dann nenn mir die Bedingungen, zu denen ich beschäftigt werden würde.«

»Setz dich.«

Henderson ließ sich nieder. »Ich bin ganz Ohr«, sagte er grinsend.

Warren Banks sperrte gegen 3 Uhr in der Nacht den ›Tropica Club‹ zu. Das Personal war bereits verschwunden. Er atmete tief durch. Seine Lungen füllten sich mit frischem Sauerstoff. In New Yorks Kneipen herrschte zwar striktes Rauchverbot, dennoch war die Luft abgestanden und schlecht.

Der Geschäftsführer schwenkte seinen Blick die Straße hinauf und hinunter. Seit Weston und Swanson erschossen worden waren, fühlte er sich nicht mehr wohl in seiner Haut.

›The Avenger‹ hatte sich zu den beiden Morden bekannt. Banks hatte eine Menge Dreck am Stecken, und so fürchtete er den Rächer.

Er ging zu seinem Wagen. Es war ein anthrazitfarbener Pontiac. Die Lichter leuchteten auf, als er die Fernbedienung bediente und die Türen entriegelt wurden. Die Innenbeleuchtung des Fahrzeugs ging an.

Banks setzte sich in den Wagen. Die Beklemmung, die ihn im Klammergriff hielt, vermochte er nicht abzuschütteln. Die Nacht schien Unheil zu versprechen.

Er schob den Schlüssel ins Zündloch und startete den Motor, schaltete die Scheinwerfer ein und rammte den ersten Gang ins Getriebe. Dann gab er leicht Gas und kurbelte am Lenkrad.

Der Geschäftsführer war müde. In der Innentasche seiner Jacke steckte ein dickes Bündel Geldscheine. Die Einnahmen des heutigen Abends. Nach Abzug der Unkosten würde ein erkleckliches Sümmchen für Carl Meacham übrig bleiben. Banks beneidete seinen Boss. Dieser verdiente sein Geld gewissermaßen im Schlaf. Wenn eine Nacht zu Ende ging, war er wieder ein ganzes Stück reicher geworden, ohne einen Finger gerührt zu haben.

Der ›Tropica Club‹ lag in der 17th Street. Banks wohnte in der 48th Street. Er musste in den Westteil Manhattans.

Man müsste mitverdienen können, zog es durch Banks' Verstand. *Ein gewisser Anteil an den Einnahmen wäre sicher nicht zu verachten. Zehn Prozent, vielleicht sogar zwanzig! Du könntest die Beine unter den Tisch strecken und Gott einen guten Mann sein lassen.*

Warum eigentlich nicht?, fragte er sich. *Du hast Meacham sozusagen in der Hand. Wenn ich den Bullen einen Tipp gebe, dann ist es mit seiner Herrlichkeit vorbei. – Aber das wäre dumm. Du würdest dir den Ast, auf dem du sitzt, selber absägen.*

Banks wälzte trübe Gedanken. Als er vor dem Gebäude, in dem er wohnte, parkte, stand sein Entschluss fest. Meacham würde ihn beteiligen müssen.

Er hatte gar keine andere Wahl. Andernfalls ...

Der Motor starb ab, die Scheinwerfer gingen aus. Banks stieg aus dem Wagen. Aus der Hofeinfahrt bog ein Mann. Banks achtete nicht auf ihn. Nachdem er die Autotüren verriegelt hatte, wandte er sich der Haustür zu und griff in die Jackentasche, um den Schlüssel herauszuholen.

»He, Banks!«

Siedendheiß durchfuhr es den Geschäftsführer. Er erstarrte. Die Stimme war verklungen. Ein Laut, der sich anhörte wie trockenes Schluchzen, entrang sich Banks. Wie von Schnüren gezogen wandte er sich schließlich um. »Was ist?« Seine eigene Stimme kam ihm fremd vor.

»Weißt du, wer ich bin?«

»›The Avenger‹?«

»Sehr richtig. Heute bist du an der Reihe.«

»Wer ... wer bist du?«

»Ich sagte es doch. – Du hast dir den falschen Arbeitgeber ausgesucht. Kannst du ein Gebet, Banks, dann sprich es schnell. Denn ...«

Banks verlor die Nerven, warf sich herum und ergriff die Flucht. Er kam etwa fünf Schritte weit. Dann bohrte sich ihm mit furchtbarem Schlag etwas zwischen die Schulterblätter.

Der Knall blieb aus. Ein Schalldämpfer schluckte die Detonation.

Banks' Beine trugen ihn nicht mehr. Er fiel auf die Knie und kippte vornüber auf das Gesicht. Als er aufschlug, war er tot.

Der Mörder lief zu ihm hin und hielt ihm die Mündung der Waffe an den Kopf. Er ging auf Nummer sicher ...

Bei Charly Ryan klingelte es. Der Reporter erwachte. Zuerst glaubte er, geträumt zu haben. Aber in der Luft hing noch der verklingende Ton der Glocke. Und da läutete es auch schon ein zweites Mal.

»Wer mag das sein?«, fragte Ryans Frau, die von dem Läuten ebenfalls geweckt worden war.

»Wenn ich das wüsste, wäre ich Jesus«, brummte Ryan schlaftrunken. Er schaute auf den Radiowecker. Die rot leuchtenden Digitalziffern zeigten an, dass es 3 Uhr 20 war. Der Reporter schwang die Beine aus dem Bett und warf die Zudecke zur Seite. »Ich hoffe, dass es was Wichtiges ist«, knurrte er ungehalten und richtete sich auf.

Im Wohnzimmer machte er Licht. Geblendet schloss er für einen Augenblick die Augen. Dann war er bei der Tür.

Er trat an den Spion heran und schaute hindurch. In dem Moment durchschlug etwas die Tür dicht unter dem Spion.

Die Kugel traf Ryan mitten ins Gesicht. Blut spritzte. Wie vom Blitz getroffen brach der Reporter zusammen.

Seine Frau hörte den Aufprall des Körpers auf dem Fußboden und kam aus dem Schlafzimmer.

Erschreckt lief sie zu ihrem Mann hin und beugte sich über ihn. Ihm fehlte der halbe Kopf. Überall war Blut.

Die Frau bekam einen Schreikrampf.

29. Mai, 8 Uhr. Mein Telefon klingelte. Ich pflückte den Hörer vom Apparat und meldete mich. Bei dem Anrufer handelte es sich um Ed Schulz, den Kollegen aus dem Police Department. Er sagte: »Guten Morgen, Jerry. Es sind schlechte Nachrichten, mit denen ich aufzuwarten habe.«

»Dann spann mich nicht auf die Folter«, knurrte ich.

»Warren Banks, der Geschäftsführer des ›Tropica Club‹ wurde heute in den frühen Morgenstunden vor seiner Wohnung in der 48th Street erschossen. Man hatte ihm einen Zettel in den Mund gestopft. Darauf stand: ›The Avenger‹.«

»Der dritte Mord, der auf das Konto dieses Phantoms geht«, knirschte ich.

»Das ist noch nicht alles, Jerry.«

»Raus mit der Sprache, Ed.«

»Charly Ryan, ein Reporter von der New York Times, wurde gegen halb vier Uhr ermordet. Heute Morgen erhielt der Chefredakteur der Times folgenden Anruf: ›Mit Ryans Tod dokumentieren wir, dass es uns mit der Tötung Highs ausgesprochen ernst ist. Wenn Jack Douglas am 31. Mai, 18 Uhr, nicht das Gefängnis als freier Mann verlässt, stirbt John D. High.‹«

Ich war wie elektrisiert. Meine Kehle war plötzlich wie ausgetrocknet. Das Schlucken fiel mir schwer. »Hast du das auch an den Krisenstab weitergegeben?«

»Natürlich.«

»Und?«

»Es wurde mit Betroffenheit aufgenommen. Was in dem Komitee jedoch am Ende ausgeklügelt wird, weiß ich nicht. Wir haben noch achtundfünfzig Stunden Zeit, High herauszuholen. Doch wissen wir nicht, wo wir ansetzen müssen.«

»Wir müssen die Telefone von Cavendish und Kellerman abhören«, sagte ich. »Außerdem müssen wir uns in ihre Computer einklicken können. Ich werde das Nötige veranlassen.«

»Du denkst also, dass die NMA dahintersteckt?«, fragte Ed.

»Sie ist in unseren Fokus gerückt, als vier ihrer Mitglieder

Andersons Tochter entführten. Vielleicht sollte auch das Mädchen dazu dienen, Jack Douglas freizupressen.«

Wir begaben uns in Steve Dillaggios Büro. Steve war nicht in den Krisenstab berufen worden, was wir mit Betroffenheit aufgenommen hatten. Aber es war so und wir mussten es akzeptieren. Zeery war bei ihm.

Ich brummte einen Gruß, der erwidert wurde, dann berichtete ich. Steve und Zeery hörten schweigend zu.

Ich endete mit den Worten: »Es kann sich nur um Leute handeln, die von der Ideologie her mit Douglas auf einer Wellenlänge liegen; Rechtsradikale. Auf diesem Gebiet ist in der jüngsten Vergangenheit nur die NMA in Erscheinung getreten. Darum sollten wir unser Augenmerk auf sie richten.«

»Präsident ist Henry Cavendish«, erklärte Phil. »Sein Stellvertreter heißt Robert Kellerman. Ob es viel bringt, wenn wir ihre Telefone abhören und uns in ihre Computer einklicken, weiß ich nicht.«

»Wir dürfen nichts außer Acht lassen«, bemerkte ich.

»Jerry hat recht«, meinte Steve. »Ich werde sofort das Nötige veranlassen. Außerdem werde ich die neueste Entwicklung nach Washington melden. Es ist nicht auszuschließen, dass sie ein Team von Spezialisten nach New York schicken.«

»Die auch nur herumsitzen und Daumen drehen können«, brummte Phil. Seine Stimme hob sich: »Verdammt, es macht mich fix und fertig, den Chef in der Hand dieser Verbrecher zu wissen und dem machtlos gegenüberzustehen. Und noch mehr belastet es mich, dass das Schicksal des Chefs in den Händen einiger Bürohengste liegt, die versuchen werden, irgendwelche Prinzipien zu wahren.«

»Das können wir leider nicht ändern«, murmelte Zeery.

»Vor allen Dingen können wir nichts tun«, gab Steve zu

verstehen. »Erstens wissen wir gar nicht, wo wir ansetzen sollen, zweitens müssen wir die Entscheidung des Krisenstabes abwarten. Der Gouverneur hat übrigens seine Betroffenheit in einem Interview mit CNN zum Ausdruck gebracht.«

»Er kann auch nicht betroffener sein als wir«, stieß Phil etwas genervt hervor.

»Bleibt ihr zunächst in Sachen ›The Avenger‹ am Ball, Jerry, Phil«, trug uns Steve auf. »Die Angelegenheit mit dem Chef ist uns aus der Hand genommen. Ich halte euch auf dem aktuellen Stand.«

Phil und ich fuhren nach Rikers Island. Dorthin waren in der Zwischenzeit Milt Osborne und Wes Taylor überführt worden. Wir ließen Milt Osborne vorführen. Er wirkte nervös. »Ich weiß nichts«, beteuerte er, ehe einer von uns etwas sagen konnte. »Was ich weiß, habe ich euch erzählt.«

»Was sollte mit der Entführung des Mädchens erpresst werden?«, fragte ich dennoch. »Stanfield muss doch irgendeine Äußerung gemacht haben. Denken Sie nach, Osborne, denken Sie scharf nach. Sicher haben Sie, Fisher und Taylor Fragen gestellt. Was antwortete Stanfield auf eure Fragen?«

Osborne rang die Hände. Seine Wangenmuskulatur vibrierte. Er druckste herum. Dann legte er den Kopf in den Nacken und schaute zu mir in die Höhe: »Es stand uns nicht zu, Fragen zu stellen. Wir waren Fußvolk und hatten zu tun, was uns befohlen wurde. Ich war der Meinung, dass für das Mädchen ein Lösegeld gefordert werden sollte.«

»Wo hält die Wehrsportgruppe ihre Manöver ab?«

»Bei Pleasantville. Es gibt dort eine alte Farm. Sie dient als Stützpunkt.«

»Beschreiben Sie uns die genaue Lage der Farm«, forderte ich.

Osborne begann zu sprechen.

»Ist die Farm immer besetzt?«, fragte ich.

»Ja. Drei Leute bewohnen sie. Cavendish hat sie angestellt.«

»Gehört ihm die Farm?«

»Ja. Manchmal kommt er nach Pleasantville und beobachtet die Manöver.«

»Eure Kriegsspiele als Manöver zu bezeichnen ist wohl ein wenig übertrieben«, sagte Phil. »Oder habt ihr Fahrzeuge?«

»Nur einen Jeep und einige Lastwagen. Auf ihnen werden wir transportiert.«

»Wie sehen die Manöver aus?«, erkundigte ich mich.

»Wir üben Angriff und Verteidigung, den Nahkampf und den Häuserkampf. Außerdem laufen wir Parcours und führen Durchschlageübungen durch.«

»Und ihr werft mit rechtsradikalen Parolen um euch«, ergänzte Phil. »Amerika den Weißen! Ausländer raus! Nieder mit dem Rechtsstaat.«

»Diese Parolen werden uns diktiert. Wir nehmen an Unterrichten teil. Hauptthema ist Adolf Hitler und Nazideutschland. Wir haben uns auch den Namen von Hitlers Partei gegeben.«

»Dann wissen Sie ja hoffentlich, was Hitler und seine Schergen verbrochen haben!«, schnarrte ich.

Osborne zog den Kopf zwischen die Schultern und schwieg.

Wir ließen ihn abführen und baten, Jack Douglas in den Vernehmungsraum zu bringen.

Es dauerte eine halbe Stunde, bis zwei Wärter mit dem Gefangenen kamen. Er grinste hämisch. »Euch geht der Hintern auf Grundeis wegen eures Chefs, nicht wahr?«

»Vergangene Nacht wurde ein Reporter von der Times getötet«, sagte ich. »Man wollte damit der Forderung nach Ihrer Freilassung Nachdruck verleihen.«

»Ihr verkennt hoffentlich den Ernst der Situation nicht«, sagte Douglas.

Schnell trat Phil vor ihn hin und packte ihn mit beiden Händen an der Brust der Sträflingsjacke, mit einem Ruck zog Phil den Gangster dicht zu sich heran, dann knirschte er: »Es ist die NMA, die Ihre Freilassung fordert, nicht wahr?«

Douglas bog den Kopf etwas zurück. »Liegen etwa Ihre Nerven blank, Special Agent? Sie brauchen mich ja bloß freizulassen, dann bekommt ihr euren Mister High wieder.«

Ich legte Phil beruhigend die Hand auf die Schulter. Er versetzte Douglas einen Stoß und ließ ihn los. In Phils Augen wühlte der Zorn.

Ich sagte an Douglas gewandt: »Selbst wenn man Sie freilässt, Douglas: Sie werden einer der am meisten gesuchten Männer Amerikas sein. Das Land zu verlassen werden Sie keine Chance haben. Rechnen Sie sich tatsächlich eine Chance aus, untertauchen zu können?«

»Mit meiner Freilassung wird es nicht getan sein. Meine Genossen werden weitere Forderungen stellen, zum Beispiel die Forderung, mir ein Flugzeug bereitzustellen, das mich an einen Ort meiner Wahl fliegt. Buenos Aires, Rio de Janeiro, Johannisburg, vielleicht auch in den Jemen ...«

»Interpol wird sie an jedem Ort der Welt aufstöbern.«

»Das Ultimatum läuft in zwei Tagen um 18 Uhr ab«, sagte Douglas.«

»Was ist, wenn der Forderung nicht nachgegeben wird?«

»Warum fragen Sie, Cotton? Haben meine Freunde auch

nur den geringsten Zweifel darüber offengelassen? Sie werden John D. High die Kehle durchschneiden und ihn euch vor die Tür werfen. Und dann wird man euch ein neues Ultimatum setzen ...«

»Bringt Sie das weiter, Douglas?«

»Wie meinen Sie das?«

»Staat und Justiz sind nicht erpressbar. Irgendwann werden Ihre Anhänger das einsehen und aufgeben. Sie bleiben, wo Sie sind. Man wird Ihnen sämtliche Privilegien wegnehmen. Sie werden für den Rest Ihres Lebens lebendig begraben sein.«

»Eure Verantwortlichen lassen es nicht darauf ankommen. Wetten wir, Cotton, dass ich übermorgen um 18 Uhr als freier Mann das Gefängnis verlasse? Man wird Ihren Mister High nicht opfern.«

Wir verließen Rikers Island, fuhren nach Manhattan und wandten uns nach Norden. Das Handy in der Freisprechanlage läutete. Phil ging auf Empfang. Es war Zeery. Er sagte: »Ich erhielt einen Anruf aus Boston. Man hat Jason Wheeler in die Mangel genommen. Er hat erklärt, seine Farm weder vermietet noch verpachtet zu haben. Wenn sich dort jemand aufhielte, dann ohne sein Wissen. Er kommt zweimal im Jahr nach Larchmont und schaut nach dem Rechten.«

»Aber jemand muss sich doch während seiner Abwesenheit um die Farm kümmern«, gab ich zu bedenken.

»Angeblich nicht.«

»Behalten die Kollegen in Boston den Burschen im Auge?«

»Sie haben es zugesagt.«

»Gut, Zeery. Wir sind auf dem Weg nach Pleasantville.« Mit knappen Worten klärte ich den Kollegen auf.

»Ja, seht euch mal um dort«, sagte Zeery, als ich geendet hatte. »Vielleicht ergeben sich irgendwelche Erkenntnisse.«

Ich chauffierte uns nach Norden. Jeder von uns hing seinen eigenen, trüben Gedanken nach. Meine drehten sich um Mr High. Die Ungewissheit über sein Schicksal nagte und fraß in mir. Als ich daran dachte, dass er vielleicht schon gar nicht mehr lebte und die Kidnapper nur blufften, zog sich mir der Magen zusammen.

Wir fuhren auf dem Interstate Highway 87. Die Fahrt ging durch Yonkers. Bei Tarrytown verließen wir den Highway und nach etwa sieben Meilen erreichten wir Pleasantville. Es handelt sich um eine typische amerikanische Kleinstadt. Niedrige Häuser mit Vorbaudächern erhoben sich auf beiden Seiten der Fahrbahn. Menschen bewegten sich auf den Gehsteigen. Mitten im Ort gab es eine Tankstelle.

Wir wussten genau, wohin wir uns wenden mussten. Nachdem wir die Stadt von Süden nach Norden durchquert hatten, befuhren wir eine schmale Straße, die direkt zu der Farm führen sollte. Zu beiden Seiten der Straße waren Felder und Äcker, manchmal war auch die dunkle Front eines Waldes zu sehen. Von der Straße zweigte nach vier Meilen ein Feldweg ab, dem wir folgten. Und nach einer weiteren Meile etwa lag die Farm vor unseren Blicken. Das Haupthaus war einstöckig und aus Stein errichtet. Es wies eine Veranda auf, die überdacht war. Das Verandadach war zugleich Balkon und wurde von einer kunstvoll geschnitzten Balustrade begrenzt.

Neben dem Farmhaus gab es noch einige Schuppen, eine Scheune und ein Stallgebäude. Ein Corral, der allerdings leer war und in dem hüfthoch das Unkraut wuchert, rundete das Bild, das sich uns bot, ab.

Im Hof der Farm stand ein roter Pick-Up von Ford. Ich

hielt den Jaguar neben dem Pick-Up an. Wir stiegen aus. Das leise Säuseln des Windes war das einzige Geräusch. Aber jemand musste auf der Farm sein. An einem der Fenster im Erdgeschoss des Farmhauses nahm ich eine flüchtige Bewegung wahr. »Wir werden beobachtet«, sagte ich.

»Ja«, antwortete Phil. »Man hat uns bereits registriert.«

Jetzt trat ein Mann in die Tür des Farmhauses. Er war mit einem Tarnfleckanzug bekleidet. Auf seinem Kopf saß ein schwarzes Barrett. Er war noch keine dreißig Jahre alt, mit zusammengekniffenen Augen starrte er uns entgegen. Zwei Schritte vor der Haustür hielten wir an. Ich ergriff das Wort: »Wohnen Sie hier?«

»Was geht Sie das an?«

»Oh«, machte ich, »ich vergaß, uns vorzustellen. Cotton und Decker vom FBI New York. Sie arbeiten für Henry Cavendish, nicht wahr?«

»Ja, wir halten die Farm in Schuss.«

»Wir?«

»Ich und noch zwei Männer.«

»Ist das Ihre Arbeitsuniform?«

»Wir sind Soldaten.«

»Kämpfer der NMA.«

Der Bursche warf sich in die Brust. »So ist es. Daran ist nichts Strafbares. Also, was wollt ihr?«

»Wir wollen uns auf der Farm umsehen.«

»Habt ihr einen Durchsuchungsbefehl?«

»Nein, aber den können wir nachreichen.«

Der Bursche schüttelte den Kopf. »Ohne entsprechende richterliche Anordnung setzt keiner von euch einen Fuß in die Gebäude hier.«

»Haben Sie etwas zu verbergen?«

»Es geht ums Prinzip.«

»Wir können uns den Zugang erzwingen«, erklärte ich. »Bei Gefahr im Verzuge ...«

»Ich sehe keine Gefahr.«

»Ich glaube, er will nicht verstehen«, sagte Phil und seine Stimme klang fast sanft. Sein Blick verkrallte sich an dem Uniformierten. »Geh zur Seite, mein Junge. Oder müssen wir unmittelbaren Zwang anwenden, um uns Zutritt zu verschaffen?«

»Ich rufe Cavendish an.«

»Tu das«, grollte Phil und schob den Kerl einfach zur Seite, ging an ihm vorbei und betrat das Haus. Der Bursche holte aus der Brusttasche seiner Jacke das Handy. Ich folgte Phil. In der Halle des Hauses standen zwei weitere Männer, beide kaum über zwanzig, und starrten uns düster an.

»Verfügt das Gebäude über einen Keller?«, fragte ich.

Einer der beiden wies mit dem Kinn zu einer Tür. »Dort hinunter.«

Von der Tür her erklang die Stimme des Burschen, der mit Cavendish telefonierte.

»Ich übernehme den Keller«, sagte ich zu Phil. »Sieh du oben nach.«

Phil nickte.

Ich stieg die Treppe hinunter. Die Stufen waren aus Holz und knarrten unter meinem Gewicht. Unten gab es einige Räume. Sämtliche Türen ließen sich öffnen. Die Räume waren verwaist. Ich begab mich wieder nach oben. Soeben kam Phil die Treppe herunter. Wir schauten auch im Erdgeschoss in sämtliche Räume.

Der Bursche, der uns an der Haustür empfangen hatte, telefonierte nicht mehr. Er hatte sich in einen Sessel gesetzt. Ich trat vor ihn hin. »Na, was spricht Cavendish?«

»Ich soll Sie gewähren lassen, da Sie sowieso am längeren Hebel sitzen. Wir haben nichts zu verbergen.«

»Auf dem Gelände der Farm werden Kriegsspiele durchgeführt«, konstatierte ich. »Die Farm ist wohl so etwas wie die Kommandoleitzentrale.«

»Hier treffen sich die Offiziere«, erklärte der Bursche. »Ja, von hier aus erteilen Sie Ihre Befehle. Sie stehen mit den Zug- und Gruppenführern in Funkverbindung.«

»Was ist das Ziel dieser Ausbildung?«

»Wir verfolgen kein bestimmtes Ziel. Es geht um Spaß und körperliche Ertüchtigung.«

»Mens sana in corpore sano«, sagte Phil etwas spöttisch. »In einem gesunden Körper wohnt ein gesunder Geist. Ist das die Lebensphilosophie der NMA?«

Darauf gab der Bursche keine Antwort.

»Sehen wir uns draußen um«, schlug ich vor. Wir gingen zur Tür. Ich trat zuerst hinaus. Dicht hinter mir folgte Phil. Etwa zweihundert Yards von uns entfernt begann Wald. Zwischen dem Unterholz blitzte es auf. Ich warf mich zur Seite und spürte auch schon den sengenden Hauch der Kugel. Das Peitschen des Schusses wurde herangeschleudert. Ich glitt blitzschnell zur Seite und duckte mich an der Wand. Das Geschoss war durch die offene Tür in die Halle gepfiffen. Ich riss den Kopf herum und sah Phil auf der anderen Seite der Tür geduckt an der Wand entlanglaufen. Wieder stieß ein Knall heran. Dicht hinter Phil meißelte die Kugel ein faustgroßes Loch aus der Hauswand. Gesteinssplitter spritzten.

Phil verschwand um die Hausecke.

Ich rannte in den Schutz eines Schuppens. Die SIG hatte ich gezogen. Nun stand ich eng an die Schuppenwand geschmiegt da und hielt die Pistole in Gesichtshöhe. Die Mündung wies zum Himmel.

Ich hatte keine Ahnung, mit wie vielen Gegnern wir es zu tun hatten. Die Kerle im Farmhaus verhielten sich ruhig. Ich lugte um die Ecke des Schuppens herum. Am Waldrand war nichts zu sehen. Einen Moment lang war ich versucht, aus der Deckung zu treten, um den Schützen aus der Reserve zu locken. Aber das wäre einer Herausforderung an das Schicksal gleichgekommen und ich unterließ es.

Phil blieb verschwunden. Ich zog die Unterlippe zwischen die Zähne und kaute darauf herum. Dann nahm ich mein Handy aus der Tasche und rief beim Police Department an, ließ mich zu Ed Schulz durchstellen und sagte, als ich ihn an der Strippe hatte: »Wir befinden uns auf Cavendishs Farm in der Nähe von Pleasantville. Auf uns wurde geschossen. Sei so gut, Ed, und nimm mit dem Sheriff's Office in Pleasantville Verbindung auf. Der Sheriff soll mit seinen Leuten die Zugangsstraßen zu der Farm absperren und mit mir Verbindung aufnehmen.«

Ich gab Ed meine Handynummer durch.

»Geschieht sofort!«, versicherte Ed und wir beendeten das Gespräch.

Es dauerte etwa zehn Minuten, dann läutete mein Mobiltelefon. Ein Mann meldete sich und stellte sich als Ray Miller, Deputysheriff von Pleasantville, vor. »Ich habe alles veranlasst, Special Agent. Es gibt drei Straßen, über die man die Farm von Cavendish erreichen kann. Auf allen drei Wegen lasse ich Straßensperren errichten. Ich melde mich wieder.«

In dem Moment wurden Motorengeräusche laut. Ich lief auf die andere Seite des Schuppens und mein Blick war frei auf die Straße, auf der Phil und ich gekommen waren. Ein Jeep näherte sich. Ihm folgten zwei Lastwagen, über deren Ladeflächen Planen in Tarnfarbe gespannt waren. Die Fahrzeuge zogen eine wallende Staubfahne hinter sich her.

Die Fahrzeuge fuhren auf den Hof. Im Jeep saßen drei Männer. Einer von ihnen war Kellerman. Sie stiegen aus. Von den Lastwagen sprangen Männer in Kampfanzügen. Sie hatten Gewehre. Helme hingen an ihren Koppeln. Jeder der Kerle trug einen Rucksack. Sie waren feldmarschmäßig ausgerüstet.

Kellerman näherte sich mir …

Kapitel 4

Vor mir blieb Kellerman stehen. Die Uniformierten bildeten einen Kreis um mich. Kellerman wippte auf den Fußballen. Sein Gesicht war verschlossen. Ich schaute mich nach Phil um, konnte ihn aber nirgends entdecken.

»Hallo, Cotton«, grüßte Kellerman. »Was suchen Sie denn hier?«

»Wir haben uns nur ein wenig umgesehen«, erwiderte ich. »Jemand schien das nicht gefallen zu haben. Er schoss auf uns, als wir das Haus verließen. Wer mag sich wohl auf dem Gelände der Farm herumtreiben, der etwas gegen Bundesbeamte zu haben scheint?«

Kellerman zog den Mund schief. »Das kann ich Ihnen auch nicht sagen, Cotton. Wo ist Ihr Kollege?«

Ich vollführte eine umfassende Armbewegung. »Irgendwo in der Umgebung.«

Kaum, dass ich das letzte Wort gesprochen hatte, donnerte im nahen Wald ein Schuss. Eine weitere Detonation folgte. Sie stammte von einem Gewehr. Der Klang war weit weniger dumpf als der erste Knall.

Ich ergriff noch einmal das Wort und sagte: »Cavendish wurde telefonisch davon in Kenntnis gesetzt, dass wir hier sind. Er hat Ihnen doch sicher Bescheid gegeben, Kellerman.«

Darauf erhielt ich keine Antwort. »Ausschwärmen!«, stieß Kellerman stattdessen hervor. Die Kerle flitzten auseinander und stellten sich in einer breiten Reihe auf. »Wir arbeiten uns zum Wald vor!«, befahl Kellerman. »Marsch, Marsch!«

Die Uniformierten rannten los. Kellerman folgte ihnen. Im Wald krachte es wieder. Der Schuss wurde erwidert. Die

›Soldaten‹ warfen sich zu Boden. Sekunden verstrichen. Dann ertönte es: »Sprung auf, Marsch, Marsch!«

Sie schnellten in die Höhe und rannten weiter. Es war ein regelrechter Angriff, den sie praktizierten. Allerdings lauerte am Waldrand kein Feind, der ihnen heißes Blei entgegenschickte.

Meine Gefühle waren gemischt.

Phil hatte im Schutz einer Bodenwelle den Waldrand erreicht. Jeden Schutz ausnutzend, der sich ihm bot, pirschte er zu der Stelle, an der er den Schützen vermutete. Seine Nerven waren zum Zerreißen angespannt. Jeder seiner Sinne war aktiviert. Seine rechte Hand hatte sich regelrecht um den Griff der SIG festgesaugt.

Im Wald war es ruhig. Sonnenlicht sickerte durch die Wipfel der Bäume, auf dem Boden wechselten Licht und Schatten. Ein dicker Teppich aus abgestorbenen Nadeln schluckte Phils Schritte. Vögel zwitscherten.

Phil konnte die Farm sehen. Ihm entgingen nicht der Jeep und die beiden Lastwagen, die sich ihr näherten. Uniformierte rotteten sich zu einem Pulk zusammen. Jetzt sah Phil die Gestalt, die hinter einem Baum hervortrat. Der Kerl trug einen Tarnfleckanzug und zielte auf Phil. Dieser riss die Hand mit der SIG hoch und drückt ab. Im nächsten Moment peitschte das Gewehr. Die Detonationen verschmolzen ineinander und stießen durch den Wald, schließlich verhallten sie mit geisterhaftem Geflüster.

Phil war in den Schutz eines dicken Baumes gesprungen. Sein Gegner war verschwunden. Der Special Agent spähte in Richtung der Farm. Die Uniformierten stürmten in auseinandergezogener Linie auf den Waldrand zu.

Das Gewehr krachte. Die Kugel streifte den Stamm, der

Phil Schutz bot, die Rinde spritzte. Phil feuerte zurück. Dann stieß er sich ab und rannte zur nächsten Deckung. Hart schmiegte er sich an den Baum.

Ein gellender Befehl ertönte. Jetzt nahm Phil wahr, dass sich die Angreifer flach auf den Boden geworfen hatten. Sie sprangen auf und stürmten weiter.

Phil konzentrierte sich auf den Gegner. Sein Blick bohrte sich zwischen die Bäume. Die Atmosphäre war angespannt und gefährlich. Jetzt war das Trampeln der Schritte der heranstürmenden Uniformierten zu hören. Und dann rannten sie zwischen die Bäume. Zwei näherten sich Phil. Sie hielten die Gewehre auf ihn angeschlagen. »Keine Bewegung!«

Phil wandte sich den beiden zu. Seine Hand mit der SIG sank nach unten. »Runter mit den Gewehren! Ich bin Special Agent Decker.«

Die beiden Burschen senkten die Waffen. Phil ignorierte sie und wandte sich um. Sein Blick sprang von Baum zu Baum und suchte den hinterhältigen Schützen. Er konnte ihn nicht entdecken. Die Mitglieder der Wehrsportgruppe veranstalten ziemlichen Lärm. Dürre Äste knackten unter ihren Tritten, Stimmen erklangen, immer wieder schrie jemand Befehle.

Phil setzte sich in Bewegung und schritt zum Waldrand. Er verließ den Wald und ging schnell zur Farm. Dort erwartete ihn Jerry Cotton …

Ich schaute Phil entgegen. Als er bei mir ankam, sagte er: »Der Kerl ist fort. Vielleicht hat er sich auch mit diesen Dummköpfen vermischt, die uns ihre – hm, Schlagkraft demonstriert haben. Wir können das kaum nachkontrollieren.«

Da läutete mein Handy. Ich ging auf Empfang. Eine Stimme erklang: »Hier spricht Deputysheriff Ray Miller. Wir haben die Zufahrtswege zur Farm abgeriegelt. Das ist aber keine Garantie, dass wir den Kerl erwischen.«

»Ich denke, Sie können die Straßensperren wieder abziehen, Deputy«, sagte ich.

»Wieso, haben Sie den Kerl erwischt?«

»Nein. Aber es wimmelt jetzt hier von Uniformierten. Es wird uns kaum möglich sein, den Heckenschützen herauszufiltern.«

»Wir wissen von den Kriegsspielen, die auf der Farm ablaufen«, gab Miller zu verstehen. »Die Vermutung eines rechtsextremistischen Hintergrunds liegt auf der Hand. Aber wir haben nichts in der Hand gegen die Kerle.«

»Vielleicht ändert sich das bald«, erwiderte ich, dann beendete ich das Gespräch. Aus dem Wald kamen die Uniformierten und traten in Dreierreihe an. Auf einen Befehl hin standen sie still, dann schwangen sie links herum und marschierten im Gleichschritt los.

Phil und ich wechselten einen bezeichnenden Blick. Phils Brauen hoben sich. Plötzlich stimmten die Burschen ein Lied an. Kellerman marschierte neben der Gruppe her. Auf dem Farmhof angekommen, brüllte er: »Kompanie – halt!«

Ruckartig hielten sie an.

»Rechts um!«

Sie schwangen herum.

»Richtet euch!«

Bewegung ging durch die Gruppe, dann standen die Burschen in Reih und Glied, die linke Faust lag an der Hosennaht, die Rechte am Gewehrriemen, der Blick eines jeden war starr nach vorne gerichtet.

»Rührt euch!«

Wieder ging eine Bewegung durch die Gruppe.

Kellerman wandte sich uns zu und lächelte jovial.

»Sehr eindrucksvoll«, sagte ich etwas sarkastisch. »Ich nehme doch nicht an, dass die Waffen scharf geladen sind.«

Kellerman lachte auf. »Natürlich nicht. Bei den Gewehren handelt es sich nur um Attrappen.«

»Was wollten sie mit diesem Scheinangriff bezwecken?«

»Immerhin haben wir den Kerl vertrieben. Das ist doch ein Erfolg. Sie haben es selbst gesehen, G-men. Im Ernstfall wären wir ansatzlos einsetzbar. Unsere Leute genießen eine hervorragende Ausbildung.«

»Von welchem Ernstfall sprechen Sie?«, fragte Phil.

Kellerman winkte ab. »Ich glaube nicht, dass es viel Wert hat, mit Ihnen darüber zu diskutieren. Haben Sie hier etwa Ihren Chef gesucht?«

»Vielleicht«, antwortete ich. Mir kam plötzlich eine Idee. »Sagt Ihnen der Name Jason Wheeler etwas?«

Kellerman runzelte die Stirn. Das Aufblitzen in seinen Augen mutete jedoch an wie ein Signal. Es sagte mir, dass ihm der Name nicht unbekannt war. »Wer soll das sein?«, fragte Kellerman.

»Ihm gehört die Farm bei Larchmont, auf der die Tochter des Stadtverordneten Anderson festgehalten worden war.«

»Kenn ich nicht. Mit der Entführung des Mädchens hat die NMA nichts zu tun.«

»Das war's dann auch schon, Kellerman«, sagte ich. »Komm, Phil.«

Als wir im Jaguar saßen und zurückfuhren, sagte ich: »Auch die Farm bei Larchmont wäre ein Versteck.«

»Informieren wir das Sheriffsbüro«, sagte Phil. »Oder willst du selbst nach Larchmont fahren?«

»Larchmont liegt gewissermaßen auf dem Weg«, wandte ich ein.

»Also fahren wir hin.«

Larchmont lag am U.S.-Highway 1, nordöstlich von New Rochelle. Die Entfernung von Pleasantville aus betrug etwa fünfzehn Meilen. Der Verkehr auf dem Highway war ruhig und ich konnte die zugelassene Geschwindigkeit fahren.

Die Tür auf der Farm trug das Siegel der Staatsanwaltschaft. Ich ging um das Haus herum. Die Hintertür war ebenfalls versiegelt. Dieses Haus hatte nach unserem Einsatz niemand mehr betreten.

Wir fuhren weiter nach Manhattan. Zurück im Field Office rief ich Ed Schulz an. »Was gibt es Neues, Ed?«

»Die Geister scheiden sich«, erklärte Ed. »Hywood und einige weitere Mitglieder des Krisenstabes sind der Meinung, dass man High nicht opfern dürfe. Aber der Gouverneur hat ein Machtwort gesprochen. Er weigert sich, der Forderung der Entführer nachzukommen. Der Staat und die Justiz dürfen nicht erpressbar werden, meint er. Nun, es war zu erwarten. Der Leiter der Field Operation Section East hat übrigens mit Hywood Verbindung aufgenommen.«

Ich verspürte Enttäuschung. »Haben sich die Entführer schon wieder gemeldet?«

»Nein, sie lassen uns zappeln.«

»Vielen Dank, Ed.« Ich trennte die Verbindung. »Gehen wir zu Steve.«

Wenig später betraten wir das Büro des SAC. »Wir waren in Pleasantville.«

»Und?«

»Keine Spur. Die Farm ist besetzt. Drei Kerle, die zur NMA gehören. Als wir das Haus verließen, wurden wir beschossen. Aber dann kam Kellerman mit einer Kompanie selbsternannter Soldaten. Der Heckenschütze ist uns entkommen. Wir sind dann noch nach Larchmont gefahren. Dort befindet sich niemand.«

»Wir tappen im Dunkeln«, murmelte Steve. »Und wir haben nur noch zwei Tage Zeit. Der Leiter der Field Operation Section East hat mich angerufen. Mueller[1] hat sich eingeschaltet.«

»Der Gouverneur will dem Austausch nicht zustimmen«, sagte ich. »Ed Schulz hat es mir berichtet. Hywood und einige andere Mitglieder des Krisenstabes hingegen sind dafür.«

»Ich weiß«, sagte Steve betrübt. »Aber das war zu erwarten. Auch kann ich mich der Argumentation des Gouverneurs nicht verschließen.«

»Die Entführung des Chefs hat wahrscheinlich Wellen bis ins Weiße Haus geschlagen«, murmelte Phil. »Letztendlich entscheidet vielleicht sogar der Präsident, was zu geschehen hat.«

»Hat die Überwachung der Telefone von Cavendish und Kellerman etwas ergeben?«, fragte ich.

Steve schüttelte den Kopf. »Wahrscheinlich kommunizieren sie per Handy. Als staatsfeindliche Organisation müssen sie damit rechnen, dass sie abgehört werden. Noch vorsichtiger werden sie geworden sein, nachdem wir unser Augenmerk auf sie gerichtet haben.«

Wir verließen Steve und begaben uns in unser Büro. Schwer trug ich an unserer Hilflosigkeit. Es war ein Uhr vorbei. Noch knapp dreiundfünfzig Stunden bis zum Ablauf des Ultimatums. Ein eisiger Schauer rann mir über den Rücken, als ich daran dachte, dass uns die Zeit

---

[1] Robert Swan Mueller, seit 2001 Direktor des FBI

davonzulaufen drohte. Darauf, dass die Forderung der Entführer erfüllt werden würde, wollte und konnte ich mich nicht verlassen.

Mein Telefon klingelte und ich schnappte mir den Hörer. »Hier spricht Sergeant Miles von der SRD«, erklang es.

»Was gibt es?«

»Wir haben die Kugel geprüft, mit der Warren Banks erschossen wurde, und stellten eine Übereinstimmung mit einem der Geschosse fest, die wir aus Richard Westons Körper geschnitten haben. Banks' Mörder ist also einer der Kerle, die schon im ›Tropica Club‹ zugeschlagen haben.«

»Leider steht auf der Kugel nicht sein Name«, brummte ich.

»Damit kann ich allerdings nicht dienen, Special Agent«, lachte der Kollege, dann fügte er hinzu: »Ich wollte Sie nur vorab informieren. Den schriftlichen Bericht erhalten Sie per E-Mail.«

»Vielen Dank.« Ich legte auf. An Phil gewandt sagte ich: »Das hilft uns auch nicht weiter. Unabhängig von der Kugel: ›The Avenger‹ bekennt sich zu dem Mord.«

»Wer ist ›The Avenger‹? Verbirgt sich dahinter wirklich ein Rächer, oder hat sich eine Gang diesen Namen verpasst, um eine falsche Spur zu legen?«

»Es ist jedenfalls kein Einzeltäter. Das beweist das Auftreten von vier Tätern, als Weston und Swanson ermordet wurden. Im Endeffekt spielt es auch gar nicht die große Rolle, was ›The Avenger‹ leitet. Maßgeblich ist, dass bereits drei Morde auf sein Konto gehen und dass Mord Nummer vier wahrscheinlich nur eine Frage der Zeit ist.«

»Es ist zum Kotzen«, brachte es Phil auf den Punkt.

»Das kannst du laut sagen.«

John D. High war in einem fensterlosen Raum gefangen. Er war nicht gefesselt. Dunkelheit umgab ihn und verstärkte das Gefühl von Einsamkeit und Verlorenheit. Am Morgen hatten sie High zwei Sandwiches und eine große Tasse Kaffee gebracht. Die beiden Kerle waren maskiert gewesen. Einer von ihnen hatte eine Pistole im Anschlag.

In dem Raum gab es außer einem Stuhl, auf den sich der AD gesetzt hatte, kein Mobiliar. Es roch muffig und nach Schimmelpilz. Bis jetzt hatte man High über den Sinn seiner Entführung im Unklaren gelassen. Er saß im Finstern und wälzte trübe Gedanken. Die Uhr hatten sie ihm nicht weggenommen. Die Leuchtziffern zeigten an, dass es kurz vor 14 Uhr war.

Der AD erhob sich und nahm eine unruhige Wanderung auf. Drei Schritte hin, drei zurück. Er hatte die Hände auf den Rücken gelegt und die Finger ineinander verkrampft.

Plötzlich flammte das Licht auf. Es verteilte sich im Raum und blendete High. Er blieb stehen und blinzelte. Ein rostiges Knirschen war zu vernehmen, dann schwang die Feuerschutztür leise knarrend auf. Ein Mann, der ein Tablett trug, auf dem ein Teller stand und zwei Scheiben Weißbrot lagen, betrat das Verlies. Ein zweiter folgte. Er hielt eine Glock in der Faust. Beide waren mit schwarzen Sturmhauben maskiert. Von ihren Gesichtern waren nur die Augen zu sehen.

»Noch zweiundfünfzig Stunden, High«, sagte der mit dem Tablett und stellte es auf den Fußboden. In dem Teller befand sich ein dampfender Pampf aus roten Bohnen und Fleischstücken. Ein Löffel lag neben dem Teller.

»Was ist in zweiundfünfzig Stunden?«, fragte High.

»Dann läuft Ihre Galgenfrist ab. Wenn man unserer Forderung nicht nachgibt, werden Sie in zweiundfünfzig Stunden sterben.«

»Welche Forderung?«

»Wir fordern die Freilassung von Jack Douglas.«

»Der Name sagt mir etwas«, murmelte High. »War der nicht vor einigen Jahren für einen Bombenanschlag verantwortlich?«

»Ja, er hat es nicht beim Hinausbrüllen von Parolen belassen. Ein Mann, den man respektieren und zu dem man in die Höhe sehen muss.«

»Wer betreibt seine Freilassung?«, fragte High. »Die NMA?«

»Das sagen wir Ihnen vielleicht in der Minute, in der Sie sterben.«

Mr High setzte alles auf eine Karte und warf sich auf den Burschen. Ehe sich dieser versah, hatte ihn der AD herumgewirbelt und ihm einen Stoß versetzt, der ihn gegen seinen Kumpan prallen ließ. Die beiden taumelten, einer stieß eine lästerliche Verwünschung aus. Mit zwei Schritten war High bei der Tür. Er lief hinaus auf den Flur und zu der Treppe an dessen Ende. Da erklang es hinter ihm scharf und klirrend: »Stopp, High! Oder ich jage Ihnen eine Kugel zwischen die Schulterblätter.«

John D. High hielt an und atmete aus. Langsam drehte er sich um. Der Gangster hatte den Arm mit der Pistole erhoben und starrte den AD über die Zieleinrichtung an. Der andere schob sich an ihm vorbei und kam mit wutverzerrtem Gesicht auf High zu, darauf bedacht, seinem Komplizen nicht in die Schusslinie zu geraten. Dann war er heran und schlug High die Faust in den Magen. Mit einem dumpfen Laut auf den Lippen knickte Mr High in der Mitte ein. Der Schlag hatte ihm die Luft genommen. Der Kerl trat hinter den AD, drehte ihm den rechten Arm brutal herum und dirigierte ihn zurück in das Verlies.

»Die Zeit läuft!«, zischte der Gangster gehässig. »Ich

hoffe, ich erhalte den Auftrag, die eine Kugel zu servieren. Es ist mir ein inneres Bedürfnis ...«

Er versetzte Mr High einen Stoß. Der AD taumelte nach vorn. Krachend flog die Tür zu. Der Schlüssel wurde im Schloss gedreht. Das Licht ließen die Gangster brennen. Mr High hob das Tablett auf, setzte sich, stellte das Tablett auf seine Oberschenkel und nahm den Löffel ...

Es war 14 Uhr 15, als es bei Nora McCorey an der Wohnungstür läutete. Nora McCorey war die Gattin von Matt McCorey, eines der Direktoren der Citi Bank. Nora McCorey war soeben vom Einkauf zurückgekommen. Sie war gerade dabei, die Kleidungsstücke, die sie eingekauft hatte, aus den Tüten zu nehmen.

Etwas genervt starrte sie auf die Tür. Wer kam um diese Zeit zu ihr? Sie war müde und wollte, sobald sie ihren Einkauf eingeräumt hatte, eine Stunde schlafen. Das hielt sie jeden Tag so. Einen Moment dachte sie daran, sich nicht um das Läuten zu scheren. Wer auch immer da draußen stand – er würde wieder verschwinden.

Es läutete erneut. Dieses Mal länger, es klang fast drängend. Die Frau hängte eine Hose, die sie soeben aus der Einkaufstüte genommen hatte, über die Sessellehne, dann ging sie zur Tür.

Ein Blick durch den Spion sagte ihr, dass sie den Mann, der draußen stand, nicht kannte.

Sie öffnete die Tür so weit, wie es die Sicherungskette zuließ.

Im nächsten Moment bekam sie einen Schlag gegen die Stirn. Die Sicherungskette war aus der Verankerung gerissen. Zwei Gestalten drängten in die Wohnung.

Benommen stand Nora McCorey da. Sie drückte die

Hand auf die Stelle an der Stirn, an der sie vom Türblatt getroffen worden war.

Mit dem Ausdruck des Entsetzens und der Angst starrte sie die beiden Eindringlinge an.

Beide waren Mitte der zwanzig. Einer drückte die Tür zu und sagte: »Du wirst mit uns jetzt das Haus verlassen, Lady. Wir haben deinen Mann und bringen dich zu ihm. Wenn du auch nur den geringsten Fehler machst, stirbt er. Hast du verstanden?«

»Wer – wer sind Sie?«, würgte die Frau hervor. Das Sprechen bereitete ihr Schwierigkeiten. Ihre Stimme wies keinen Klang auf. Zum Entsetzen und zur Angst gesellte sich die Verzweiflung.

»Fasse dich, Lady«, sagte der andere der beiden Gangster. Er fuhr sich mit den gespreizten Fingern durch die blonden, kurzgeschorenen Haare. »Wir werden jetzt die Wohnung verlassen. Du gehst voraus. Unten steht ein weißer Van, ein Ford Edge Limited. Zwei Männer sitzen drin. Du setzt dich auf den Rücksitz. Unsere Kollegen bringen dich zu deinem Mann.«

Nora McCorey strich sich mit fahriger Geste über den Mund. Ihre Hand zitterte. »Was – was wollt ihr von uns? Warum …?«

»Keine Fragen, Lady. Vorwärts jetzt. Geh hinunter. Und denk dran: Wenn du auch nur den kleinsten Fehler machst, stirbt dein Mann.«

Auf tauben Beinen setzte sich die Frau in Bewegung. Einer der Kerle öffnete ihr die Tür. Sie ging an ihm vorbei nach draußen und wandte sich der Treppe zu.

Mechanisch einen Fuß vor den anderen setzend, stieg sie nach unten. Sie schien jeglichen Gedankens, jeglichen Willens beraubt zu sein. Ein junges Pärchen, das ihr begegnete und das sie freundlich grüßte, beachtete sie gar nicht.

»Die scheint ein wenig von der Rolle zu sein«, sagte der junge Mann lachend.

»Vielleicht ist etwas geschehen, das sie so aus der Fassung gebracht hat«, versetzte die junge Frau ernst. »Sonst ist Mistress McCorey immer freundlich.«

»Wer weiß, was für eine Laus ihr über die Leber gelaufen ist«, meinte der Bursche.

Zwei Männer kamen ihnen entgegen. Sie machten Platz und ließen das Pärchen an sich vorbei. Der Mann achtete nicht auf die beiden Kerle. Die junge Frau hingegen schaute ihnen in die Gesichter. Dann waren sie vorbei ...

Nora McCorey verließ das Gebäude. Da stand der Van. Sie ging hin und öffnete die hintere Tür. Der Mann, der auf der Rückbank saß, sagte: »Steig ein, Lady.«

Sie setzte sich und schloss die Tür. In dem Moment kamen die beiden Kerle aus dem Haus, die in ihre Wohnung eingedrungen waren. Sie wandten sich nach links. Der Motor wurde angelassen, der Van fuhr an.

Mrs McCorey konnte die Tränen nicht mehr zurückhalten. Ihre Nerven versagten. Sie begann haltlos zu weinen.

Bei Chuck McCorey läutete das Telefon. Der Bankdirektor griff nach dem Hörer und nahm ihn ab. Gleich darauf meldete er sich. Eine verzerrte Stimme sagte: »Wir haben deine Frau, McCorey.«

Der Direktor schnappte nach Luft. Es dauerte etwas, bis er die Eröffnung verarbeitet hatte. »Was sagen Sie da?«

»Wir haben deine Frau gekidnappt. Sie befindet sich in unserer Gewalt.«

McCorey fasste sich. Das Herz drohte ihm in der Brust zu zerspringen. Er keuchte: »Sie – Sie wollen ein Lösegeld für sie, nicht wahr? Ich bin bereit zu zahlen. Aber krümmen Sie meiner Frau kein Haar. Nennen Sie mir den Betrag ...«

»Es geht nicht um Geld, McCorey.«

»Ich – ich verstehe nicht.«

»Wir wollen, dass Jack Douglas freigelassen wird. Das Ultimatum, das wir gesetzt haben, läuft übermorgen um 18 Uhr ab. Wir haben bereits den Chef des FBI in unserer Hand. Wenn Douglas nicht freigelassen wird, stirb High am 31. Mai um 18 Uhr. Und dann werden wir den Verantwortlichen zwei Stunden Zeit geben, es sich zu überlegen. Sollten sie bei ihrer ablehnenden Haltung bleiben, stirbt um 20 Uhr deine Frau.«

Der Anrufer legte auf. Die Leitung war tot. Chuck McCorey war wie vor den Kopf gestoßen. Versonnen hielt er den Hörer fest, seine Lippen bewegten sich, als formten sie tonlose Worte, seine Gedanken wirbelten.

Mein Telefon klingelte und ich nahm ab. Steves vertraute Stimme erklang: »Schlechte Nachricht, Jerry.«

»Was ist los?«

»Nora McCorey wurde entführt.«

»Wer ist das?«

»Ihr Mann ist Director bei der Citi Bank. Die Entführer haben mit ihm Verbindung aufgenommen. Es sind dieselben Leute, die Mister High entführt haben. Mit der Entführung der Frau verleihen sie ihrer Sache Nachdruck. Wenn Douglas nicht freigelassen wird, töten sie den Chef am 31. um 18 Uhr. Und nach Ablauf eines weiteren Ultimatums von zwei Stunden wollen sie Mistress McCorey töten.«

Steve machte eine kurze Pause. Dann fuhr er fort: »Mistress McCorey wurde in ihrer Wohnung in Clinton, 54th

Street entführt. Die Spurensicherung kümmert sich um die Wohnung.«

»Hat man den Krisenstab schon informiert?«

»Ja. Die Gentlemen haben sich daraufhin wieder ins stille Kämmerlein zurückgezogen. Soviel ich weiß, soll es um 20 Uhr eine Pressekonferenz geben.«

»Wie kann man jemand am hellen Tag aus einer Wohnung in Clinton entführen?«, fragte ich.

»Die Gangster haben es jedenfalls fertiggebracht. Vielleicht wurde Mistress McCorey aus der Wohnung gelockt. Ich weiß es nicht. Fakt ist, dass sie sich in der Hand einer rechtsextremen Gruppierung befindet, die vor Mord nicht zurückschreckt, was sie uns unmissverständlich vor Augen geführt hat, als sie Charly Ryan eliminierte.«

»Wir werden abwarten müssen, was die Spurensicherung ergibt«, murmelte ich. »Gibt es was Neues in Sachen Telefonüberwachung?«

»Nein.«

»Wir kommen einfach nicht weiter in diesem verdammten Spiel«, knurrte ich. »Die Zeit brennt uns unter den Nägeln. – Hat man mit den Nachbarn der McCoreys gesprochen?«

»Ja. Keine Erkenntnisse. Einen Doorman gibt es nicht in dem Gebäude. Es ist mit einem elektronischen Wegweiser ausgestattet.«

»Sag mir die genaue Adresse«, bat ich.

Steve nannte mir die Hausnummer. Wenig später waren Phil und ich auf dem Weg. Die Wohnung lag in der dritten Etage. Es gab zwei Aufzüge. Wir nahmen die Treppe. Obwohl ich nicht damit rechnete, dass Chuck McCorey zu Hause war, läutete ich. Die Linse des Spions verdunkelte sich. Dann ertönte es aus dem Lautsprecher der Gegensprechanlage: »Wer ist draußen?«

»Cotton und Decker vom FBI New York.« Ich hielt meine ID-Card vor den Spion. Die Tür ging auf, ein großer Mann mit Halbglatze und einer Brille zeigte sich. Ich grüßte, dann fragte ich: »Sind Sie Mister McCorey?«

»Ja. Ich bin sofort nach Hause gefahren, nachdem ich den Anruf erhielt. Ihre Kollegen vom Police Department waren schon da. Die Wohnung wurde auf Spuren durchsucht. Aber kommen Sie doch herein.«

Wir betraten die Wohnung. Sie war teuer eingerichtet. McCorey fuhr sich mit Daumen und Zeigefinger über den Nasenrücken. »Mir will das alles noch gar nicht richtig in den Sinn. Warum ausgerechnet meine Frau?«

»Sie sind eine Person des öffentlichen Lebens«, versetzte ich.

»Ich habe mir sagen lassen, dass dieser Jack Douglas ein Mörder ist, ein rechtsradikaler Bombenleger, der zu einer lebenslänglichen Strafe verurteilt worden ist. Ihr Chef befindet sich auch in den Händen der Rechtsextremisten. – Ach ja, vorhin rief mich ein Mann an, der in der fünften Etage wohnt. Er und seine Gattin sahen um etwa 14 Uhr 20 meine Frau die Treppe hinuntergehen. Sie grüßten Nora, bekamen aber keine Antwort. Das mutete sie seltsam an, wo doch meine Frau normalerweise ein ausgesprochen höflicher Mensch ist. Meine Frau kam ihnen geistig abwesend vor.«

»Wie heißt der Mann?«

»Reynolds.«

Wir begaben uns in die fünfte Etage. Das Türschild verriet uns, dass wir richtig waren. V. Reynolds stand da. Wenig später öffnete uns ein junger Mann die Tür. Ich übernahm es, uns vorzustellen. Reynolds sagte: »Ich hörte vor einer Viertelstunde von der Entführung und habe Mister McCorey sofort von meiner Beobachtung berichtet.«

»Sie sahen die Frau die Treppe hinuntersteigen?«, fragte ich.

»Ja. Sie war blass und mutete geistesabwesend an. Obwohl wir sie grüßten, beachtete sie uns nicht.«

»War sie alleine?«

»Ja. Aber einige Stufen hinter ihr kamen zwei Männer. Ich habe nicht auf sie geachtet. Warum auch? Wer denkt denn an eine Entführung ...«

»Ich habe mir die Kerle angeschaut«, sagte eine Frauenstimme, und dann trat eine junge, hübsche Frau neben den Mann. »Sie waren beide Mitte der zwanzig, einer war mit einem Jeansanzug bekleidet, der andere trug eine Lederjacke. Der im Jeansanzug hatte kurze, blonde Haare, der andere war dunkel. Auch seine Haare waren kurz geschnitten.«

»Würden Sie die Männer wiedererkennen?«

»Ich denke schon.«

Phil nahm die Personalien des Ehepaares auf. Dann verabschiedeten wir uns. Wir kehrten in die dritte Etage zu McCorey zurück. Er sagte: »Sie müssen gewaltsam in die Wohnung eingedrungen sein. Die Sicherungskette ist aus der Verankerung gesprengt. Diese elenden Verbrecher! Ich mache mir allergrößte Sorgen um meine Frau.«

»Es wurde ein Krisenstab gebildet«, erklärte ich. »Sicher wird man in diesem Gremium eine adäquate Entscheidung treffen.«

In meiner Stimme schien keine allzu große Zuversicht gelegen zu haben, denn McCorey murmelte: »Wenn man vorhätte, Douglas laufen zu lassen, dann hätte man ihn längst gegen John D. High ausgetauscht. Der Staat ist nicht erpressbar. So sieht es doch aus. Diesem Prinzip getreu nimmt man Opfer in Kauf.«

Was hätte ich dazu sagen sollen?

Es war so!

Wir verließen McCorey. Zurück blieb ein gebrochener Mann.

Während wir zur Federal Plaza fuhren, telefonierte ich mit der SRD. »Die Spuren, die in der Wohnung McCoreys sichergestellt wurden, müssen sofort ausgewertet werden. Die Sache hat absolute Priorität. Es geht um Leben oder Tod.«

»Wir wissen Bescheid, Special Agent. Von Hautschuppen und Haaren, die wir gefunden haben, werden unverzüglich DNA-Analysen gefertigt. Die Fingerabdrücke werden bereits abgecheckt. Sobald ich ein Ergebnis habe, rufe ich Sie an.«

»Ich bitte darum.«

Robert Kellerman sagte in sein Handy. »Das ist ja interessant. Und du meinst, ein Irrtum ist ausgeschlossen.«

»Ich bin mir ganz sicher.«

»Okay, wir treffen uns in zwei Stunden in der Lounge.«

Kellerman steckte sein Handy in die Tasche. Dann rief er: »Wir machen Schluss für heute. Kompanieführer, lassen Sie die Leute antreten.«

Die einzelnen Gruppen betrieben auf dem Farmhof Formalausbildung. Jetzt schrie einer: »Schluss für heute! Kompanie antreten! Im Laufschritt, Marsch!«

Die Uniformierten hetzten los. Ihre Füße rissen kleine Staubfontänen in die klare Luft. Wenig später standen die Kerle in Reih und Glied.

»Augen geradeaus!«

Wie zu Salzsäulen erstarrt standen die ›Soldaten‹ der NMA.

Kellerman erhob die Stimme: »Ihr macht Fortschritte, Leute. Ich bin stolz auf euch. Bald werden wir euch mit

Aufgaben betrauen können, die ein hohes Maß an Loyalität erfordern. Ein jeder von euch wird der Aufgabe, die ihm gestellt wird, gewachsen sein. Davon bin ich überzeugt. In drei Tagen halten wir eine Gefechtsausbildung ab. Ich hoffe, ihr kommt alle. Am Ende eurer Grundausbildung werdet ihr ins Heer der NMA aufgenommen. Ich hoffe, ihr wisst dies als Ehre zu schätzen. Mit eurer Einstellung und eurer Ideologie werdet ihr endgültig Teil unserer Gemeinschaft sein. Das wollt ihr doch!«

»So ist es, Sir!«, ertönte es aus über drei Dutzend Kehlen.

»Jeder von euch wird eine Spezialausbildung erhalten. Ihr könnt bei der NMA Karriere machen. Bringt eure Brüder, eure Cousins und eure Freunde mit zu unseren Treffen. Überzeugt sie von unserer Gesinnung. Es wird euer Schaden nicht sein. Sind wir uns einig?«

»Jawohl, Sir!«

»Gut. Wegtreten und aufsitzen!«

Die ›Soldaten‹ rannten zu den Lastwagen und kletterten auf die Ladefläche. Kellerman und zwei weitere Männer setzten sich in den Jeep und fuhren davon. Staub wölkte unter den Rädern. Während sie nach Süden fuhren, telefonierte Kellerman: »Ich habe dir doch von dem Neuen erzählt, diesem Howard Henderson.«

»Was ist mit ihm?«, fragte Henry Cavendish, der sich am anderen Ende der Leitung befand.

»Adams hat mich angerufen. Er hat ein wenig in den Fahndungsaufrufen der Polizei und des FBI gestöbert. Sieht so aus, als hieße Henderson in Wirklichkeit Jeff Brennan. Brennan hat einen Offizier halbtot geschlagen und wurde nach Verbüßung seiner Strafe vor fünf Wochen unehrenhaft aus der Armee entlassen. Er soll in Chicago einen Schnapsladen überfallen und den Besitzer erschossen haben.«

Cavendish pfiff zwischen den Zähnen. »Ein Killer also. Nun, ich denke, einen solchen Mann können wir brauchen.«

»Es ist aber auch mit Gefahren verbunden.«

»Für uns doch nicht. Wir wissen von nichts. Aber Henderson wird unser Mann für besondere Aufgaben.«

»Keine schlechte Idee. Er kennt gewiss keine Skrupel. Ich treffe mich mit ihm heute Abend wieder in der Lounge. Es ist wohl besser, wenn ich ihm nicht erzähle, dass wir über ihn Bescheid wissen.«

»Bring ihn zu mir. Ich rede ein ernstes Wort mit ihm. Er wird mir hinterher aus der Hand fressen.«

»In Ordnung.«

Kapitel 5

Wir hatten die Adressen einiger Leute, die im Rahmen rechtsextremer Aktivitäten straffällig geworden waren. Einige von ihnen saßen noch hinter Gittern, einige befanden sich wieder in Freiheit.

Einer, der fünf Jahre verbüßt hatte, war Walt Sturgess. Er war vor einem Monat aus der Haft entlassen worden. Seine Strafe hatte er bis auf den letzten Tag verbüßt. Er wurde als uneinsichtig und gefährlich eingestuft.

Bevor wir ihm einen Besuch abstatteten, beschafften wir uns eine Aufstellung über seine in den letzten Tagen geführten Telefongespräche. Es waren keine Gespräche darunter, die unseren Verdacht erregt hätten. Aber das hatte nichts zu sagen. Telefonate mit dem Handy wurden leider nicht erfasst und so besaß die Liste, die wir hatten, keinerlei Aussagekraft.

Sturgess wohnte in East 82nd Street Nummer 211. Seine Wohnung lag in der fünften Etage. Eine Frau öffnete uns. Ich sagte ihr, wer wir waren. Ein Schatten schien über ihr Gesicht zu huschen. Abrupt wandte sie sich um und rief: »Walt, hier sind zwei FBI-Agents. Sie möchten dich sprechen.«

Walt Sturgess zeigte sich. Er war mittelgroß und untersetzt. Seine Haare waren schwarz und hingen ihm etwas wirr in die Stirn. Finster fixierte er uns. »Was wollt ihr von mir?«

»Nur ein paar Routinefragen.«

»Was für Fragen?«

»Wo waren Sie am 27. Mai abends?«

»Zu Hause. Wo soll ich sonst gewesen sein? Warum fragen Sie. Was war am 27. Mai?«

»Der Chef des FBI wurde an diesem Abend entführt. Wo waren Sie heute zwischen 14 und 15 Uhr?«

»Auch zu Hause. Melissa kann es bestätigen.«

»Ist das Ihre Frau?«

»Freundin. Sie hat fünf Jahre lang auf mich gewartet. So etwas gibt es, Special Agents.« Sturgess grinste. »Okay, der Chef des FBI wurde entführt. Was war heute zwischen 14 und 15 Uhr? Auch eine Entführung?«

»Ja. Bei der Entführten handelte es sich um Nora McCorey. Ihr Mann ist Direktor bei der Citi Bank.«

»Wieso kommen Sie damit zu mir?«

»Die Entführer fordern die Freilassung von Jack Douglas.«

»Douglas war Präsident der ›Nationalen Front‹«, sagte Sturgess. »Ich kenne ihn.«

»Standen Sie mit Ihrer Zelle der ›Nationalen Front‹ nahe?«, fragte Phil.

»Ich muss Ihnen keine Antwort auf diese Frage geben«, knurrte Sturgess. »Jedenfalls habe ich mit den Entführungen nichts zu tun.«

»Sie wurden erst vor kurzer Zeit aus dem Gefängnis entlassen. Ihre Ideologie haben Sie aufrechterhalten. Uns liegt das Gutachten eines Psychologen vor, das erstellt wurde, als es darum ging, Sie vorzeitig auf Bewährung zu entlassen.«

»Na und?«

»Wir vermuten, dass Sie wieder aktiv geworden sind. Haben Sie Kontakte zur ›Nationalen Bewegung für Amerika‹?«

»Und wenn?«

»Ist es nicht seltsam, dass die Entführungen kurz nach Ihrer Haftentlassung geschehen?«, fragte ich.

»Unterstellen Sie mir nur nichts.«

»Wir würden gerne mit Melissa sprechen.«

Sturgess wandte den Kopf. »Melissa, komm doch mal her. Sag den beiden Agents, wo ich am 27. Mai abends und heute Nachmittag um 14 Uhr war.«

Die Frau erschien. »Walt war zu Hause.«

Der Bursche grinste anzüglich. »Melissa und ich haben fünf Jahre aufzuholen.«

Ich bedankte mich, dann verabschiedeten wir uns. Als wir im Auto saßen, sagte Phil: »Ich denke, es gibt Verbindungen – Verbindungen zwischen den Sympathisanten der ›Nationalen Front Amerikas‹, der NMA und Sturgess.«

»Ich gehe sogar noch weiter und behaupte, dass auch andere rechtsextremistische Gruppierungen mitmischen.«

»Es wird nicht viel Sinn machen, die anderen Kerle, deren Namen wir haben, zu befragen«, meinte Phil. »Es wird wohl darauf hinauslaufen, dass es sich am 31. um 18 Uhr entscheidet, ob der AD lebt oder stirbt.«

Phil brachte damit zum Ausdruck, was wie ein Damoklesschwert über unseren Köpfen hing. Eine kalte Hand schien mich zu berühren. Mit Macht drängte es auf mich ein: Es ging um Leben oder Tod und wir waren noch keinen Schritt weitergekommen.

Da läutete mein Handy. Es war der Kollege von der SRD. »Wir haben einen Fingerabdruck an der Wohnungstür von McCorey analysiert. Er gehört Ted Malcolm, West 114th Street Nummer 189. Malcolm ist wegen Drogenhandels vorbestraft und hat drei Jahre in Rikers Island verbracht.«

»Wir fahren sofort hin«, sagte Phil.

Also steuerte ich den Jaguar in die 114th Street. Natürlich hatten wir uns, ehe wir losgefahren waren, die Akte von Malcolm auf den Monitor geholt. Er war sechsundzwanzig

Jahre alt. Wir erreichten unser Ziel, ich fand einen Parkplatz, wir stiegen aus und wollten das Gebäude Nummer 189 betreten, allerdings war die Haustür verschlossen. Ich legte den Finger auf eine x-beliebige Klingel, aus der Gegensprechanlage erschallte eine weibliche Stimme. »Wer ist da?«

»FBI. Bitte öffnen Sie uns die Tür.«

Ein Summen war zu hören, ich konnte die Tür aufdrücken, wir betraten das Haus. Im Treppenhaus war es düster. Die Treppe war aus Holz. Ein Fahrrad lehnte unter den Briefkästen an der Wand. Es roch muffig.

Malcolm wohnte in der zweiten Etage. Er war nicht zu Hause. Ich läutete bei einem Nachbarn und fragte ihn, ob Malcolm eventuell einer Beschäftigung nachging. »Nicht, dass ich wüsste«, sagte der Mann. »Das ist ein Tagedieb. Hin und wieder kommen Kerle zu ihm, die mir ganz und gar nicht gefallen. Verwegene Typen, viele von ihnen tragen Tarnanzüge. Mode hin, Mode her – die Kerle benehmen sich auch wie Soldaten.«

Wir gingen hinunter, setzten uns in den Jaguar und warteten. Unsere Geduld wurde auf keine lange Probe gestellt, dann rollte ein alter Ford heran, hielt, und Malcolm stieg aus. Er warf die Tür zu, hob die Hand zum Gruß, der Ford fuhr davon. Phil notierte sich die Zulassungsnummer. Malcolm wandte sich der Tür zu.

Wir stiegen aus. »Malcolm!« Meine Stimme entfernte sich von mir und versank in den Geräuschen, die uns umgaben.

Ted Malcolm ruckte herum. Phil und ich setzten uns in Bewegung. Malcolm duckte sich. Sein Gesicht nahm einen gehetzten Ausdruck an. Er wirkte wie ein Mann, der sich im nächsten Moment herumwerfen und die Flucht ergreifen würde.

Und genau das tat er.

»Bleiben Sie stehen!«, gebot ich mit lauter Stimme.

Er dachte nicht daran, meiner Aufforderung Folge zu leisten. Seine Beine wirbelten. Er rannte in Richtung Morningside Park.

Phil spurtete los, ich hinterher. Malcolm wich zwei Fußgängern aus und rannte zwischen zwei parkenden Autos hindurch auf die Straße. Er drehte den Kopf und schaute nach hinten. Sein Vorsprung betrug etwa fünfundzwanzig Yards.

Er rannte wie ein Wiesel. Der Abstand zwischen ihm und uns veränderte sich nicht. Die Frage war, wie lange er dieses Tempo aushielt.

Malcolm erreichte die Amsterdam Avenue. Der Verkehr floss in beide Richtungen. Der Bursche sprang einfach in die Fahrbahn. Ein Autofahrer wurde genötigt, eine Vollbremsung hinzulegen. Reifen quietschten. Der Fahrer des nachfolgenden Wagens stieg in die Eisen. Das Fahrzeug dahinter wurde nicht mehr rechtzeitig angehalten. Es gab einen dumpfen Knall, als es auffuhr.

Auf der zweiten Fahrbahn flankte Malcolm über die Motorhaube eines Pontiacs, ließ einen Dodge vorbei und rannte los. Wieder musste ein Auto abrupt abbremsen. Dann war Malcolm drüben. Wir stürzten uns ebenfalls in den Verkehr auf der Avenue. Auf der äußersten Fahrspur standen wegen des Unfalls die Autos. Ich huschte dicht vor der Nase eines Mercury über die zweite Fahrbahn und erreichte den Mittelstreifen. Drüben rannte Malcolm weiter in die Richtung des Parks.

Phil tauchte neben mir auf. Sein Gesicht war von der Anstrengung gerötet. Schweiß glitzerte auf seiner Stirn. Er atmete stoßweise. Als eine kleine Lücke im Verkehrsfluss entstand, rannten wir los. Lautes Hupen erklang. Auf der äußeren Fahrspur, auf der der Verkehr nach Süden floss, nötigten wir einen Autofahrer, zu bremsen. Ich sah, dass sich sein Mund bewegte, und sicher war es eine derbe Beleidigung, die aus seiner Kehle stieg.

Wir waren drüben und rannten in die 114th hinein. Der Vorsprung des Gangsters betrug jetzt an die vierzig Yards. Aber er wurde langsamer. Auch meine Lungen pumpten. Ich verfügte zwar über eine gute Kondition, aber einen solchen Spurt hielt niemand über eine längere Distanz aus.

Malcolm durfte uns nicht entkommen. Er war unsere einzige Spur zu den Entführten. Wir brauchten ihn. Darum gab ich mir noch einmal einen Ruck und holte alles an noch verfügbaren Reserven aus mir heraus. Phil hielt mit. Meine Lungen begannen zu stechen.

Und plötzlich verschwand Malcolm hinter einem parkenden Fahrzeug. Und dann donnerte ein Schuss. Phil und ich gingen ebenfalls hinter einem am Straßenrand abgestellten Wagen in Deckung. Wir zogen unsere Dienstwaffen.

Nur nach und nach nahmen bei uns Herzschlag und Atmung den normalen Rhythmus wieder auf. Wir belauerten uns. Weiter vorne waren zwei Fußgängen zu sehen, die näher kamen. Ein Auto fuhr vorbei.

»Malcolm!«, rief ich. Er gab keine Antwort. »Geben Sie auf!«

Plötzlich sprang Malcolm hoch und rannte weiter. Phil und ich folgten. Er erreichte die beiden Fußgänger. Es handelte sich um zwei Männer. Malcolm packte den einen, legte ihm von hinten den Arm um den Hals und drückte ihm die Mündung seiner Pistole unter das Kinn. »Verschwindet!«

Wir hatten angehalten. »Sie machen alles nur noch schlimmer, Malcolm!«, rief Phil.

Malcolm ging rückwärts und zerrte seine Geisel mit sich.

Der andere der beiden Männer stand nur da und war zu keiner Reaktion fähig.

Plötzlich richtete Malcolm die Waffe auf uns. Wir sprangen auseinander. Fast im selben Moment dröhnte der Schuss. Die Kugel verfehlte uns. Unwillkürlich warf ich einen Blick nach hinten. Aber da war niemand. Malcolm versetzte dem Mann einen Stoß, schleuderte sich herum und rannte weiter.

Die beiden Männer waren uns im Weg. Entsetzt starrten sie uns an. Das alles überstieg wahrscheinlich ihren Verstand. Dann waren wir vorbei. Der Park rückte näher. Im Park verdoppelte oder verdreifachte sich die Chance des Gangsters, uns zu entkommen. Er schaute sich wieder um, riss den Arm mit der Pistole hoch und feuerte auf uns.

Jetzt schoss auch ich. Ich zielte auf seine Beine, verfehlte ihn aber. Die Entfernung war einfach zu groß, um mit der Pistole einen sicheren Schuss abgeben zu können. Und dann überquerte der Gangster den Morningside Drive und rannte zwischen die Büsche. Er verschwand aus unserem Blickfeld.

Durch das Zweiggespinst beobachtete Malcolm die beiden Agents. Sein Atem flog. Schweiß rann ihm über die Wangen. Er hatte sich nahezu verausgabt. Seine Bronchien pfiffen. Die beiden ließen die gebotene Vorsicht nicht außer Acht. Jeden Schutz ausnutzend, der sich ihnen bot, arbeiteten sie sich näher. Der Gangster zog sein Handy aus der Tasche, klickte eine eingespeicherte Nummer auf das Display und stellte eine Verbindung her. »Was willst du?«, erklang es.

»Zwei Bullen haben mich vor meiner Wohnung erwartet.«

»Du bist ihnen entkommen?«

»Fürs Erste. Sie sind noch hinter mir her.«

»Wo bist du jetzt?«

»Im Morningside Park.« Einer der Agents kam hinter einem Baum hervor und rannte über ein Stück freie Fläche. Malcolm gab einen Schuss ab. »Verdammt!«, knirschte er. »Sie nähern sich mir. Was soll ich tun?« Der Agent verschwand wieder hinter einem Baum.

»Wenn Sie dich schnappen sollten – kein Wort! Verstehst du? Du wirst schweigen wie ein Grab.«

»Du kannst dich auf mich verlassen.«

»Versuch dich zur Saint John Kathedrale durchzuschlagen. Ich schicke Artur, damit er dich abholt. Warte in der Kirche auf ihn.«

»In Ordnung.«

Soeben kam einer der Agents um einen dichtbelaubten Strauch herum. Er feuerte in die Richtung des Gangsters. Geduckt und hakenschlagend wie ein Hase rannte er näher. Die Kugeln pfiffen durchs Gebüsch, Zweige und Blätter segelten zu Boden, Malcolm wurde am Oberarm gestreift, es brannte wie ein Peitschenhieb. Er warf sich entnervt auf den Boden und erwiderte blindlings das Feuer. Der Agent verschwand in Deckung. In Malcolms Augen irrlichterte die Rastlosigkeit. Seine Kiefer mahlten. Die Verzweiflung stieg wie ein Schrei in ihm auf. Er kam halb hoch. Und dann sprintete er los. Ein Schuss krachte. Stechender Schmerz durchzuckte Malcolm. Das Bein wurde ihm vom Boden weggerissen. Ein Aufschrei entrang sich ihm, er stürzte. Im nächsten Moment rollte er auf den Bauch. Sein gehetzter Blick schweifte in die Runde. Der Schmerz tobte bis unter seine Gehirnschale und trieb ihm die Tränen in die Augen. Unter seinem linken Auge zuckte ein Muskel.

»Die Pistole weg!«, ertönte es klirrend.

Malcolm feuerte in die Richtung, aus der die Stimme kam. Er biss die Zähne zusammen, dass es schmerzte. Unbeholfen kam er hoch. Stöhnen brach aus seiner Kehle. Er hinkte davon. Der Arm mit der Pistole hing schlaff nach unten, die Mündung der Waffe deutete auf den Boden.

Da trat seitlich von Malcolm einer der Agents hinter einem Strauch hervor. Er hatte die SIG auf den Gangster gerichtet und rief: »Zwingen Sie mich nicht, Ihnen eine weitere Kugel ins Bein zu schießen. Weg mit der Waffe und die Hände in die Höhe.«

Malcolm hielt an und atmete rasselnd. Seine Brust hob und senkte sich unter den hastigen Atemzügen. In seinen Zügen arbeitete es. Plötzlich hob er die Hand und schlug die Pistole auf den Agent an ...

Ich schoss. Der Knall schmerzte in den Ohren. Malcolm brach zusammen und begrub die Pistole unter sich. Er schrie auf. Er war nicht zum Schuss gekommen. Jetzt ging ich langsam auf ihn zu. Von der Seite näherte sich Phil. Wir erreichten den Gangster, ich griff unter seinen Körper und nahm die Waffe an mich, steckte sie in meinen Hosenbund.

Phil holte sein Mobiltelefon heraus und rief eine Ambulanz an. Ich durchsuchte Malcolms Taschen und fand das Handy. »Was wollt ihr von mir?«, presste er hervor. Seine beiden Beine waren durchschossen. Über seinen Oberschenkeln färbte sich die Hose dunkel und feucht. In seinen Augen wühlte der Schmerz.

»Wir haben einige Fragen an Sie.«

»Was sind das für Fragen?«

»Zum Beispiel, was Sie in der Wohnung von Chuck McCorey zu suchen hatten.«

»Verdammt, ich blute wie ein Schwein.«
»Eine Ambulanz ist unterwegs«, sagte Phil.
Ich drückte die Wahlwiederholungstaste des Handys. Eine männliche Stimme erklang: »Bist du ihnen entkommen?«
Ich unterbrach die Verbindung. »Mit wem haben Sie gesprochen?«
»Das geht dich einen Dreck an, Bulle.«
»Es kostet uns ein Lächeln, es herauszufinden.«
»Es war Kellerman.«
»Hatten Sie von ihm den Auftrag, Mistress McCorey zu kidnappen?«
»Ich weiß nicht, wovon Sie sprechen.«
»Ihr Fingerabdruck wurde in McCoreys Wohnung sichergestellt.«
»Ich hatte keinen Auftrag von Kellerman.«
»Von wem denn?«
»Ihr werdet euch an mir die Zähne ausbeißen.«
»Sie gehören zur NMA?«
»Ja.«
»Waren Sie auch dabei, als John D. High entführt wurde?«
»Ihr könnt mich mal.«
»Wo befindet sich Mistress McCorey?«
Malcolm schwieg verbissen.
»Mit Ihnen werden sich unsere Vernehmungsspezialisten unterhalten. Ich wette, dass die aus Ihnen herauskitzeln, was wir wissen wollen.«
Es dauerte nicht lange, dann kam die Ambulanz. Malcolm wurde erstversorgt, dann wurde er eingeladen. Wir folgten der Ambulanz. Ich hatte angeordnet, dass Malcolm nach Rikers Island gebracht wurde. Dort wurde er in den Krankentrakt eingeliefert. Ein Ärzteteam kümmerte sich um ihn. Er war auf Nummer sicher.

Im Gefängnis klickten wir uns ins Archiv ein und fertigten einen Ausdruck von Malcolms Konterfei. Damit fuhren wir nach Manhattan in die 54th Street. Die Reynolds waren zu Hause. Ich legte Stella Reynolds den Ausdruck vor. »Ist das einer der Männer, die Sie heute am frühen Nachmittag im Treppenhaus sahen?«

Die Frau warf nur einen kurzen Blick auf das Bild, dann nickte sie. »Ja, der war dabei. Ist er einer der Entführer?«

»Wir sind uns sicher«, versetzte ich.

Zurück im Jaguar rief ich Steve an. Schon während wir nach Rikers Island gefahren waren, hatte ihm Phil Bericht erstattet. Jetzt sagte ich: »Stella Reynolds hat Malcolm als einen der Männer identifiziert, die hinter Nora McCorey die Treppe hinunterstiegen. Damit dürfte es erwiesen sein, dass Malcolm einer der Entführer ist. Wir fahren jetzt zu Kellerman. Er wird uns einige Fragen zu beantworten haben.«

»Wir haben nur noch achtundvierzig Stunden Zeit«, murmelte Steve.

Ja, die Zeit verstrich unerbittlich. Aber ich hatte das Gefühl, dass wir einen Schritt weitergekommen waren.

Kellerman war nicht zu Hause. Ich rief Cavendish an. Als er sich meldete, sagte ich: »Wir stehen vor Kellermans Wohnungstür. Er ist nicht daheim. Haben Sie eine Ahnung, wo wir ihn antreffen können?«

»Nicht die geringste.«

»Sind Sie zu Hause, Mister Cavendish?«

»Ja.«

»Gut, wir sind in zwanzig Minuten bei Ihnen.«

»Was wollen Sie denn schon wieder?«

»Wir sprechen darüber, sobald wir bei Ihnen sind.«

Ich steuerte den Jaguar in die 88th Street. Cavendish

selbst öffnete uns die Tür. Mir entging nicht das Lauern in seinen Augen. Er sagte: »Kommen Sie herein. – Bitte, setzen Sie sich. – Ich kann mir nicht denken, was Sie noch von mir wollen.«

»Wir kennen einen der Entführer von Nora McCorey«, erklärte ich.

Cavendishs Brauen schoben sich zusammen wie zwei dunkle Raupen. »Sagt mir nichts.«

Ich winkte ab. »Es ist Fred Malcolm.«

»Drücken Sie sich bitte etwas deutlicher aus. Wer ist Nora McCorey? Warum wurde sie entführt? Und wer ist Fred Malcolm?«

»Sie ist die Frau eines Bankdirektors, und mit ihr soll Jack Douglas freigepresst werden. Wir haben Malcolm verhaftet. Bevor wir ihn verhafteten, telefonierte er mit Kellerman, Ihrem Stellvertreter als Präsident der NMA.«

»Ich denke, man hat John D. High entführt, um Douglas freizupressen.«

»Das ist richtig. Die Entführer wollen mit weiteren Erpressungen ihrer Forderung Nachdruck verleihen.«

»Denken Sie, Kellerman hat die Entführung angeordnet?«, fragte Cavendish.

Ich schüttelte den Kopf. »Nein. Die Anordnung kam von Ihnen, Cavendish.«

»Haben Sie einen schlüssigen Beweis für diese Behauptung?«, blaffte Cavendish.

Darauf gab ich keine Antwort.

Cavendish grinste geringschätzig. »Sie haben nichts weiter gegen mich vorzubringen als eine unhaltbare Vermutung. Das ist wenig. Ich kann Ihnen nicht sagen, wo Kellerman steckt. Er hat sich bei mir nicht abgemeldet. Von der Entführung weiß ich nichts. Ich kann Ihnen nicht helfen, Special Agents.«

»Dann wollen wir Ihre kostbare Zeit nicht länger in Anspruch nehmen.«

Wir verließen die Wohnung und fuhren noch einmal nach Rikers Island. Es war wichtig, Malcolm zum Sprechen zu bringen. Zeit hatten wir nicht zu verlieren. Nicht mal mehr achtundvierzig Stunden bis zum Ablauf des Ultimatums. Und jede Sekunde, die verstrich, fehlte uns. Es war ein Wettlauf gegen die Zeit, und wenn wir gewinnen wollten, durften wir nicht einen Augenblick vergeuden.

In der Zwischenzeit hatten wir festgestellt, auf wen der Ford zugelassen war, aus dem Malcolm gestiegen war. Der Name des Burschen war Frank Allister. Allister wohnte in Queens, 113th Street.

Malcolm lag zusammen mit drei weiteren Gefangenen in einem Zimmer. Sein Bett wurde in einen leeren Raum geschoben. In seinen Augen flackerte es unruhig. »Ich rede nicht mit euch ohne anwaltliche Unterstützung.«

»Die Zeit, um abzuwarten, dass Ihr Anwalt eintrifft, haben wir nicht«, grollte Phil. »Raus mit der Sprache, Malcolm: Wo wird Mistress McCorey festgehalten?«

Malcolm mahlte nur mit den Zähnen.

»Wie heißt der Mann, mit dem Sie die Frau entführt haben?«, fragte ich.

Der Gangster schwieg.

Ich stellte die nächste Frage: »Gehören Sie zur Wehrsportgruppe der NMA?«

Die Antwort war Schweigen.

»Möchten Sie den Kopf allein in die Schlinge stecken?«, fragte Phil.

»Ihr könnt mir gar nichts anhaben.«

»In der Wohnung von Mistress McCorey wurde Ihr Fingerabdruck sichergestellt«, versetzte ich. »Außerdem wurden Sie im Treppenhaus des Gebäudes gesehen, als

Sie hinter der Frau her nach unten stiegen. Ich denke, bei dem anderen Mann, der dabei war, handelt es sich um Frank Allister.«

»Woher habt ihr seinen Namen?«, schnappte Malcolm erschreckt.

»Er ist also der zweite Mann«, konstatierte ich.

Malcolm schaute mich verbissen an.

»Wir werden uns Allister holen«, versprach ich. »Sicher ist er nicht so verstockt wie Sie. Und das Gericht wird das auch zu würdigen wissen.«

Malcolm schien mit sich zu kämpfen. Jeder Zug seines Gesichts verriet es. Er war unschlüssig. Er setzte zu sprechen an, biss sich auf die Lippen, räusperte sich und sagte dann: »Es ist richtig. Frank und ich haben die Frau entführt. Wir drangen in die Wohnung ein und erklärten ihr, dass wir ihren Mann in unserer Gewalt hätten. Vor dem Haus stieg sie in einen Van, mit dem sie weggebracht wurde. Wohin weiß ich nicht.«

»Wer fuhr den Van?«

»Es waren zwei Kerle. Ihre Namen sind mir nicht bekannt.«

»Auf wessen Geheiß entführten Sie die Frau?«

»Ich erhielt einen Anruf.«

»Von wem?«

»Von Kellerman.«

»Und Kellerman erhält seine Weisungen von Cavendish.«

»Das weiß ich nicht.«

»Gibt es außer der Farm in der Nähe von Pleasantville weitere Stützpunkte der NMA?«

»Eine verlassene Fabrik in der Nähe von Pound Ridge. Eine ehemalige Glasfabrik. Dort üben wir den Häuserkampf.«

Wir verließen das Gefängnis. Ich warf einen Blick auf meine Armbanduhr. Es war 19 Uhr vorbei. Die Sonne stand weit im Westen. Der Gedanke, dass Mr High und die Frau vielleicht in der alten Glasfabrik festgehalten wurden, beflügelte mich.

Nachdem wir losgefahren waren, rief Phil im Field Office an. Joe Brandenburg war noch im Büro. Phil berichtete mit knappen Worten und sagte: »Ein weiterer der Entführer von Nora McCorey ist ein Bursche namens Frank Allister. Er wohnt in 237 East 94th Street. Holt euch den Burschen, Joe, und quetscht ihn aus.«

Joe Brandenburg sicherte es zu.

»Okay, Joe. Das ist die eine Sache«, sagte Phil. »Der Befehl für die Entführung kam von Kellerman, 216 East 108th Street. Wir haben Kellerman nicht in seiner Wohnung angetroffen. Schick zwei Agents zu der Wohnung und lass sie überwachen.«

»Geht in Ordnung.«

Phil fuhr fort: »Wir nehmen an, dass Cavendish dahintersteckt. Wir sollten auch ihn observieren.«

»Ich veranlasse alles, Phil. Ihr fahrt jetzt nach Pound Ridge?«

»Ja.«

»Gut. Ich halte euch auf dem Laufenden.«

Es war 20 Uhr, als Howard Henderson ›Jimmy's Lounge‹ in der Clinton Street betrat. Ein Uniformierter trat an ihn heran. »Komm mit.«

Henderson folgte dem Burschen. Er führte ihn durch die Hintertür hinaus und hinauf in die erste Etage, wo er an einer Wohnungstür läutete. Die Tür wurde aufgezogen, ein weiterer Uniformierter zeigte sich. Wortlos trat er zur

Seite. Henderson betrat die Wohnung und befand sich in einem mittelmäßig eingerichteten Wohnzimmer. In einem der Sessel saß Kellerman.

»Hi, Kellerman.«

»Hallo, Henderson. Alles klar?«

»Alles bestens. Was gibt es. Was soll ich hier?«

»Hinter mir sind ein paar Bullen her. Darum habe ich mich hier verkrochen. – Wir machen einen kleinen Ausflug, Henderson.«

»Einen Ausflug?«

»Ja, wir fahren zu unserem Stützpunkt Pleasantville. Der Colonel will dich kennenlernen.«

»Wieso bin ich so interessant für ihn?«

»Er will dich eben kennenlernen.« Kellerman erhob sich und reckte die Schultern. »Gehen wir.«

Sie verließen das Gebäude durch den Hinterausgang. Im Hof stand ein Buick. Kellerman und Henderson setzten sich in den Fond, die beiden Uniformierten nahmen vorne Platz. Als sie fuhren, fragte Henderson:

»Warum sind die Bullen hinter dir her?«

»Ich habe eine Entführung angeordnet. Aber etwas Genaues wissen die Feds sicher nicht.«

»Dann bräuchtest du dich ja auch nicht vor ihnen zu verstecken.«

»Wenn die einen einmal in der Mangel haben …«

»Stimmt, mit den Feds ist nicht zu spaßen.«

Sie mussten Manhattan von Süden nach Norden durchqueren und das nahm Zeit in Anspruch. Die Zeit der Rushhour war zwar vorbei, dennoch war das Verkehrsaufkommen enorm.

Es wurde schon dunkel, als sie die Farm erreichten. Der Widerschein der untergegangenen Sonne verfärbte den Himmel im Westen brandrot. Rötlicher Schein lag auf dem

Land. Die Schatten waren verblasst. Der Himmel im Osten begann sich grau zu verfärben. Ein Star saß auf dem First des Farmhauses und begrüßte mit seinem Gezwitscher den Abend.

Im Hof der Farm stand ein weißer Infiniti. Aus zwei Fenstern fiel Licht. Der Buick wurde angehalten, der Motor starb ab. Sie stiegen aus. »Auf dem Gelände der Farm drillen wir unsere Leute«, erklärte Kellerman. »Du wirst noch öfter herkommen, Henderson.«

Sie gingen ins Haus. Die beiden Uniformierten blieben draußen. Zwei Männer saßen in den Sesseln, die in der Halle um einen niedrigen Tisch herum gruppiert waren. Einer war Cavendish, der andere war – Walt Sturgess. Henderson kannte keinen von beiden. Abwechselnd fixierte er sie. Einer erhob sich und kam auf ihn zu, hielt ihm die Hand hin und sagte: »Mein Name ist Henry Cavendish. Kellerman hat mir von Ihnen erzählt, Henderson.«

»Sie sind also der Chef der NMA, gewissermaßen mein neuer Arbeitgeber.«

»Setzen Sie sich, Henderson.« Als Henderson Platz genommen hatte, fuhr Cavendish, der sich auch wieder gesetzt hatte, fort: »Oder soll ich Sie Brennan nennen?«

Henderson zog den Kopf zwischen die Schultern und verriet jähe Anspannung. Beschwichtigend hob Cavendish die Rechte und zeigte die Handfläche. »Kein Grund zur Unruhe, Henderson.«

»Wir sind schnell hinter dein Geheimnis gekommen, nicht wahr?«, ließ sich Kellerman vernehmen. »Du hast in Chicago einen Schnapsbudenbesitzer in die Hölle geschickt.«

»Der Kerl griff unter die Theke. Ich verlor die Nerven.«

»Es war ein Raubmord. Und wenn sie dich schnappen, wanderst du für den Rest deines Lebens hinter Gitter.«

Henderson schaute zerknirscht drein. »Nun wird es wohl nichts aus dem Job?«

»Ich denke, einen wie Sie können wir brauchen«, erklärte Cavendish. Er beugte sich ein wenig nach vorn, legte die Ellenbogen auf seine Oberschenkel und ließ die Hände zwischen den Knien baumeln. »Ihnen ist doch klar, dass wir Sie in der Hand haben.«

»Was verlangen Sie von mir?«

»Absolute Loyalität.«

»Ist das alles?«

»Absoluten Gehorsam. Wenn Sie einen Auftrag bekommen, erledigen Sie ihn ohne Wenn und Aber.«

»Was sind das für Aufträge?«

»Sie werden Ihnen von Fall zu Fall zugewiesen. Ansonsten bilden Sie unsere Leute aus. Und zu niemand ein Wort.« Cavendish grinste. »Sie sind ab sofort unser Mann für besondere Fälle.«

»Das nimmst du doch an, Henderson?«, fragte Kellerman.

Henderson starrte blicklos vor sich hin. »Habe ich denn eine andere Wahl?«

»Du könntest dich für das Gefängnis entscheiden.«

»Ich nehme an.«

Das Handy läutete und Phil stellte eine Verbindung her. Es war Joe Brandenburg, der sagte: »Wir haben Frank Allister festgenommen. Er befindet sich im Field Office. Um ihn kümmern sich die Agents Foster und Snyder. Cavendish hat seine Wohnung verlassen und ist nach Pleasantville gefahren. Auf der Farm haben sich einige weitere Kerle eingefunden. Zwei von ihnen waren uniformiert. Es war aber nur ein kurzes Treffen. Nach einer Viertelstunde verließen die Kerle die Farm schon wieder. Cavendish kehrte zu seiner Wohnung in der 88th Street zurück.«

»Wer überwacht ihn?«

»June Clark und Blair Duvall.«

»Von den anderen Kerlen haben sie keinen erkannt?«

»So nahe konnten sie sich nicht heranwagen.«

»Schon klar«, murmelte ich. »Wir haben noch drei Meilen bis Pound Ridge. Wir bleiben in Verbindung, Joe.«

»Hals- und Beinbruch«, sagte der Kollege.

»Danke.«

Es war finster, als wir die alte Glasfabrik erreichten. Sie war von einer zwei Yard hohen Mauer umgeben. Das Tor hing schief in den Angeln und stand offen. Ich hielt an und wir stiegen aus. Ich ›bewaffnete‹ mich mit einer Maglite, die ich mir an den Gürtel hängte. Wir zogen die Pistolen und schritten nebeneinander in den Hof. Es gab mehrere verschieden hohe Gebäude. Die Fenster waren dunkle Höhlungen in den Mauern. Der Hof war mit Kopfsteinpflaster ausgelegt. Zwischen den Gebäuden nistete die Nacht. Die Finsternis mutete stellenweise fast stofflich und greifbar an.

Plötzlich wurden wir angerufen: »Stopp! Wer seid ihr?«

»FBI, die Agents Cotton und …«

In der Dunkelheit glühte es auf. Für den Bruchteil einer Sekunde wurde der Schütze aus der Dunkelheit gezerrt. Eine Detonation wurde über uns hinweggeschleudert. Ich griff nach der SIG …

Kapitel 6

Ich hatte doch klar und deutlich gerufen, wer wir waren. Und dennoch wurde das Feuer auf uns eröffnet. Wie von Furien gehetzt rannten wir auseinander. Eine Maschinenpistole begann zu rattern. Ich sah die flackernden Mündungslichter an einem Fenster. Ein Befehl wurde gerufen. Dann schwiegen die Waffen.

»Bist du in Ordnung, Phil?«, fragte ich.

»Ja«, kam es aus der Dunkelheit. »Ein heißer Empfang, würde ich sagen.«

»Unbestreitbar.« Ich zog mein Handy aus der Jackentasche und öffnete das elektronische Telefonbuch. Gleich darauf hatte ich Joe Brandenburgs Nummer auf dem Display und ich stellte die Verbindung her. Joe meldete sich. Ich sagte: »Die Fabrik ist besetzt. Wir wurden unter Feuer genommen. Wie viele Leute sich in den Gebäuden verschanzt haben, weiß ich nicht. Aber es ist nicht auszuschließen, dass Mr High und Nora McCorey in der Fabrik festgehalten werden.«

»Ich schicke euch Verstärkung«, erklärte der Kollege. »Haltet euch zurück und riskiert nichts.«

Wir beendeten das Gespräch. Ich lauschte. Mit dem Blick versuchte ich, die Dunkelheit zu durchdringen. Einmal glaubte ich Flüstern zu vernehmen. Dann nahm ich eine huschende Bewegung in der Finsternis wahr. Leises Schaben war zu vernehmen.

»Phil!«

»Ja.«

»Joe schickt Hilfe. Wir ziehen uns zurück.«

Als wir in die Nähe des Tores kamen, zeigten sich dort einige Schemen. Wahrscheinlich sahen sie uns auch, denn

Mündungslichter glühten auf, die Detonationen stießen über den Fabrikhof, Querschläger quarrten, aufbrüllend antworteten die Echos.

Wir hatten uns hingeworfen. Wie Hornissen pfiffen die Geschosse über uns hinweg. Ich wagte nicht zurückzuschießen, denn das Mündungsfeuer hätte meinen Standort verraten und die Kerle hätten mich wahrscheinlich mit Kugeln durchsiebt. Mit Kriegsspielen hatte das nichts mehr zu tun. Das war bitterer Ernst. Der Tod war allgegenwärtig.

»Zur Mauer!«, stieß ich hervor, sprang auf und rannte los. Jeder Schritt konnte der letzte sein. Unheilvolle Stille hatte sich wieder über die Fabrik gesenkt. Es war eine nervliche Zerreißprobe. Dann war ich bei der Mauer und schmiegte mich dagegen. Phil kam zwei Atemzüge später an. Wir standen im Schlagschatten und die Dunkelheit, die uns umgab, war wie ein schwarzer Vorhang.

»Wir müssen über die Mauer«, erklärte ich. »Hier sitzen wir wie in einer Falle.«

»Steig in meine Hände«, murmelte Phil. »Du kannst mich dann hinaufziehen.«

Ich holsterte die SIG, Phil verschränkte die Hände vor dem Leib, ich stellte meinen linken Fuß hinein und stieß mich mit dem rechten ab. Meine Hände erwischten die Kante der Mauer und ich zog mich hinauf. Dann lag ich flach auf der Mauerkrone und streckte den rechten Arm nach unten. »Vorwärts, Phil.«

Mein Kollege ergriff meine Hand. Seine Füße kratzten über das Mauerwerk. In dem Moment begann eine Maschinenpistole zu knattern. Ich riss Phil regelrecht in die Höhe. Dann hing er an der Mauer. Ich zog die SIG heraus und begann auf die Mündungslichter zu feuern.

Phil ließ sich fallen und landete wieder im Hof. Er schien in der Dunkelheit zu verschwinden.

Ich presste mich flach gegen die Mauerkrone.

Das Krachen der Schüsse und das Heulen der Querschläger in den Ohren schickte ich ein Stoßgebet zum Himmel, dass wir nicht Opfer eines Zufallstreffers wurden.

Schlagartig brach das MP-Feuer ab.

»Bist du in Ordnung?«, fragte ich.

»Ja.«

Mir fiel ein Stein vom Herzen. »Versuch es noch einmal, Phil«, sagte ich.

Im nächsten Moment tauchte Phil aus der Finsternis des Schlagschattens auf. Ich konnte ihn schemenhaft wahrnehmen.

Noch einmal streckte ich ihm die Hand hinunter. Er ergriff sie und stieß sich ab, ich zog ihn ruckartig in die Höhe.

Er hing wieder an der Mauer, doch jetzt gelang es ihm, sich auf die Mauerkrone zu schwingen. Ich atmete auf. Wir sprangen auf der anderen Seite hinunter …

Mort Wesley war Geschäftsführer der ›Moonlight Bar‹. Das Etablissment befand sich in der 27th Street, gleich beim Chelsea Park.

Es war 21 Uhr 35. Die Bar hatte vor gut anderthalb Stunden geöffnet.

Wesley fand einen Parkplatz und rangierte seinen Lincoln hinein. Dann stieg er aus, verschloss die Wagentüren und nahm die wenigen Schritte zum Club unter seine Sohlen.

Die grüne Leuchtschrift über der Tür warf Lichtreflexe auf den Gehsteig. Ein groß gewachsener Bursche lehnte an der Wand neben der Tür, die Arme vor der Brust verschränkt.

»Hallo, Ben«, sagte Wesley.

»Hi, Mort. Noch nicht viel los heute. Aber es ist erst 9 Uhr.« Der Türsteher nahm die Arme aus der Verschränkung, holte eine Schachtel Zigaretten aus der Brusttasche seines Hemdes und schüttelte sich einen der Glimmstängel heraus. »Auch eine?«

In dem Moment bäumte sich Mort Wesley auf. Ein verlöschender Laut entrang sich ihm, er machte das Kreuz hohl, dann brach er zusammen.

»He, Mort, was ist los?« Der Türsteher wollte sich über seinen Boss beugen. In dem Moment spürte er den furchtbaren Schlag gegen die Brust. Er wurde gegen die Wand geworfen und rutschte langsam an ihr zu Boden. Sein Denken riss.

Schräg gegenüber fuhr ein Ford aus einer Parklücke. Der Wagen rollte in Richtung Ninth Avenue, bog in sie ein und verschwand.

Einige Minuten vergingen, dann fuhr ein Chevy heran und wurde eingeparkt. Zwei Männer stiegen aus. Autotüren knallten. Sie gingen zum Eingang der Bar und sahen die beiden reglosen Gestalten am Boden.

»Jetzt liegen die Besoffenen schon vor der Tür«, rief einer der beiden lachend. Der andere beugte sich über Mort Wesley und rüttelte ihn an der Schulter. »O verdammt!«, stieß der Bursche plötzlich hervor. »Sein ganzes Hemd ist voll Blut ...«

Bei Carl Meacham läutete das Telefon. Seine Geliebte nahm das Gespräch entgegen. Eine dunkle Stimme sagte: »Ich möchte Meacham sprechen.«

»Wer ist dran?«, fragte die Frau.

»Ein guter Bekannter. Es ist sehr wichtig.«

»Für dich«, sagte die Frau und hielt Meacham den Hörer hin.

»Wer ist es?«

»Keine Ahnung. Er sagt, es sei wichtig.«

Meacham hob den Hörer an sein Ohr und meldete sich.

»Ich bin's, Meacham, ›The Avenger‹.«

Meacham holte tief Luft. »Was wollen Sie?«

»Hat man es dir noch nicht gemeldet?« Der Anrufer lachte. »Ich habe Mort Wesley kaltgemacht. Vor der ›Moonlight Bar‹. Ein Schuss genügte. Und weil es so glatt ging, habe ich dem Türsteher auch gleich eine Kugel verpasst.«

»Verdammt!« Meacham war entsetzt und fassungslos. Eine unsichtbare Hand schien ihn zu würgen. »Warum machen Sie das? Was wollen Sie von mir?«

»Wir wollen dich fertigmachen, Meacham.«

»Warum?«

Der Anrufer lachte kehlig. »Für dich ist kein Platz in Manhattan.«

»Wer sind Sie?«

»Das werde ich dir verraten, bevor ich dir eine Kugel in den Kopf schieße.«

Der Anrufer legte auf. Das Knacken in der Leitung verriet es.

»Wer war das?«, fragte Meachams Geliebte.

»›The Avenger‹. Er hat Mort Wesley erschossen.« Meacham wählte eine Nummer. Im nächsten Moment hatte er einen der Keeper der ›Moonlight Bar‹ an der Strippe. Der Mann stieß hervor: »Ich wollte Sie eben anrufen, Boss. Mort und Ben wurden vor der Tür erschossen. Sie sind beide tot. Ich habe die Polizei schon verständigt.«

»Es war ›The Avenger‹«, murmelte Meacham. »Ich

komme.« Meacham unterbrach die Verbindung und legte das Telefon auf den Tisch. An seine Lebensgefährtin gewandt sagte er: »Ich fahre zur ›Moonlight Bar‹.« Plötzlich entgleisten seine Züge. »Wer verbirgt sich hinter diesem elenden Schwein? Warum will er mich fertigmachen?«

Seine Lippen bebten. Einen Moment drohte er von seinen Gefühlen überwältigt zu werden. Doch dann gab er sich einen Ruck, ging zu Garderobe, nahm seine Jacke vom Haken und schlüpfte hinein ...

Es war 21 Uhr 55. Richter Brad Hastings und seine Frau schauten fern. Sie hatten es sich in ihrem Wohnzimmer bequem gemacht. Sie nannten ein schönes Haus in Queens, Aberdeen Road, ihr Eigen.

Der Richter gähnte herzhaft, griff nach seinem Rotweinglas, nippte daran und sagte dann: »Heute war ein anstrengender Tag, Ann. Ich bin müde und gehe zu Bett. Der Film langweilt mich sowieso.«

In dem Moment glaubte der Richter ein Geräusch zu vernehmen, das nicht aus dem Fernsehapparat kam und das seine Aufmerksamkeit erregte. »Hast du das auch gehört, Ann? Hört sich an, als würde sich jemand an der Tür zu schaffen machen.«

Die Frau hob den Kopf.

»Ich sehe nach«, sagte der Richter und erhob sich. Ein kleiner Flur verband das Wohnzimmer mit der Haustür. Das Geräusch war nicht wieder zu hören gewesen. Der Richter erreichte die Tür und legte das Ohr dagegen.

Plötzlich erklang ein Klirren von der Terrassentür. Brad Hastings wirbelte herum. Der Schreck bei ihm ging tief. Natürlich dachte er an Einbrecher.

Er lief zurück ins Wohnzimmer. Seine Frau stand da und

hielt die flache Hand gegen ihren Halsansatz gedrückt. »Jemand hat einen Stein durch die Terrassentür geschleudert«, entrang es sich ihr. Sie war bleich.

»Ich rufe die Polizei«, stieß der Richter hervor, ging zu einem Board, auf dem das Telefon stand, und griff nach dem Hörer.

In dem Moment vernahm er wieder das Geräusch. Es kam von der Vordertür. Sein Herz begann zu rasen und jagte das Blut durch seine Adern.

Er tippte die Nummer des Notrufs. In dem Moment, als er zum Sprechen ansetzen wollte, kamen zwei Männer in das Wohnzimmer.

Sie hielten Pistolen in den Händen. Klobige Schalldämpfer waren auf die Mündungen geschraubt. Sie waren durch die Haustür eingedrungen.

Einer trat vor Brad Hastings hin und nahm ihm das Telefon aus der Hand, unterbrach die Verbindung und legte den Apparat auf das Board.

Von Mrs Hastings kam ein ersterbender Laut. Hastings' Hals war wie zugeschnürt, als er fragte: »Was wollen Sie?«

»Dich, Richter«, versetzte einer. »Du hast doch damals Douglas hinter Gitter geschickt. Jetzt wirst du dafür sorgen, dass er wieder freikommt.«

»Aber ...«

Der Eindringling richtete die Pistole auf Ann Hastings und drückte ab. Sie brach zusammen und lag verkrümmt am Boden. »Deine Frau brauchen wir nicht«, knurrte der Mörder ohne die Spur einer Gefühlsregung. »Vorwärts, wir gehen.«

»Ann!«, flüsterte Hastings. Er schien die beiden Eindringlinge gar nicht mehr wahrzunehmen. Wir von Schnüren gezogen bewegte er sich zu seiner reglosen Gattin hin und ging bei ihr auf die Knie nieder. Er berührte sie. Es überstieg sein Begriffsvermögen. »Ann, mein Gott ...«

Einer der Kerle packte den Richter beim Hemdkragen und riss ihn zurück. Hastings fiel zu Boden. »Du kannst deiner Alten nicht mehr helfen!«, fauchte der Verbrecher. »Komm jetzt. Oder sollen wir dir auch eine Kugel verpassen? Für dich finden wir jederzeit Ersatz.«

Der Richter vernahm die Worte, aber sie erreichten nur den Rand seines Bewusstseins. Er war zu keiner Reaktion fähig. Seine Lippen formten tonlose Worte.

Es war ihm unmöglich, einen klaren Gedanken zu fassen. Einer der Kerle packte ihn und zerrte ihn auf die Beine. Der andere rammte ihm die Pistole in den Leib. Hastings ächzte.

Sie bugsierten ihn aus dem Haus. In den Nachbarhäusern brannte Licht, aber niemand befand sich im Freien.

Bei Brad Hastings kam das Begreifen. Er riss sich los, ein gellender Hilfeschrei stieg aus seiner Kehle. Einer der Entführer fluchte und schlug mit der Pistole zu.

Der Richter bekam den Schlag gegen den Kopf, aber er schaltete ihn nicht aus. Er warf sich auf den Gangster und schmetterte ihm die Faust mitten ins Gesicht. Der Kerl brüllte auf.

Der andere schlug noch einmal mit der Pistole zu. Jetzt fiel Hastings auf die Knie nieder. Ein Wimmern löste sich aus seinem Mund.

»Nichts wie fort!«, zischte einer der beiden Gangster.

»Hilfe!«, gellte es aus dem Mund des Richters.

Sie rannten los. Gleich darauf rasten sie in einem Ford davon. Aus einem der Häuser rannte ein Mann. Er sah den Richter auf dem Gehsteig knien und lief zu ihm hin. Auch aus dem Haus auf der anderen Seite kam jemand. »Was ist los?«, fragte der Mann, der zuerst bei Richter Hastings ankam.

»Meine Frau«, keuchte der Richter. »Sie – sie haben sie erschossen.«

Eine Sirene erklang. Neben den Ford schob sich ein Patrouillenfahrzeug der City Police. Der Lichtbalken auf dem Dach warf rote und blaue Lichtreflexe in die Dunkelheit. Der Cop auf dem Beifahrersitz bedeutete dem Fahrer des Ford, rechts ranzufahren.

Er kam der Aufforderung nach. Das Einsatzfahrzeug überholte und wurde vor dem Ford geparkt. Zwei Polizisten stiegen aus.

Der Fahrer des Ford kurbelte das Fenster nach unten. »Ich bin doch nicht etwa zu schnell gefahren?«, sagte er.

»Fahrzeugkontrolle«, versetzte der Cop, der an die Fahrertür herangetreten war. »Wagenpapiere und Führerschein.«

Der Fahrer des Ford reichte dem Beamten die Papiere. Der schaute sie an, dann sagte er: »Ihr Name ist Herb Duncan?«

»Ja. Steht auf dem Führerschein.«

»Steigen Sie aus.«

»Warum?«

»Fragen Sie nicht.«

»Sie brauchen einen konkreten Anlass, um mich zu überprüfen. Das wissen Sie doch.«

»Den haben wir. Ihr rechtes Rücklicht funktioniert nicht.« Der Cop wandte sich um und ging zum Einsatzfahrzeug, setzte sich auf den Beifahrersitz und tippte den Namen des Fordfahrers in den Computer. Währenddessen sagte der andere Polizist zu Duncan. »Öffnen Sie den Kofferraum. Ich will einen Blick hineinwerfen.«

Duncan stieß die Luft durch die Nase aus. »Denken Sie

etwa, ich fahre eine Leiche spazieren?« Er grinste maskenhaft.

»Öffnen Sie.«

Duncan ging halb um den Wagen herum und im nächsten Moment schwang der Kofferraumdeckel in die Höhe. Der Beamte trat neben Duncan.

Er hielt jetzt eine Taschenlampe in der Hand, knipste sie an und richtete den Lichtstrahl in den Kofferraum.

Da lag ein Gewehr.

»Was ist denn das?«, stieß der Cop hervor.

In dem Moment griff Duncan unter die Jacke. Als seine Hand wieder zum Vorschein kam, hielt sie eine Pistole. Ehe der Polizist reagieren konnte, repetierte Duncan.

Ein handlanges Mündungslicht stieß aus dem Lauf.

Eine Detonation war nicht zu hören, nur ein leises ›ploppen‹, wie wenn man den Korken aus einer Sektflasche zieht. Mit einem Bauchschuss brach der Polizist zusammen.

Duncan warf den Kofferraumdeckel zu. In dem Moment stieg der andere Polizist aus dem Einsatzfahrzeug. Er hatte nicht mitbekommen, was sich hinter dem Ford abgespielt hatte. »Es ist in Ordnung. Sie können ...«

Plötzlich stutzte er, denn er sah seinen Kollegen nicht mehr. Da glühte es bei Duncan auf.

Der Cop spürte den Einschlag, taumelte, konnte aber noch seine Pistole ziehen und zurückschießen. Die Kugel traf Duncan in die Hüfte. Er hatte Mühe, sich auf den Beinen zu halten.

Der Polizist brach zusammen. Angestaute Luft entwich den Lungen Duncans wie einem Blasebalg. Der Schmerz überwältigte ihn regelrecht. Ein abgerissenes Stöhnen drang aus seiner Kehle.

Er schob die Waffe unter der Jacke in den Hosenbund und setzte sich in den Ford, startete den Motor und setzte den Wagen ein Stück zurück, dann kurbelte er am Lenkrad, fuhr an dem Polizeifahrzeug vorbei und folgte der Ninth Avenue nach Norden.

Duncan bog in die 107th Street ein und hielt an. Aus der Wunde an seiner Hüfte pulsierte Blut.

Er atmete rasselnd. Mit zitternder Hand zog er sein Handy aus der Tasche, holte eine eingespeicherte Nummer aus dem elektronischen Telefonbuch, stellte eine Verbindung her und sagte: »Ich habe Wesley umgelegt. Allerdings geriet ich auf der Ninth Avenue in eine Fahrzeugkontrolle. Ich musste die beiden Bullen umlegen. Allerdings hat es mich auch erwischt. Die Hüfte. Ich brauche Hilfe, sonst verblute ich.«

»Wo befindest du dich?«

»In der Hundertsiebten.«

»Verdammt. Musste das sein?«

»Das Gewehr im Kofferraum hätte Fragen aufgeworfen.«

»Wenn du dich an ein Krankenhaus wendest, sind sie verpflichtet, die Polizei zu informieren.«

»Ich weiß. Aber ich kann nicht warten, bis ich verblutet bin.«

»Was ist das nächste Krankenhaus?«

»Das Saint Lukes Hospital.«

»Okay, wende dich dorthin und erzähle denen, dass du überfallen worden bist.«

»Ich – ich weiß nicht, ob ich das noch schaffe. Mir ist schlecht. Ich glaube, ich habe schon eine Menge Blut verloren. Aber ich versuche es.«

Duncan beendete das Gespräch und steckte das Handy in die Tasche. Benommenheit brandete gegen sein Bewusstsein an. Er verspürte Schwindelgefühl. Wie flüssiges Blei zog die Schwäche durch seine Blutbahnen. Sein Blick vernebelte sich.

Er ließ den Motor an und gab Gas. Aber er hatte seinen Körper nicht mehr unter Kontrolle. Die Signale, die sein Gehirn aussandte, wurden nicht mehr beantwortet.

Der Ford schoss schräg über die Straße und prallte gegen ein parkendes Auto.

Duncan sank über dem Steuer zusammen ...

Es ging auf Mitternacht zu, als das Einsatzteam eintraf. In der Fabrik war es ruhig. Ich rief Joe Brandenburg an.

»Die SWAT-Leute sind eingetroffen, Joe. Die Gangster haben sich in den Gebäuden verschanzt. Wir warten den Ausgang der Sache ab.«

Die SWAT-Kämpfer waren im finsteren Hof verschwunden. Am Himmel blinkten zwar Myriaden von Sternen, aber ihr Licht drang nicht zwischen die Gebäude. Es ging alles ziemlich lautlos vor sich.

»Soeben wurde ich in Kenntnis gesetzt, dass auf Richter Brad Hastings in seiner Wohnung in Queens ein Überfall stattgefunden hat«, sagte Joe. »Die Frau des Richters wurde ermordet. Dem Richter gelang es, um Hilfe zu rufen, und die Gangster verschwanden. Hastings schlug einen der Kerle blutig. Vielleicht bringt uns die DNA des Schurken auf seine Spur. Außerdem hat der Richter die Gesichter der beiden gesehen. – Die Gangster sprachen von Jack Douglas. Es ist anzunehmen, dass auch der Richter entführt werden sollte, um ein weiteres Druckmittel in die Hand zu bekommen.«

»Und mit dem Mord an der Frau des Richters haben die Schurken wieder dokumentiert, wie ernst es ihnen mit Ihrer Drohung ist. – Zur Hölle, Joe, wir haben nur noch gut vierzig Stunden Zeit, die Geiseln zu befreien.« Ein fürchterlicher Knall betäubte meine Ohren. Dann peitschten

Schüsse. »Es geht los!«, sagte ich ins Telefon. »Ich melde mich wieder.«

In das Donnern der Schüsse mischte sich Geschrei. Maschinenpistolen hämmerten. Der Lärm steigerte sich zu einem ohrenbetäubenden Creszendo. Ich sah Männer über den Fabrikhof rennen. Hier und dort stießen Mündungslichter durch die Dunkelheit. Querschläger jaulten durchdringend.

Dann trat Stille ein – drückende, bleischwere Stille. Es war wie die Ruhe vor dem Sturm.

Ein Mann kam durch die Dunkelheit auf uns zu. Er rief: »Es sind mindestens zwanzig. Sie haben uns zurückgeschlagen. Diese Kerle sind ausgebildet. Zwei unserer Männer sind verwundet. Wir fordern sie auf, sich zu ergeben.«

Der Mann verschwand wieder. Gleich darauf ertönte eine megafonverstärkte Stimme: »Hier spricht Lieutenant Donegan vom Police Department New York. Die Gebäude sind umstellt. Geben Sie auf. Kommen sie waffenlos und mit erhobenen Händen in den Hof.«

In den Gebäuden blieb es still. Einige Minuten verstrichen, dann tauchten drei Männer auf. Zuerst waren sie nur als Schemen wahrzunehmen, dann nahmen sie Gestalt an und einer sagte: »Sieht nicht so aus, als würden sie sich ergeben.«

»Ich denke«, sagte ich, »dass sich in der Fabrik John D. High und Mistress McCorey befinden. Die Gangster werden das Leben ihrer Geiseln in die Waagschale werfen.«

»Ich werde weitere Verstärkung anfordern«, sagte Lieutenant Donegan. »Ich denke, am Morgen stürmen wir die Fabrik. Falls die Gangster wirklich Geiseln haben, werden wir das wohl als Nächstes erfahren.«

»Wenn es so ist, werden wir ganz besonders sensibel vorgehen müssen«, sagte ich. »Ich bin davon überzeugt, dass sich in der Fabrik Leute der Wehrsportgruppe der NMA befinden. Die Fabrik ist einer ihrer Stützpunkte. – Wir dürften hier überflüssig sein. Darum werden wir nach Manhattan zurückfahren.« Ich gab Donegan eine Visitenkarte. »Da steht auch meine Handynummer drauf. Ich bin jederzeit erreichbar.«

Wir verabschiedeten uns. Hier konnten wir wirklich nichts tun.

Es ging auf halb 2 Uhr zu, als wir im Field Office ankamen. Wir begaben uns in Joe Brandenburgs Büro und trafen auf ihn und Les Bedell. »Steve ist auch anwesend«, sagte Joe. »Gehen wir zu ihm.

In Steves Büro befanden sich Zeerookah, Sarah Hunter und Ruby O'Hara. Steve telefonierte gerade. Er sagte »vielen Dank«, legte auf und schaute mich an. »Das war ein Kollege von der Mordkommission. Richter Hastings hat einen Nervenzusammenbruch und wurde ins Krankenhaus gebracht. Was habt ihr zu berichten?«

»Die Gangster haben sich in den Fabrikgebäuden verschanzt. Lieutenant Donegan hat mit seinem SWAT-Team die Anlage umstellt. Zwei Männer wurden beim ersten Angriff verwundet. Donegan hat beim Department Verstärkung angefordert. Es ist nicht auszuschließen, dass in der Fabrik der AD und Mistress McCorey festgehalten werden.«

»Weiß das Donegan?«, fragte Steve.

»Ich habe ihn darauf hingewiesen«, antwortete ich.

»Es handelt sich wahrscheinlich um ›Soldaten‹ der NMA«, mischte sich Phil ein.

»Die Fahndung nach Kellerman läuft«, murmelte Steve. »Unser Mann kann mir allerdings nicht sagen, wo er sich verkrochen hat.«

Ich sagte: »Phil und ich fahren zu Cavendish.«

Steve nickte. »Ja. Bringt den Kerl so weit, dass er seine Leute in der Fabrik anweist, die Waffen zu strecken. Ach ja – man hat mich vor einer Stunde informiert, dass vor der ›Moonlight Bar‹ in der 27th Street zwei Männer erschossen wurden.«

Ich presste die Lippen zusammen, dann sagte ich: »Lass mich raten. Die Bar gehört Carl Meacham und die beiden Ermordeten haben für ihn gearbeitet.«

»›The Avenger‹«, knurrte Phil wie zur Ergänzung meiner Worte.

»So ist es«, bestätigte Steve. »Er hat nach den Morden Meacham angerufen.«

Sekundenlang hatte ich das Empfinden, von einer tonnenschweren Last erdrückt zu werden. »Komm, Phil«, sagte ich dann. »Fahren wir zu Cavendish.«

Während wir nach Norden fuhren, nahm Phil mit June Clark Verbindung auf. Da der Lautsprecher aktiviert war, konnte ich hören, was die Kollegin sagte. »Cavendish hat das Haus nicht mehr verlassen. Gegen Mitternacht gingen in der Wohnung die Lichter aus. Ob Cavendish Besuch erhielt, entzieht sich unserer Kenntnis. Einige Männer betraten das Gebäude, ob sie zu Cavendish wollten, weiß ich nicht.«

Phil klärte June mit knappen Worten auf. Zuletzt sagte er: »Wir werden Cavendish aus den Federn holen. Den Rest der Nacht wird er im Zellentrakt des Bundesgebäudes verbringen. Ihr könnt die Observation abbrechen.«

»Gut, Phil. Wenn ihr in der Achtundachtzigsten eingetroffen seid, sag mir Bescheid. Blair und ich fahren dann ins Field Office zurück.«

Wir beendeten das Gespräch. Ich raste den Broadway hinauf. Verkehrsmäßig war kaum noch etwas los. Um auszuschließen, dass wir von einer Polizeistreife angehalten wurden, hatte Phil das rote Blinklicht aufs Dach gesetzt. Die wenigen Autos, die die rechte Fahrbahnseite blockierten, überholte ich. Schließlich bogen wir in die 88th Street ein. Vor dem Gebäude Nummer 119 hielt ich. Phil teilte June mit, dass wir am Ziel angelangt waren.

»Gut. Wir treffen uns dann im Field Office«, sagte June.

»Bis später«, antwortete Phil.

Die Haustür ließ sich nicht öffnen. Das Klingelbrett war beleuchtet. Ich läutete bei Cavendish und wartete darauf, dass er sich über die Sprechanlage meldete. Vergebens. Auch auf mein weiteres Klingeln rührt sich nichts.

»Ich schließe die Tür auf«, sagte Phil und holte das Etui mit den Spezialdietrichen aus der Innentasche seiner Jacke. Wenig später sprang die Tür auf. Der Lichtschalter leuchtete rot in der Dunkelheit, die im Treppenhaus herrschte. Ich drückte ihn und das Licht flammte auf. Wir gingen zum Aufzug ...

In der vierten Etage stiegen wir aus. Ich läutete noch einmal bei Cavendish. In der Wohnung blieb es still.

»Da stimmt was nicht«, knurrte ich.

»Sehen wir einfach nach«, murmelte Phil und holte noch einmal sein Etui heraus. Er brauchte etwa zehn Sekunden, um die Tür zu öffnen.

Mitten im Wohnzimmer lag Cavendish. Hinter der Tür zum Schlafzimmer lag eine Frau. Ich untersuchte Cavendish, Phil ging zu der Frau. Cavendish war tot. Eine Kugel hatte ihn ins Herz getroffen. Fragend schaute ich Phil an, der sich soeben aufrichtete. »Tot«, murmelte er.

Ich rief Steve Dillaggio an. »Wir sind in Cavendishs Wohnung. Er und seine Frau sind tot. Beide wurden erschossen.«

Steve schien es sekundenlang die Sprache verschlagen

zu haben, denn es herrschte Schweigen im Äther. Dann aber schien er die Eröffnung verarbeitet zu haben, denn er stieß hervor: »Ist June und Blair nichts aufgefallen?«

»June sagte mir, dass einige Leute das Gebäude betraten«, erwiderte ich. »Aber in dem Haus gibt es etliche Mieter. Klar, dass da ein ständiges Kommen und Gehen ist.«

»Hast du schon die Mordkommission verständigt?«

»Das mache ich gleich.«

Einige Beamte der Mordkommission erschienen eine Stunde später, auch ein Team von der SRD kam. Kurz danach tauchte der Coroner auf, mit einem Vertreter der Anklagebehörde im Schlepptau. Der Polizeifotograf machte seine Arbeit, dann überließ man die Leichen dem Coroner. Er kam sehr schnell zu einem Ergebnis. »Am Stadium der Leichenstarre gemessen dürfte der Tod gegen Mitternacht eingetreten sein«, sagte er.

Das war der Zeitpunkt, an dem June und Blair in der Wohnung das Licht ausgehen sahen.

Der Vertreter der Staatsanwaltschaft wandte sich an mich. »Sieht so aus, als hätte Cavendish den Mörder in die Wohnung gelassen. Die weist keine Spuren gewaltsamen Eindringens auf.«

Ich nickte und dachte an Kellerman. Aber warum sollte der seinen Boss töten?

Boden und Polstermöbel wurden mit einem Spezialstaubsauger abgesaugt. Kein Haar und keine Hautschuppe würden zurückbleiben. Fingerabdrücke wurden sichergestellt. Ich verspürte brennende Ungeduld. An den Leiter des Einsatzes gewandt fragte ich: »Mit wem hat Cavendish zuletzt telefoniert?«

»Das letzte Telefonat auf dem Festnetzanschluss erfolgte

mit einem Friseurgeschäft in Manhattan. Das haben wir über die Wahlwiederholung festgestellt. Ein Handy haben wir nicht gefunden. Entweder Cavendish besaß keins, oder der Mörder hat es mitgenommen.«

Ich nahm mein Mobiltelefon aus der Tasche und stellte eine Verbindung her. »Warum weckst du mich mitten in der Nacht?«, ertönte es schlaftrunken.

»Ich brauche einen Zwischenbericht.«

»Wenn sich was ergibt, das von Interesse ist und euch weiterbringt, rufe ich euch an.«

»Erzähle mir vom gestrigen Treffen.«

»Ich wurde Cavendish vorgestellt. Sie sind auf den Trick hereingefallen. Ich bin nun der Mann für besondere Aufgaben.«

»Wo hast du dich mit Cavendish getroffen?«

»Auf einer Farm bei Pleasantville. Kellerman war auch da.«

»Wir brauchen Kellerman.«

»Ich weiß nicht, wo er sich verkrochen hat. Nachdem sie mich zu ›Jimmy's Lounge‹ zurückgebracht hatten, verabschiedete er sich.«

»Kannst du Kellerman erreichen?«

»Nein. Ich kenne seine Handynummer nicht.«

»Gegen Mitternacht wurde Cavendish ermordet. Ich vermute, dass Kellerman der Mörder ist.«

»Was sollte Kellerman für einen Grund haben?«

»Das ist die Frage, auf die ich auch keine Antwort parat habe.«

»Sollte sich Kellerman bei mir melden, rufe ich dich an.«

»Gut.« Ich beendete das Gespräch und richtete den Blick auf Phil. »Kellerman war gestern Abend auf der Farm in Pleasantville.«

»Du hältst ihn für Cavendishs Mörder?«, fragte Phil.
»Ein vager Verdacht«, antwortete ich. »Es gibt keinen konkreten Anhaltspunkt dafür.«

Kapitel 7

30. Mai, morgens 5 Uhr ...

Aus dem Megafon tönte es: »Wir geben Ihnen noch fünf Minuten Zeit, sich zu ergeben. Nach Ablauf der fünf Minuten stürmen wir. Machen Sie sich darauf gefasst, dass wir von den Schusswaffen Gebrauch machen werden. Das ist die letzte Aufforderung. Kommen Sie waffenlos und mit erhobenen Händen in den Hof.«

Phil und ich waren, nachdem wir die Wohnung von Cavendish verlassen hatten, wieder nach Pound Ridge gefahren. Auch wir trugen jetzt kugelsichere Westen und Helme, die mit einem Headset versehen waren.

Wir saßen in einem der Einsatzfahrzeuge. Lieutenant Donegan war bei uns, außerdem ein weiterer Mann, den uns Donegan als Captain Brian Wilson vorgestellt hatte. Wilson war mit einem Einsatzteam eingetroffen, nachdem wir in der Nacht nach Manhattan zurückgefahren waren. Er leitete nun den Einsatz.

Wilson senkte die Hand mit dem Mikro, das mit dem Megafon auf dem Wagendach verbunden war. »Noch vier Minuten«, murmelte er.

Es war noch nicht hell. Aber man konnte alles schon gut erkennen. Die Natur erwachte zum Leben. Auf dem Fabrikgelände warteten die SWAT-Kämpfer auf den Einsatzbefehl.

Die Zeit schien stillzustehen. Plötzlich erklangen Hubschraubermotoren. »Die Kavallerie ist pünktlich«, murmelte Wilson. Ich schaute aus dem Fenster. Von Süden näherten sich drei Helikopter der Avitation Unit, der Hubschrauberstaffel des Police Department. Sie zogen über uns hinweg und blieben über der Fabrik in der Luft stehen.

»Noch drei Minuten«, sagte Wilson ins Mikrofon.

Donegan, Phil und ich stiegen aus. Wir liefen zum Tor und gingen daneben in Deckung. Der Lärm, den die Hubschrauber verbreiteten, schluckte alle anderen Geräusche. Die Luft schien vor Spannung zu knistern, fast wie vor einem schweren Gewitter.

»Zwei Minuten!«, tönte es aus dem Lautsprecher.

In dem Gebäude, in dem sich die Gangster verschanzt hatten, rührte sich nichts. Ich schaute auf die Uhr. Der Sekundenzeiger schien plötzlich zu rasen.

Und dann begannen Maschinenpistolen zu hämmern. Unter dem Feuerschutz ihrer Kollegen stürmten einige SWAT-Leute das Gebäude, in dem die Gangster steckten. Das Feuer wurde erwidert. Krachend flog die Haustür auf, die Polizisten verschwanden in dem Haus.

Ohrenbetäubendes Krachen ertönte, als Blendgranaten explodierten. Einige Männer in Tarnanzügen sprangen aus den Fenstern und versuchten schießend zu fliehen. Schüsse peitschten. Einige der Kerle wurden umgerissen. Andere warfen die Waffen fort und hoben die Arme in die Höhe.

In dem Gebäude dröhnten noch vereinzelte Schüsse.

Und dann trat Stille ein. Aus dem Lautsprecher meines Headsets ertönte es: »Wir haben die Situation im Griff. Die Kerle sind überwältigt.«

Ich gab Phil ein Zeichen und wir rannten los. Die festgenommenen Gangster wurden in den Hof getrieben. Die Polizisten fassten sie nicht gerade mit Samthandschuhen an. Zwei Ambulanzen fuhren in den Hof.

Wir betraten das Haus und durchsuchten es vom Keller bis zum Dachboden. Keine Spur von Mr High oder Mrs McCorey. Auch die anderen Gebäude wurden durchsucht. Fünfzehn Minuten später war klar, dass die beiden Geiseln nicht in der Fabrik festgehalten wurden.

Wir traten vor die gefesselten Gangster hin. Trotzig starrten sie uns an. An der Brust eines jeden war ein Namensschild mit seinem Dienstrang befestigt. Ich ging von einem zum anderen, dann las ich: Mark McBride, Sergeant. »Sie sind der Dienstranghöchste hier, nicht wahr?«

Er nickte und warf sich in die Brust. Er war wohl noch stolz auf die Rolle, die er hier spielte.

»Warum haben Sie uns diesen Kampf geliefert?«

»Es sollte so etwas wie die Feuertaufe für meine Jungs werden.«

»Erzählen Sie keine Märchen. Zwei Ihrer ›Jungs‹ sind jetzt tot, vier wurden schwer verwundet. Der Rest geht hinter Gitter. Sie hätten bei Ihren Sandkastenspielen bleiben sollen.«

»Wir hatten Gefangene«, sagte McBride nicht ohne Triumph. »Sie wurden in der Nacht fortgebracht. Wir sind unserem Auftrag gerecht geworden.«

»Wer sind eure Gefangenen? John D. High und Mistress McCorey?«

»Es werden noch welche hinzukommen.«

»Sie gehören zur NMA, nicht wahr?«

»Ja.«

»Wohin wurden Ihre – hm, Gefangenen gebracht?«

»Sie sollten an der Kreuzung des State Highway 22 bei Bedford übergeben werden.«

»An wen?«

»Das weiß ich nicht.«

»Von wem erhielten Sie die entsprechenden Befehle?«

»Von Major Kellerman.«

»Nicht von Cavendish?«

»Der Colonel trat nie selbst in Erscheinung.«

Ein Gefangenentransporter kam in den Fabrikhof. Ich sagte zu Phil: »Der Chef war da. Und jetzt sind wir wieder so weit wie am Anfang. Wahrscheinlich weiß McBride wirklich nicht, wohin sie gebracht wurden.«

»Wir brauchen Kellerman«, murmelte Phil.

»Sie wollen noch weitere Geiseln nehmen.«

»McBride hat es gesagt. Beweis ist die fehlgeschlagene Entführung des Richters. Er hat die beiden Halunken gesehen. Fahren wir ins Elmhurst Hospital Center und sprechen wir mit dem Richter.«

Im Krankenhaus war Frühstückszeit, als wir eintrafen. An der Rezeption erfuhren wir, in welcher Station und auf welchem Zimmer der Richter lag. Wir fuhren mit dem Lift in die dritte Etage. Als wir das Zimmer betreten wollten, kam eine Schwester aus dem Stationsbüro, stemmte beide Arme in die Hüften und rief: »Was wollen Sie denn schon um diese Zeit?«

Ich ließ die Türklinke los, zog meine ID-Card, hob sie hoch und sagte: »Special Agent Cotton, FBI. Wir müssen mit Mister Hastings sprechen.«

Mit schiefgelegtem Kopf kam die Schwester heran. Aufmerksam studierte sie meinen Ausweis. Dann sagte sie: »Der Richter braucht absolute Ruhe. Sein Zustand ist ziemlich labil. Ich glaube nicht, dass es gut ist, wenn Sie ihm jetzt irgendwelche Fragen bezüglich der Ereignisse der vergangenen Nacht stellen. Es könnte zu einem erneuten Zusammenbruch bei ihm führen.«

»Wir müssen ihn sprechen«, sagte ich und verlieh jedem Wort eine besondere Betonung. »Das Gespräch kann über Leben oder Tod entscheiden.«

Die Schwester schien nachzudenken. Dann sagte sie: »Warten Sie hier. Ich hole den Stationsarzt. Er soll entscheiden.«

Sie schwang herum, entfernte sich und verschwand im Büro.

Ich öffnete vorsichtig die Tür und schaute in das Zimmer. Es war nur von dem Richter belegt. Bleich, mit geschlossenen Augen lag er in den Kissen. Um den Kopf trug er einen weißen Verband. Jetzt öffnete er die Augen. Mit erloschenem Blick schaute er mich an.

Ich schloss die Tür wieder. Es war wohl tatsächlich besser, das ärztliche Okay abzuwarten. Wir mussten fast fünf Minuten warten. Langsam wurde ich ungeduldig. Dann aber kam ein Mann, der mit einem weißen Kittel bekleidet war, durch die Flügeltür in die Station. Er konzentrierte sich auf uns und schritt heran, stellte sich uns als Dr. Gary Prewitt vor und sagte dann: »Die Schwester hat mich schon aufgeklärt. Ich glaube nicht, dass ich Ihnen gestatten kann, mit dem Richter zu sprechen. Lassen Sie einen oder zwei Tage vergehen. Es ist nicht nur physisch, es sind auch psychische Probleme, die ...«

»In der Gewalt der Leute, die den Richter entführen wollten, befinden sich zwei Geiseln«, unterbrach ich den Redefluss des Arztes. »Wenn es uns nicht gelingt, sie bis morgen um 18 Uhr zu befreien, werden sie eine der Geiseln töten. Darum müssen wir mit Richter Hastings sprechen.«

Der Arzt nagte an seiner Unterlippe. Wahrscheinlich war ihm die Entschiedenheit in meinem Tonfall nicht entgangen, denn plötzlich nickte er und sagte: »Gut. Ich werde dem Gespräch beiwohnen. Wenn ich der Meinung bin, dass es zu viel wird, werde ich es Ihnen sagen.«

Wir betraten das Zimmer.

»Wer sind Sie?«, fragte der Richter mit lahmer Stimme.

Ich stellte uns vor. Plötzlich schienen sich seine Augen mit Leben zu füllen. »Es waren zwei, Special Agents«, stieß er hervor, und seine Stimme klang fest und klar. »Nicht älter als dreißig. Ich würde ihre Gesichter aus tausend anderen heraus erkennen. Schnappen Sie die Mörder meiner Frau, G-men.«

»Deswegen sind wir hier, Sir«, sagte ich. »Die Rechtsextremisten haben bereits den Chef des FBI New York und die Frau von Bankdirektor Chuck McCorey entführt. Sie wollen Jack Douglas freipressen.«

»Ja. Ich habe Douglas hinter Gitter geschickt. Um welche rechtsextreme Gruppierung handelt es sich?«

Der Richter mutete gar nicht mehr an wie ein kranker Mann.

»Um die ›Nationale Bewegung für Amerika‹«, antwortete ich. »Der Präsident der Gruppierung wurde in der vergangenen Nacht ermordet. Sein Tod stellt uns vor ein Rätsel. Aber das ist nachrangig. Priorität hat die Befreiung der Geiseln, bevor das Ultimatum abläuft.«

»Ich kann Ihnen die Kerle beschreiben, die meine Frau ermordeten und die mich entführen wollten. Aber es wäre sicher besser, ich würde mich vor den Monitor setzen und mir die Gesichter der in Frage kommenden Leute ansehen.«

»Ich weiß nicht, ob Sie dazu gesundheitlich in der Lage sind«, gab ich zu bedenken.

»Ich rate davon ab«, ließ sich der Arzt vernehmen. »Sie haben eine Gehirnerschütterung und ...«

Der Richter stemmte seinen Oberkörper in die Höhe. Dabei verzog er das Gesicht. »Es geht um mehr als um ein bisschen Kopfschmerzen«, knurrte er, warf die Bettdecke zur Seite und schwang die Beine auf den Boden. Er war mit einem weißen Hemd bekleidet. Seine Augen schwammen in einem See von Tränen, die ihm der Schmerz hineintrieb. Aber er biss die Zähne zusammen und drückte sich hoch ...

Wir brachten den Richter ins Field Office und bemühten das Archiv. Aufgrund der Angaben von Brad Hastings filterten wir in Frage kommende Männer aus der ›Verbrecherkartei‹ heraus, und dann ließen wir die Konterfeis der Burschen vor dem Blick des Richters Revue passieren.

Er schüttelte immer wieder den Kopf. Dann waren wir am Ende angelangt und Hastings sagte: »Keiner der beiden war darunter. Es tut mir leid.«

»Wir bringen Sie wieder ins Krankenhaus«, murmelte ich enttäuscht. Wieder waren uns ein paar Felle davongeschwommen. In den Richter hatte ich große Hoffnungen gesetzt. Es hatte sich als Fehlanzeige entpuppt.

Da läutete mein Handy. Ich ging auf Empfang. Es war Ed Schulz von der Mordkommission. Mit sonorer Stimme sagte Ed: »Gestern Abend wurden auf der Ninth Avenue zwei Polizisten niedergeschossen. Einer von ihnen ist im Krankenhaus gestorben. Der Killer wurde ebenfalls verwundet und brach in der Hundertsiebten zusammen. Sein Name ist Duncan. Er wurde ins Krankenhaus eingeliefert. Bei ihm wurden ein Gewehr und eine Beretta sichergestellt. Heute Morgen kam er zu sich. Er redete wirres Zeug, unter anderem nannte er einige Male den Namen Wesley.«

»Wesley ist doch der Geschäftsführer der ›Moonlight Bar‹«, sagte ich. »Er wurde gestern Abend erschossen.«

»Darum rufe ich dich an. Ich denke, dass Duncan einer der Killer ist, die unter dem Namen ›The Avenger‹ auftreten. Da bei Weston und Swanson vier Killer am Werk waren, vermuten wir, dass ›The Avenger‹ eine Organisation ist.«

»Ist Duncan vernehmungsfähig?«

»Ich habe die Ärzte gebeten, ihn für eine Vernehmung auf Vordermann zu bringen. Die Waffen, die bei ihm sichergestellt wurden, sind bei der SRD. In spätestens einer

Stunde wissen wir, ob damit Weston, Banks oder Wesley erschossen wurden.«

»In welchem Krankenhaus liegt er?«

»Im Saint Lukes Hospital in der Amsterdam Avenue.«

»Wir fahren sofort hin.«

»Gut, Jerry, wir treffen uns dort. Sagen wir in einer Stunde.«

»In Ordnung.« Ich rief Sarah Hunter an, und als sich die Kollegin meldete, sagte ich: »Ich habe eine Bitte an dich und Ruby, Sarah. Richter Hastings muss ins Elmhurst Hospital Center zurückgebracht werden. Könntet ihr das übernehmen?«

»Natürlich.«

Als Sarah und Ruby erschienen, begaben wir uns in Steves Büro. Unter den Augen des SAC lagen dunkle Ringe. Er sah müde aus. Auch ich verspürte die Müdigkeit. Wir waren seit über vierundzwanzig Stunden aktiv. Das geht an die Substanz. »Es tut sich was in Sachen ›The Avenger‹«, erklärte ich, dann berichtete ich und schloss mit den Worten: »Phil und ich fahren ins Saint Lukes Hospital und versuchen, etwas aus Duncan herauszubekommen. Wir treffen uns dort mit Ed.«

»Es bewegt sich wenigstens etwas«, murmelte Steve. »Wohler wäre mir, wenn sich in Sachen NMA mehr bewegen würde. Morgen Abend um 18 Uhr läuft das Ultimatum ab.«

»Gibt es was Neues vom Krisenstab zu berichten?«

»Heute kommt der Leiter der Field Operation Section East nach New York.«

»Seine Anwesenheit wird nicht viel ändern.«

Steve zuckte mit den Schultern. Die Tür ging auf und Zeery kam ins Büro. Er trug zwei Plastikbecher mit dampfendem Kaffee. »So einen Muntermacher könnte ich jetzt auch vertragen«, gab ich zu verstehen. Zeery hielt mir einen der Becher hin. »Nimm«, sagte er. »Ich hole noch zwei Becher.« Ich zierte mich nicht und nahm den Kaffee. Auch Phil wurde versorgt. Zeery entfernte sich wieder. Ich nippte an dem Gebräu. Es war heiß, erreichte allerdings nicht die Qualität von Helens Kaffee.

Ich sagte: »Die beiden Kerle, die Richter Hastings einen Besuch abstatteten, sind nicht registriert.«

»Frank Allister, einer der Entführer von Nora McCorey, wurde vernommen. Seine Aussage stimmt mit der Aussage von Ted Malcolm überein. Nora McCorey wurde von einem Ford Edge Limited weggebracht. Wohin, wissen die Kerle nicht.«

»Warum musste Cavendish sterben?«

Diese Frage stellte Phil in den Raum.

»Seine Ermordung kann verschiedene Gründe haben«, sagte Steve nach einer kurzen Zeit des Schweigens. »Vielleicht wurde er jemand gefährlich, vielleicht kam ihm jemand zuvor.«

Zeery kam mit zwei weiteren Bechern Kaffee und stellte einen vor Steve auf den Schreibtisch.

»Wenn er jemand gefährlich wurde, kann das nur jemand sein, der in der Hierarchie über Cavendish steht«, sagte ich.

»Er war der erste Mann in der NMA«, wandte Phil ein. Mein Kollege schaute Steve an. »Was meinst du, wenn du sagst, dass ihm vielleicht jemand zuvorkam?«

Ich gab die Antwort: »Vielleicht wollte er Kellerman eliminieren lassen, weil dieser auf unserer Fahndungsliste steht und Cavendish befürchten musste, dass wir ihn erwischen und er redet. Kellerman jedoch hat den Spieß umgedreht ...«

»Wir versteifen uns zu sehr auf Kellerman«, murmelte

Phil. »Können wir ausschließen, dass eine Unbekannte im Spiel ist, von der wir nicht den Hauch einer Ahnung haben?«

Unsere Blicke hingen an Phil. Er nippte an seinem Kaffee. »Ich meine ja nur. Douglas leitete die ›Nationale Front Amerikas‹. Vielleicht hat sich diese Gruppierung neu gegründet und arbeitet mit der NMA zusammen. Ich will nicht mal ausschließen, dass andere rechtsradikale Zellen involviert sind.«

»Fakt ist, dass sich der AD und Mistress McCorey in der Gewalt der NMA befinden«, wandte Steve ein.

»Fakt ist aber auch, dass sie an der Kreuzung des State Highway 22 bei Bedford an jemand übergeben wurden, von dem wir nicht wissen, ob er zur NMA gehört«, knurrte Phil.

»Vielleicht wurden sie nach Larchmont gebracht«, mischte ich mich ein.

»Die Farm gehört einem Mann namens Jason Wheeler, der in Boston lebt«, erklärte Phil. »Angeblich wusste er nicht, dass sich die NMA auf seinem Besitz einquartiert hatte.«

»Möglicherweise sollte man sich noch einmal mit Wheeler beschäftigen«, sagte Zeery.

»Ich werde mit den Kollegen in Boston Kontakt aufnehmen«, sagte Steve.

Wir tranken unseren Kaffee aus und verließen das Büro. Wenig später waren wir auf dem Weg zum Saint Lukes Hospital. Als wir dort eintrafen, was Ed Schulz schon da. Der stellvertretende Leiter der Mordkommission überragte Phil und mich um Haupteslänge. Er begrüßte uns per Handschlag und sagte mit tiefem Bass: »Na endlich. Dachte schon, ihr habt euch verfahren.« Ed grinste.

»Ha, ha«, machte Phil.

»Schon gut«, sagte Ed und sein Grinsen verlosch. »Ich weiß, was euch bedrückt. Gehen wir hinein.«

Der Arzt begleitete uns in das Zimmer, in dem Herb Duncan untergebracht war. Er sah schlecht aus. Seine Augen lagen tief in den Höhlen. Seine Augen glänzten fiebrig. Ich ergriff das Wort:

»Ihr Name ist Herb Duncan?«

»Ja.«

»Sie haben auf der Ninth Avenue zwei Polizisten niedergeschossen.«

Duncan schwieg.

»Bei Ihnen wurden ein Gewehr und eine Pistole sichergestellt. In der Trance nannten Sie einige Male den Namen Wesley.«

Ich ließ meine Worte wirken.

Duncan schloss die Augen.

»Mort Wesley wurde gestern Abend ermordet.«

Ed Schulz ließ seine dunkle Stimme erklingen. »Wir nehmen an, dass Sie Wesleys Mörder sind. Ihre Waffen befinden sich in der Ballistik. Sie sollten den Mund aufmachen, Duncan.«

Das Handy des stellvertretenden Leiters der Mordkommission läutete. Er holte es aus der Jackentasche und drückte die Verbindungstaste, meldete sich und lauschte, dann bedankte er sich, beendete das Gespräch und steckte das Handy wieder ein. »Es ist amtlich, Duncan. Eine Kugel aus Ihrer Beretta wurde aus dem Körper von Richard Weston geschnitten. Eine weitere steckte in Wesleys Brust.«

Duncan öffnete die Augen.

»Wer ist ›The Avenger?‹«, fragte ich.

»Gebt euch keine Mühe«, murmelte Duncan. »Ihr erfahrt von mir nichts.«

»Sie sollten den Mund aufmachen und reden«, knurrte Ed Schulz.

»Keine Chance. Ich werde schweigen.«

»Ist das Ihr letztes Wort?«

»Mein allerletztes.«

»Ich werde dafür sorgen, dass Sie nach Rikers Island überführt werden«, erklärte Ed Schulz. »Die Freiheit werden Sie wohl nicht mehr wiedersehen.«

In Duncans Gesicht zuckte kein Muskel.

Ich ergriff das Wort: »Wir könnten mit dem Staatsanwalt reden. Schon mal was von Kronzeugenregelung gehört? Als Mörder wird man Ihnen zwar die Freiheit nicht schenken, aber man kann Ihnen Privilegien zubilligen, die das Leben hinter Gittern erträglicher machen. Wollen Sie es sich nicht überlegen?«

Duncan presste die Lippen zusammen.

Wir starrten ihn an und übten mit unserem Blick Druck auf ihn aus. Aber über seine Lippen kam kein Laut.

Nachdem wir das Krankenzimmer verlassen hatten, sagte Ed Schulz: »Ich habe ein Team von der SRD zu seiner Wohnung geschickt. Vielleicht ergeben sich dort Hinweise auf seine Komplizen.«

»Es ist nicht auszuschließen, dass seine Hintermänner versuchen, ihn mundtot zu machen«, gab ich zu bedenken. »Du solltest ihn bewachen lassen, Ed.«

Sofort holte Ed Schulz sein Telefon aus der Tasche und rief beim Department an. Man sagte ihm zu, zwei Polizisten abzustellen, die Duncan bewachen sollten, bis er nach Rikers Island überführt wurde.

Wir verließen das Krankenhaus. Unverrichteter Dinge fuhren Phil und ich ins Field Office zurück. Nachdem wir Steve Bericht erstattet hatten, begaben wir uns in unser Büro.

Phil seufzte. »Wir sind keinen Schritt weitergekommen«, murmelte er niedergeschlagen und schaute auf seine Uhr. »11 Uhr. Noch einunddreißig Stunden.«

Ich verspürte einen schmerzlichen Stich in der Magengegend.

Herb Duncan wurde aus dem Bett gehoben und auf die fahrbare Trage gelegt, dann wurde er aus dem Zimmer geschoben. Die beiden Polizisten, die zu seiner Bewachung abgeordnet waren, folgten der Trage zum Aufzug. Der Lift kam in der zweiten Etage an, die Tür glitt auf, die beiden Sanitäter fuhren die Tage hinein. Der Aufzug brachte sie ins Erdgeschoss. Gleich darauf wurde Duncan in die Ambulanz geladen. Ein Einsatzfahrzeug der City Police parkte dahinter, in dem Wagen saßen zwei Cops. Sie sollten den Transport begleiten und sichern.

Einer der Sanitäter blieb bei Duncan, der andere setzte sich ins Führerhaus. Am Steuer saß ein weiterer Mann in der Uniform des Emergency Service.

Sie fuhren los. Der Polizeiwagen hängte sich an. Die Fahrt ging nach Osten und endete zunächst an der Triborough Bridge. Dort staute sich der Verkehr, weil Brückenzoll zu entrichten war. Es ging nur stockend vorwärts. Schließlich überquerten sie die Brücke und wandten sich nach Süden. Nach einiger Zeit gelangten sie auf den Grand Central Parkway, folgten dem Highway bis zur Hazen Street und fuhren in Richtung Rikers Island Bridge.

Plötzlich kam aus einer Seitenstraße ein Chevy und nahm der Ambulanz die Vorfahrt. Der Fahrer musste in die Eisen steigen. Reifen quietschten. Von hinten näherte sich ein Van. Der Polizeiwagen hatte angehalten, die beiden Cops stiegen aus. Der Van hielt hinter dem Einsatzfahrzeug. Vier Kerle sprangen heraus. Drei von ihnen eröffneten das Feuer auf die Polizisten. Der vierte rannte zur Ambulanz und riss die Tür des Wagenaufbaus auf. Im nächsten Moment warf er eine Handgranate in den Wagen. Es gab eine Explosion. Die Fenster der Ambulanz wurden nach außen gedrückt. Es klirrte und schepperte, Feuer schlug aus den leeren Fenstern, dichter Qualm entwickelte sich.

Die beiden Polizisten lagen am Boden. Die vier Gangster warfen sich in den Van. Der Wagen brauste davon. Der Chevy folgte ...

Wir erfuhren um 14 Uhr von dem Anschlag auf Duncan. Der Gangster, ein Sanitäter und die beiden Polizisten, die den Transport begleiteten, waren tot.

›The Avenger‹ hatte ganze Arbeit geleistet.

Um 14 Uhr 15 erhielt ich einen Anruf aus Boston. Jason Wheeler, der Mann, dem die Farm bei Larchmont gehörte, war verschwunden. Die Kollegen wollten ihn noch einmal vernehmen, aber er schien sich in Luft aufgelöst zu haben.

Nun, das musste nichts zu bedeuten haben.

Aber es gab zu denken.

Eine halbe Stunde später rief mich Steve Dillaggio an und sagte: »Soeben hat mich das Detective Bureau informiert. Sam Frederick, der Hauptgesellschafter von Frederick & Company, wurde vor einer knappen Stunde entführt. Der Geschäftsführer von Frederick & Co erhielt einen Anruf, in dem die Forderung nach Freilassung von Jack Douglas gestellt wurde. Sie haben jetzt drei Geiseln. Der Leiter der Field Operation Section East ist um halb zwölf Uhr in New York eingetroffen. Um 3 Uhr findet eine weitere Pressekonferenz statt.«

»Das ist in einer Viertelstunde«, sagte ich.

»New York One strahlt sie live aus.«

»Man wird der Öffentlichkeit gegenüber zur Forderung der Entführer Stellung nehmen«, mutmaßte ich.

»Treffen wir uns im Konferenzraum und sehen wir uns die Übertragung an.«

In dem Moment, als Phil und ich das Büro verlassen wollten, um uns in den Konferenzraum zu begeben, wo ein Fernsehgerät stand, läutete mein Telefon. Ich kehrte um und pflückte den Hörer vom Apparat. Ed Schulz' dunkle Stimme erklang: »Wir haben eine neue Spur zu ›The Avenger‹. In der Wohnung von Herb Duncan wurden die Fingerabdrücke zweier registrierter Personen festgestellt. Jim Hollow und Abe Jeffords.«

Ich notierte mir die Namen. Ed Schulz nannte mir noch die Adressen der beiden. »Wir kümmern uns drum«, sagte ich.

»Gibt es schon eine Spur zu Mr High?«

»Nein. Die NMA hat eine weitere Geisel. Sam Frederick von Frederick & Co. In fünf Minuten beginnt eine Pressekonferenz mit dem Leiter der Field Operation Section East. New York One strahlt sie live aus.«

Ich rief Joe Brandenburg an. Als er sich meldete, sagte ich: »Ich habe zwei neue Namen, die möglicherweise eine Spur zu ›The Avenger‹ darstellen. Einer von ihnen heißt Abe Jeffords. Ich bitte dich und Les, den Burschen zu kassieren. Er wohnt in der Bronx, 273 Bogart Avenue. Phil und ich schnappen uns einen Burschen namens Jim Hollow. Er wohnt in Brooklyn.«

»Wir fahren sofort los.«

Auch Phil und ich verloren keine Zeit. Jim Hollows Wohnung befand sich in einem großen Wohnblock. Sie lag in der dritten Etage. Da es eine Feuerleiter gab, blieb

Phil im Hof, während ich die Treppe emporstieg. In die Wände waren Strichzeichnungen und irgendwelche Parolen gekratzt. Auf jedem Treppenabsatz gab es ein Fenster. Auf den Fensterbrettern lagen tote Fliegen. In den Ecken spannten sich Spinnweben.

Es war Apartment 3 D. Ich legte den Daumen auf den Klingelknopf. Es dauerte ein wenig, dann tönte es durch die geschlossene Tür. »Wer ist draußen?«

»Special Agent Cotton, FBI New York. Öffnen Sie!«

Die Tür blieb zu. Ich fackelte nicht lange und warf mich dagegen. Sie hielt meinem Anprall nicht stand und flog krachend auf. Ich sprang sofort zur Seite. Da donnerte in der Wohnung auch schon ein Schuss. Die Kugel pfiff ins Treppenhaus und bohrte sich in die Wand. Ich feuerte drei Schüsse um den Türstock herum, dann sprang ich in die Wohnung, ging auf das rechte Knie nieder, meine Hand mit der SIG beschrieb einen Halbkreis, dem mein Blick folgte.

Die Tür zu einem Nebenraum stand offen. Ich schnellte in die Höhe und rannte zur Wand daneben, presste mich dagegen und spähte vorsichtig in den Raum. Es war das Schlafzimmer. Das Fenster war hochgeschoben. Hollow war auf die Feuertreppe geflohen.

Ein Schuss donnerte, in den verklingenden Knall mischte sich eine weitere Detonation. Ich trat vor das Fenster hin und beugte mich hinaus.

Hollow hatte die Hälfte der Feuertreppe bereits überwunden. Geduckt stand er da. Phil war in der Hofeinfahrt in Deckung gegangen. Hollow schaute zu mir herauf.

»Ergeben Sie sich, Hollow!«, rief ich.

Er schoss auf mich, ich zuckte zurück. Unten knallte Phils SIG. Der wummernde Knall staute sich im Hof. Und dann schepperten Gitterroste. Ich beugte mich wieder aus dem

Fenster. Hollow setzte seine Flucht fort. Er sprang in den Hof. Ich stieg hinaus auf den Rettungssteg. Der Gangster rannte über den Hof zu der etwa zwei Yard hohen Mauer, der Grenze zum Nachbargrundstück. Ich schickte ihm eine Kugel, feuerte jedoch absichtlich daneben. Es sollte ein Warnschuss sein. »Stopp, Hollow!«

Er riss den Arm hoch und zielte auf mich. Ich rannte los. Im selben Moment drückte Hollow ab. Er konnte sich nicht mehr schnell genug auf das sich so jäh veränderte Ziel einstellen. Ein Querschläger quarrte. Phils Dienstwaffe dröhnte. Der Gangster rannte zur Mauer. Wieder donnerte Phils SIG. Und jetzt brach Hollow zusammen. Sein Revolver schlitterte über den Boden. Er kroch hinter der Waffe her, streckte den Arm danach aus, ich war stehen geblieben und zielte sorgfältig. Dann staute ich den Atem und drückte ab. Die Waffe erhielt einen Stoß und der Gangster griff ins Leere. Er schaute zu mir herauf. Sein Gesicht hatte sich verzerrt.

»Keine Bewegung mehr!«, schrie Phil und rannte auf Hollow zu, erreichte ihn und drehte ihm den linken Arm auf den Rücken. Eine Handschelle schnappte zu. Im nächsten Moment war Hollows andere Hand auch gefesselt.

Ich kam im Hof an. Phil hatte die Waffe des Gangsters aufgehoben und in seinen Hosenbund gesteckt. Über Hollows Oberschenkel saugte sich der Stoff seiner Hose mit Blut voll.

Mein Kollege telefonierte.

»Wie seid ihr auf mich gekommen?«, knirschte Hollow. Er saß am Boden. Schweiß glitzerte auf seiner Stirn. Seine Augen waren gerötet.

»Duncan brachte uns auf Ihre Spur«, versetzte ich ausweichend. »Sie waren doch dabei, als Richard Weston und Price Swanson liquidiert wurden.« Ich behauptete das einfach. Ein Versuchsballon. Vielleicht war mir Glück beschert.

»Dieser verdammte Hund!«, giftete Hollow. Er saugte geräuschvoll Luft durch die Zähne ein. Wahrscheinlich bereitete ihm die Verletzung starke Schmerzen.

»Vielleicht sollten Sie ein Geständnis ablegen.«

»Wir hatten den Auftrag von Burt Sawyer.«

»Ist er ›The Avenger‹?«

»Mit diesem Namen wollten wir eine falsche Spur legen. Sawyer ist Barbesitzer. Ihm ist Meacham ein Dorn im Auge. Meacham kontrolliert in einigen Stadtteilen das Geschäft mit der illegalen Prostitution. Sawyer will ihn ausschalten. Sein Ziel war es, Meacham zu zermürben. Darum erledigten wir seine Geschäftsführer. Zuletzf wollte Sawyer mit einem Angebot an Meacham herantreten. Sawyer hätte Meachams Etablissments für ein Butterbrot übernommen.«

»Wo wohnt Sawyer?«

»68 West 56th Street. Zurzeit hält er sich in seinem Haus in Staten Island auf. Eylandt Street, beim Wolfe's Pond Park.«

Ich atmete auf.

Wir wussten, wer ›The Avenger‹ war.

Es galt jetzt nur noch, ihn zu verhaften.

Ein Patrol Car der City Police fuhr vor. Wenig später kam eine Ambulanz. Wir sorgten dafür, dass Hollow nach Rikers Island gebracht wurde. Dann begaben wir uns ins Field Office. Dort gingen wir sofort in Steve Dillaggios Büro. Er blickte uns ernst entgegen. »Man ist nicht bereit, auf den Handel einzugehen«, sagte Steve. »Staat und Justiz sind nicht erpressbar.«

Ich spürte Gänsehaut. »Und auf dem Altar dieser Prinzipienreiterei will man den AD, Mistress McCorey und

Sam Frederick opfern«, stieß ich hervor. »O verdammt, das darf doch nicht wahr sein.«

»Es ist so, und wir können es nicht ändern.«

»Wenn das der Fall ist«, knurrte Phil, »werde ich den Krempel hinschmeißen. Ich kann nicht länger für eine Institution tätig sein, die aus prinzipiellen Gründen einen ihrer treuesten Diener opfert.«

Die Worte Phils standen wie ein Manifest im Raum.

»Wir haben noch fünfundzwanzig Stunden Zeit, um den Chef herauszuholen«, murmelte Steve Dillaggio. Aber seiner Stimme fehlte die echte Zuversicht.

»Wir wissen, wer ›The Avenger‹ ist«, bemerkte ich.

»Joe und Les haben diesen Abe Jeffords ins Field Office gebracht«, sagte Steve. »Sie vernehmen ihn noch. Wer ist ›The Avenger‹?«

»Ein Barbesitzer, der Konkurrenz aus dem Weg räumen wollte. Sein Name ist Burt Sawyer.«

»Habt ihr seine Adresse?«

»Ja. Wir fahren sofort los und verhaften ihn. – Ach ja. Jason Wheeler, der Besitzer der Farm, auf der die kleine Linda Anderson festgehalten wurde, scheint spurlos verschwunden zu sein. Das muss nichts zu bedeuten haben. Es ist aber nicht auszuschließen, dass er die Hände im Spiel hat.«

»Bleiben die Kollegen in Boston am Ball?«

»Ja.«

»Okay, schnappt euch diesen Sawyer. Wenn er auf Nummer sicher ist, haben wir uns ein Problem vom Hals geschafft.«

In dem Moment läutete Steves Telefon. Der SAC nahm ab und nannte seinen Namen. Dann schaltete er den Lautsprecher ein. Eine Stimme erklang: »... nicht bereit zu sein scheint, auf unsere Forderung einzugehen, haben wir uns entschlossen, das Ultimatum auf morgen Früh 6 Uhr zu verkürzen. Wir fordern die Freilassung von Jack Douglas. Außerdem fordern wir, dass für ihn auf dem La Guardia Airport ein vollgetanktes Flugzeug bereitgestellt wird, das ihn nach Sanaa im Jemen ausfliegt. Unsere dritte Forderung ist ein Lösegeld von zehn Millionen Dollar.«

»Sie haben es selbst zum Ausdruck gebracht«, erwiderte Steve. »Es besteht keine Bereitschaft, auf den Handel einzugehen.«

»Dann stirbt um 6 Uhr morgen Früh Ihr Mister High, zwei Stunden später die Frau, weitere zwei Stunden danach Sam Frederick.«

»Und dann?«

»Wir werden erst aufhören, wenn Jack Douglas frei ist.«

Nach dem letzten Wort legte der Anrufer auf. Steve senkte die Hand mit dem Hörer. »Jerry, Phil, wir haben nur noch dreizehn Stunden Zeit. Und jetzt werde ich den Krisenstab informieren ...«

Von unserem Büro aus rief ich Sawyers Festnetzanschluss in der 56th Street an. »Hier ist der Anschluss von Burt Sawyer«, erklang der automatische Anrufbeantworter. »Ich befinde mich derzeit in meinem Haus in Staten Island. Die Nummer meines Anschlusses lautet ...«

Ich legte auf. »Eylandt Street«, sagte ich. »Holen wir uns ›The Avenger‹.«

Wir nahmen den Weg über Brooklyn und über die Verrazano Narrows Bridge.

»Ob der Krisenstab seine Einstellung noch ändert?«, fragte Phil.

Aus den Augenwinkeln sah ich, dass er mich von der Seite musterte. Ich konzentrierte mich auf den Verkehr. »Kann ich mir nicht vorstellen.«

»Ich meinte es ernst, als ich sagte, dass ich den Job schmeißen werde, wenn man Mister High fallen lässt wie eine heiße Kartoffel.«

»Die Hoffnung stirbt zuletzt«, murmelte ich. »Wir haben noch über zwölf Stunden.«

»Der Chef befindet sich seit etwa siebzig Stunden in der Hand seiner Entführer, und wir haben nicht den Hauch einer Ahnung, wo er versteckt wird. Glaubst du, in den nächsten zwölf Stunden ändert sich etwas?«

»Abwarten«, versetzte ich. »Noch haben wir ein Eisen im Feuer.«

Als wir in der Eylandt Street ankamen, war die Sonne untergegangen. Dunkle Wolken ballten sich am westlichen Horizont. »Sieht nach Regen aus«, murmelte ich.

»Würde zu meiner Stimmung passen«, knurrte Phil.

Es war ein kleines Haus, das in einem großen Garten lag. Durch Büsche und Bäume konnte ich die weißgetünchte Fassade sehen. Ein Mercedes stand vor der Garage. Eine schwere Limousine, die den Wohlstand ihres Besitzers verriet.

Das schmiedeeiserne Gartentor war verschlossen, ebenso die Pforte daneben. In die Betonsäule war eine Gegensprechanlage eingebaut.

»Wollen wir ihn überraschen?«, fragte Phil.

»Ich nehme an, der Eingang ist videoüberwacht«, antwortete ich. »Man hat uns sicher längst bemerkt.«

Phil läutete.

Die Gegensprechanlage blieb stumm.

»Wahrscheinlich weiß er, was die Stunde geschlagen hat«, meinte Phil.

Ich läutete noch einmal. Jetzt ertönte eine weibliche Stimme: »Was wünschen Sie?«

»Wir wollen zu Mister Sawyer.«

»Wer sind Sie?«

»Die Special Agents Cotton und Decker vom FBI New York.«

Die automatische Schließanlage summte, ich konnte die Pforte aufdrücken. Die Frau erwartete uns unter der Haustür. Sie war etwa dreißig Jahre alt und ausgesprochen hübsch. »Burt ist nicht da.«

»O doch«, sagte ich. »Treten Sie zur Seite, Ma'am.«

»Aber wenn ich es Ihnen doch sage ...«

Ich schob die Frau kurzerhand aus dem Weg und betrat das Haus. Dabei zog ich die SIG. Das Wohnzimmer war verwaist. Eine Tür führte in einen anderen Raum. Ich ging hin und öffnete sie. Es war das Schlafzimmer. Auch hier war Sawyer nicht.

»Wo ist Sawyer?«

»Ich sagte es Ihnen doch schon. Er ist nicht hier.«

Ich ging in das Schlafzimmer und öffnete den großen Kleiderschrank. Sawyer saß auf dem Boden des Schranks und schaute mich an. Um ein Haar hätte mir das Bild ein Lächeln entlockt. »Das Spiel ist aus, ›The Avenger‹«, sagte ich. »Ich verhafte Sie im Namen des Gesetzes. Sie haben das Recht zu schweigen ...«

Ich klärte den Gangster über seine Rechte auf ...

Kapitel 8

»Komm um 21 Uhr in die Lounge«, sagte Kellerman.

»Gibt es was Besonderes?«, fragte Henderson.

»Ja. Wir machen einen kleinen Ausflug.«

»Wohin?«

»Das wirst du sehen.«

»In Ordnung. Ich werde pünktlich sein.«

Kellerman beendete das Gespräch.

Henderson tippte eine Nummer in das Mobiltelefon. Als sich jemand meldete, sagte er: »Es bewegt sich was.«

»Drück dich deutlicher aus.«

»Ich soll mich um 21 Uhr in ›Jimmy's Lounge‹ einfinden. Kellerman hüllte sich darüber hinaus in Schweigen. Wir werden es sehen.«

»Gib auf dich Acht.«

»Mach ich.«

Henderson unterbrach die Verbindung und warf einen Blick auf seine Armbanduhr. Es war 18 Uhr 50. Er hatte noch über zwei Stunden Zeit. Henderson legt sich auf das Bett und verschränkte die Hände hinter dem Kopf. Gedankenvoll starrte er zur Decke hinauf. Von der Straße war Motorenlärm zu hören. Einmal heulte eine Sirene. Manhattan war voll pulsierenden Lebens.

Henderson durchfuhr es wie ein Stromschlag, als er daran dachte, dass Kellerman seine wahre Identität herausgefunden hatte. Er verdrängte den Gedanken – diesen Gedanken, an dessen Ende etwas Dunkles, Unheilvolles stand – und schloss die Augen. Die düsteren Gedanken kehrten zurück.

Hatte er einen Fehler gemacht?

Nein! Sie hatten nichts außer Acht gelassen, um seine

Tarnung perfekt zu machen. Für Kellerman war er ein gesuchter Raubmörder, der froh war, Unterschlupf gefunden zu haben. Er war gegen Nachforschungen jedweder Art gewappnet.

Henderson döste ein. Er bemühte sich, nicht einzuschlafen. Um 20 Uhr stand er auf, ging in den Duschraum und warf sich am Ausguss einige Hände kaltes Wasser ins Gesicht. Nachdem er sich abgetrocknet hatte, verließ er das Zimmer und fuhr mit dem Aufzug hinunter in die Lobby. Hinter der Rezeption saß ein Mann mit Brille, der ihm freundlich zunickte. Henderson verließ die Pension. Er lief bis zur Lexington Avenue und winkte dort einem Taxi, setzte sich in den Fond des Wagens und verlangte, in die Clinton Street gefahren zu werden.

Um 20 Uhr 40 erreichte er sein Ziel. Er bezahlte den Cab Driver und stieg aus. Bis zu ›Jimmy's Lounge‹ musste er ein Stück laufen. Wenig später betrat er das Lokal. Einige Kerle bevölkerten den Gastraum. Henderson schaute in den Billardraum. Der vierschrötige Mel Adams und zwei weitere Kerle standen an einem der Billardtische. Mel Adams starrte Henderson an. Die Feindschaft, die von dem Burschen ausging, berührte Henderson nahezu körperlich. Er trat vor Adams hin und fragte: »Hat dich auch Kellerman herbestellt?«

»Sieht aus, als würde eine Aktion steigen«, knurrte Adams. »Machen wir ein Spiel, bis der Major kommt.«

»Das wird sich kaum rentieren. Wenn er pünktlich ist, taucht er in zehn Minuten auf.«

»Du bist mir eine Revanche schuldig«, erklärte Adams.

Henderson grinste. »In welcher Beziehung.«

Adams Miene verkniff sich. »Du besitzt fünfzig Dollar von mir, die ich gerne wiederhaben möchte.«

»Du wirst höchstens einen weiteren Fünfziger los.«

»Du bist dran, Mel«, sagte einer der Spieler ungeduldig.

Adams wandte sich ab und beugte sich über den Billardtisch …

Henderson ging zurück in den Gastraum und setzte sich an einen Tisch. »Bring mir ein Wasser!«, rief er dem Keeper zu, dann lehnte er sich auf dem Stuhl zurück und schlug die Beine übereinander. Der Keeper brachte das Wasser und Henderson trank einen Schluck. Dann ging die Tür auf und zwei Männer betraten das Lokal. Einer von ihnen war Kellerman. Der Bursche, der ihn begleitete, war ungefähr fünfzig Jahre alt und seine schwarzen Haare waren grau meliert. Kellerman schaute sich um, nahm Henderson wahr und machte den anderen darauf aufmerksam, dann steuerten sie den Tisch an.

»Hallo, Henderson«, grüßte Kellerman.

»Guten Abend«, sagte Henderson und deutete einen militärischen Gruß an, indem er kurz die Fingerkuppen seiner Rechten an die Stirn legte.

Der andere Mann sagte: »Freut mich, Sie kennenzulernen, Henderson. Der Major hat mir viel von Ihnen erzählt. Ich denke, wir haben mit Ihnen einen guten Fang gemacht.«

Fragend schaute Henderson in Kellermans Gesicht.

»Darf ich vorstellen«, sagte Kellerman. »General Jason W. Wheeler. Er ist extra aus Boston angereist, um die Aktion selbst zu leiten.«

Henderson erhob sich und streckte Wheeler die Hand hin. »Freut mich, General.«

Wheeler schüttelte Hendersons Hand. Kellerman schwang herum und ging zur Tür des Billardraumes. Mel Adams sah ihn und legte den Queue weg. »Ich muss leider aussteigen, Kameraden«, murmelte er und ging zur Tür.

Kellerman und Adams kamen zu dem Tisch, bei dem Henderson und Wheeler standen. »Fahren wir«, sagte Kellerman.

»Ich muss noch mein Wasser bezahlen«, erklärte Henderson, ging zur Theke, beglich seine Rechnung und verließ wenig später zusammen mit dem General, Kellerman und Adams das Lokal durch die Hintertür. Im Hof stand ein Ford Mustang. Adams setzte sich ans Steuer. Wheeler nahm auf dem Beifahrersitz Platz, Henderson und Kellerman stiegen in den Fond des Fahrzeugs.

»Ich muss dir die Augen verbinden, Henderson«, sagte Kellerman und holte aus der Innentasche seiner Jacke ein schwarzes Tuch.

»Warum diese Geheimniskrämerei?«, fragte Henderson grollend.

»Wir bringen dich in unser Hauptquartier.«

»Misstraust du mir, Kellerman?«

»Den Ort kennen nur ein paar Eingeweihte. Du gehörst nicht zur Führungsriege der NMA. Noch nicht. Also lass es geschehen und stell keine Fragen.«

Kellerman verband Henderson die Augen, dann fuhren sie los. Sie fuhren über eine Stunde. Dann wurde der Wagen angehalten. »Wir sind da«, sagte Kellerman. »Aber lass die Binde noch vor den Augen, Henderson. Ich sage es dir, wenn du sie abnehmen kannst.«

Sie stiegen aus. Kellerman nahm Henderson am Oberarm und dirigierte ihn. Leises Knarren war zu vernehmen, als eine Tür aufschwang. Stimmen erklangen. Licht schimmerte durch die Binde vor Hendersons Augen. Und dann wurde ihm die Binde abgenommen. Für einen Moment war er geblendet. Sie befanden sich in einem Raum, an dessen Stirnende ein Rednerpult stand, außerdem gab es etwa drei Dutzend Stühle, die in Reih und Glied aufgestellt waren. An den Wänden waren Plakate mit rechtsextremistischen Sprüchen befestigt. Außer Wheeler, Kellerman, Adams und Henderson befanden sich drei Uniformierte in dem Raum.

»Wir haben drei Gefangene«, erklärte Wheeler. »Morgen Früh läuft das Ultimatum ab, das wir dem Staat New York gesetzt haben. Wenn um 6 Uhr Jack Douglas nicht freigelassen wird, wird der erste der Gefangenen eliminiert. Als Vollstrecker wurden Sie ausersehen, Henderson.«

»Befinden sich die Gefangenen hier?«, fragte Henderson mit unbewegtem Gesicht.

»Wenn es so weit ist, wird man Sie zu den Gefangenen bringen, Henderson. Es macht Ihnen doch nichts aus, den Job auszuüben?«

»Um wen handelt es sich?«, fragte Henderson.

»Um John D. High, den Chef des FBI New York.«

Das Licht ging an. Die drei Gefangenen blinzelten. Der Schlüssel drehte sich knirschend im Schloss, dann schwang die Tür auf. Zwei Männer in Kampfanzügen betraten das Verlies.

Nora McCorey saß auf dem Stuhl, dem einzigen Möbelstück im Raum. In ihren Augen drückte sich aus, was sie empfand. Angst wäre ein zu gelindes Wort, um ihre Gefühle zu beschreiben. Da war eine ganze Gefühlswelt; Entsetzen, Verzweiflung, Panik ...

John D. High und Sam Frederick saßen am Boden.

Einer der Uniformierten sagte: »Wir wollen euch nicht im Unklaren lassen. Das Ultimatum wurde um zwölf Stunden verkürzt. Es läuft am Morgen um 6 Uhr ab. Wenn dann Jack Douglas nicht freigelassen wird, wirst du um Punkt 6 Uhr erschossen, High. Zwei Stunden danach bist du dran, Lady, und wenn das immer noch nicht reicht, wirst um 10 Uhr du erschossen, Frederick.«

Sam Fredericks Gestalt wuchs in die Höhe. »Wie viel muss ich euch bezahlen, damit ihr mich laufen lasst? Zwei Millionen, drei? Ich – ich zahle jeden Betrag.«

Verächtlich musterte ihn der Uniformierte. »Du kannst dich nicht freikaufen, Frederick. Es geht um mehr als nur um Geld.« Der Sprecher heftete seinen Blick wieder auf John D. High. »Euer Henker ist bereits eingetroffen. Er wird dir um 6 Uhr eine Kugel in den Kopf schießen, High. Bedanken kannst du dich bei einigen hohen Herren, die dich irgendwelcher Prinzipien willen opfern.«

Der andere der beiden Kerle schaute demonstrativ auf seine Armbanduhr. »Noch siebeneinhalb Stunden, High. Ich denke, du bist so gut wie tot.«

»Wollen Sie uns quälen?«, fragte der AD mit belegter Stimme.

»Nein, wir wollen nur fair sein. Du sollst Gelegenheit haben, dich auf dein Ende vorzubereiten. Fang langsam an, abzuschließen.«

»Sie sprechen von Fairness«, murmelte High und schüttelte den Kopf. »Es klingt wie Hohn in meinen Ohren.«

Die beiden Gangster verließen den Raum und die Tür wurde zugezogen. Die Gangster ließen das Licht brennen.

»Werden sie uns wirklich töten?«, stammelte die Frau.

»Ich weiß es nicht«, antwortete John D. High. Und um seine beiden Leidensgenossen ein wenig zu beruhigen, fügte er hinzu: »Sie haben nichts davon, wenn Sie uns umbringen. Ich denke, sie drohen nur. Wenn sie merken, dass sie keinen Erfolg haben, werden sie uns laufen lassen.«

Sein Augenausdruck strafte seine Worte Lügen.

Die Frau schlug die Hände vor das Gesicht und begann zu weinen.

Wir hatten Burt Sawyer ins Field Office gebracht, wo er arretiert worden war. Dann hatten wir uns in Steves Büro begeben. Steve telefonierte gerade. Zeerookah saß am Besuchertisch. Müde schaute er uns an.

»Es ist 23 Uhr vorbei«, sagte Steve. »Wir haben noch knapp sieben Stunden Zeit. Bitte, wirken Sie auf den Stab ein, dass man Jack Douglas freilässt. Wie es scheint, ist es die einzige Möglichkeit, das Leben der drei Geiseln zu retten.«

Steve nickte uns zu. Seine Augen waren von der Übermüdung rot gerändert. Fragend schaute ich Zeery an. »Hywood«, murmelte der indianische Kollege.

Kurze Zeit lauschte Steve, dann ergriff er wieder das Wort: »Ich werde das niemals akzeptieren, Sir, keiner im Field Office New York wird das. Gute Leute haben schon angedroht, den Job zu schmeißen, wenn dem AD etwas zustößt. Das Leben dreier Menschen kann doch nicht der Preis dafür sein, dass man glaubt, nicht von gewissen Prinzipien abweichen zu können.«

Wieder lauschte Steve schweigend. Dann erklang wieder seine Stimme: »Ich denke, dass sich die Entführer kurz vor 6 Uhr noch einmal melden werden. Bis dahin sollte man sich eine Antwort ausgedacht haben, die Blutvergießen vermeidet. Douglas kommt nicht weit. Selbst wenn es ihm gelingt, Amerika zu verlassen. Interpol wird ihn aufstöbern. Er wird sein Leben im Gefängnis beschließen. Es ist nicht nötig, das Leben der Geiseln in die Waagschale zu werfen.«

Noch einmal hörte Steve kurze Zeit zu, dann bedankte

er sich, und dann knallte er den Hörer auf den Apparat. »Hywood versucht noch einmal, auf den Krisenstab einzuwirken. Er klang allerdings nicht gerade zuversichtlich. Was ist mit Hank? Er wollte sich um 21 Uhr in ›Jimmy's Lounge‹ mit Kellerman treffen. Hat er sich schon gemeldet?«

»Nein.«

»Wir hätten ihn mit einem Funkpeilsender und einem Minisender ausrüsten sollen«, knurrte Steve.

»Das wäre zu gefährlich gewesen«, versetzte ich. »Wenn er auffliegt, hat die NMA eine weitere Geisel, falls sie ihn nicht sofort liquidiert.«

»Wir statten ›Jimmy's Lounge‹ einen Besuch ab«, sagte Zeery. »Vielleicht ...«

Da läutete mein Handy. Zeery brach ab. Ich holte das Telefon aus der Tasche und ging auf Verbindung. Eine männliche Stimme erklang: »Ich muss mich beeilen, Jerry. Wir befinden uns irgendwo außerhalb New Yorks. Ein Bursche namens Wheeler, der aus Boston kommt, ist aufgetaucht. Sie nennen ihn General. Er hat das Hauptquartier verlassen und ist auf dem Weg zu der Farm bei Larchmont. Er hat den Oberbefehl übernommen.«

»Wo sind Mister High und die anderen Geiseln?«

»Ich weiß es nicht genau, nehme aber an, dass sie sich hier im Hauptquartier befinden. Ich muss jetzt aufhören.«

Danach herrschte Stille im Äther.

Ich ließ die Hand mit dem Handy sinken. »Das war Hank. Wheeler, dem die Farm bei Larchmont gehört, spielt eine Hauptrolle. Ich habe es von Anfang an vermutet. Er ist auf dem Weg zu der Farm. Komm, Phil, wir schnappen uns den Kerl.«

Phil wandte sich schon zur Tür.

»Sollen wir mitkommen?«, fragte Steve.

»Nicht nötig«, erwiderte ich. »Haltet ihr hier die Stellung. Notfalls müssen wir schnell handlungsfähig sein. Das sind wir vielleicht nicht, wenn wir uns alle irgendwo außerhalb New Yorks aufhalten.«

Phil und ich verließen das Büro. Minuten später brausten wir nach Norden. Die Sirene heulte, auf dem Dach rotierte das rote Blinklicht. Es ging auf Mitternacht zu und der Verkehr hatte stark nachgelassen. Wir kamen gut durch. In der Nähe der Farm stellten wir den Jaguar ab und pirschten uns zu Fuß näher. Im Hof standen ein Lastwagen mit einer Plane über der Ladefläche und ein Ford Mustang.

Aus zwei Fenstern des Farmhauses fiel Licht.

»Wir sollten vielleicht doch Verstärkung anfordern«, gab Phil zu bedenken. »Sieht aus, als wäre die Farm von ›Soldaten‹ der NMA besetzt.«

»Wir holen uns Wheeler«, stieß ich voller Entschlossenheit hervor. »Ich will nicht warten, bis ein SWAT-Team aufkreuzt. Auch will ich mich nicht auf eine Belagerung der Farm einlassen. Jede Minute ist kostbar.«

»Das kann ins Auge gehen«, mahnte Phil.

»Komm«, sagte ich zwischen den Zähnen. »Wir gehen das Risiko ein.« Ich zog die SIG.

Wir schlichen zur Farm. Wolkenschatten zogen über das Land. Eine Fledermaus strich mit lautlosem Flügelschlag über unsere Köpfe hinweg. Plötzlich tauchten zwei Männer aus der Dunkelheit auf. Sie gingen nebeneinander und sprachen leise miteinander. Jeder hatte ein Gewehr über der Schulter hängen. Phil und ich duckten uns im Schatten eines Schuppens. Feinkörniger Sand mahlte unter den Schritten der beiden Wachposten. Was sie sprachen, konnte ich nicht hören. Sie gingen in einem Abstand von etwa zehn Schritten an uns vorüber und verschwanden in der Dunkelheit.

»Wir müssen sie ausschalten«, raunte mir Phil zu.

»Ja. Schneiden wir ihnen den Weg ab und erwarten wir sie beim Stall.«

Geduckt rannten wir los, überquerten den Hof und erreichten den Stall. Angespannt warteten wir. Dann hörten wir die beiden Posten kommen. Sie schwiegen jetzt. Wieder war das feine Knirschen zu vernehmen. Ahnungslos gingen die beiden an unserem Versteck vorüber. Wir glitten hinter ihnen her. Ich legte von hinten meinen linken Arm um den Hals eines der Kerle und schlug mit der SIG zu. Die Gestalt des Burschen erschlaffte. Ich ließ ihn zu Boden gleiten und holte Handschellen aus der Jackentasche.

Auch Phil hatte seinen Mann lautlos überwältigt und gefesselt.

Wir rannten zur Tür. Drin waren Stimmen zu hören. Mit einem wuchtigen Tritt rammte ich die Tür auf. Wir sprangen in das Haus.

In der Halle saßen insgesamt sieben Männer herum. Sechs von ihnen trugen Kampfanzüge. »Keine Bewegung!«, schrie ich. »FBI!«

Einer griff nach der Pistole, die in einem Holster an seiner Koppel steckte. Ich schoss ihm eine Kugel in die Schulter. Der Knall drohte den Raum zu sprengen. Der Geruch von verbranntem Pulver stieg mir in die Nase. Sofort richtete ich die Pistole auf den Zivilisten. »Sind Sie Wheeler?«

In dem Moment brüllte Phils SIG auf. Ein weiterer der Uniformierten hatte versucht, die Pistole zu ziehen. Der Bursche brach zusammen. Und nun ging alles blitzschnell. Die Kerle handelten. Drei flankten über die Sessel beziehungsweise über das Sofa und gingen dahinter in Deckung. Einer rannte zur Treppe. Auch Wheeler sprang auf. Und dann dröhnten die Pistolen. Ich war zur Seite gehechtet, lag am Boden und rollte mich herum. Ich jagte eine Kugel in die Lehne eines Sessels und sah den Kerl dahinter hochtaumeln. Der Bursche, der die Treppe hinaufrannte, strauchelte und stolperte, als ihn Phils Kugel ins Bein traf. Ich rollte mich weiter. Eine Gestalt zuckte hinter der Couch in die Höhe. Ich schoss einen Sekundenbruchteil schneller. Der Bursche brach zusammen, seine Kugel fuhr in die Decke. Phil schickte eine ganze Salve in die Lehne des anderen Sessels. Der letzte der Kerle kippte dahinter hervor.

Wheeler stand an der Wand am Beginn der Treppe und schaute gehetzt um sich. Ich kam hoch. Durch die Tür kam Phil herein. Wimmern und Stöhnen erfüllte die Halle. Der Kerl, dem ich eine Kugel in die Schulter geschossen hatte, saß in einem der Sessel und presste die linke Hand auf die Wunde. Blut sickerte zwischen seinen Fingern hervor.

Ich hatte einen Streifschuss an der Seite davongetragen. Den Schmerz ignorierte ich. Die Waffe im Anschlag ging ich auf Wheeler zu, während Phil die anderen Kerle in Schach hielt, soweit das überhaupt noch notwendig war.

»Wo werden die Geiseln festgehalten, Wheeler?«, fragte ich und richtete die Mündung der SIG zwischen die Augenbrauen des Gangsters.

Wheeler schürzte die Lippen: »Das werden Sie von mir nicht erfahren. Und wenn unsere Forderungen nicht erfüllt werden, sterben die beiden Männer und die Frau.«

Ich senkte die Hand mit der SIG. In mir brodelte es wie in einem Vulkan und ich stand kurz vor der Explosion. Ich musste mich zwingen, kühlen Kopf zu bewahren.

Grollend, mit einer bösen Prophezeiung im Tonfall, stieß ich hervor: »Wir werden Sie in die Mangel nehmen, Wheeler. Und Sie werden singen wie ein Vogel.«

»Es ist Krieg«, knurrte der selbsternannte General. »Ich fühle mich als Kriegsgefangener. Entsprechend wünsche ich behandelt zu werden.«

»Sie sind ein Psychopath«, versetzte ich kalt. »Ein krimineller Verrückter, der wie ein Verbrecher behandelt werden wird.«

Phil sammelte die Waffen der Kerle ein und warf sie in einer Ecke des Raumes auf einen Haufen. Dann telefonierte er. »Das Police Department schickt einige Leute und den Emergency Service. Ich sage Steve Bescheid.«

Noch einmal telefonierte mein Kollege. Ich hörte, wie er kurzen Bericht erstattete. Dann schloss er mit den Worten: »Wir bringen Wheeler ins Field Office und nehmen ihn dort in die Mangel. – Ist in Ordnung, Steve. Bis später.«

»Noch einmal, Wheeler«, sagte ich. »Wo befinden sich die drei Geiseln? Reden Sie. Wenn auch nur eine der Geiseln stirbt, sind Sie wegen Mordes dran. Was das bedeutet, brauche ich Ihnen sicher nicht zu sagen.«

»Es geht nicht nur mehr darum, Jack Douglas freizulassen«, stieß der Gangster hervor, »es geht auch um mich. Die Forderung wird dahingehend erweitert. Ich fordere sofortige Freilassung meines Stiefbruders und meiner Person, die Bereitstellung eines vollgetankten Flugzeuges auf dem La Guardia Airport sowie die Zahlung von zehn Millionen Dollar.«

»Jack Douglas ist also Ihr Stiefbruder«, konstatierte ich.

»Ja. Er war Präsident der ›Nationalen Front‹, Zelle New York. Ich leite die gleichnamige Gruppe in Boston. Um unsere Ziele durchzusetzen, sind wir einen Pakt mit der NMA eingegangen.«

Einem jähen Impuls folgend fragte ich: »Warum haben Sie Henry Cavendish ermordet?«

»Er wollte einen Rückzieher machen. Die Sache wurde

ihm zu heiß. Er war nicht der geeignete Mann für den Posten, den er innehatte. Als es ernst wurde, drohte er zu versagen. Deshalb habe ich seine Eliminierung angeordnet.«

»Wer hat Cavendish erschossen? Kellerman?«

»Ja. Er sollte die Nachfolge von Cavendish hier in New York antreten. Ich habe ihn zum Colonel befördert.«

Das war kein Psychopath, das wurde mir in diesen Augenblicken schlagartig klar. Das war ein gefährlicher Fanatiker, der seine Ideologie über die eigene Person stellte. Aus diesem Holz waren Märtyrer geschnitzt.

»Wo befinden sich die Geiseln?«

»Man wird sie Ihnen tot vor die Tür legen, wenn Sie unserer Forderung nicht Folge leisten.«

Mein Handy klingelte. Es war Steve, der vom Nebenraum aus, der eine transparente Wand besaß, die Vernehmung verfolgte. »Es ist vergeudete Zeit«, sagte der SAC. »Vier seiner Soldaten wurden nach Rikers Island gebracht. Vielleicht sollte man mit ihnen reden. Sie sind nicht so schlimm verwundet, dass sie nicht vernehmungsfähig wären.«

Das war richtig. Zwei der Gangster waren auf der Farm ums Leben gekommen. Die Einlieferung der anderen vier in den Krankentrakt von Rikers Island hatten wir veranlasst.

»In Ordnung«, sagte ich. »Wir brechen die Sache mit Wheeler ab.« Ich versenkte das Handy in der Jackentasche und wandte mich noch einmal an Wheeler. »Wir werden Ihre Leute fragen, Wheeler. Der eine oder andere versucht sicher zu punkten und gibt uns Antwort auf unsere Fragen.«

»Nur einer der Männer wusste Bescheid, wo die Gefangenen festgehalten werden. Er starb auf der Farm. Das Leben der Geiseln ist verwirkt, wenn Sie die Forderung nicht erfüllen. Und denken Sie nur nicht, dass Sie uns mit meiner Gefangennahme einen empfindlichen Schlag versetzt haben. An meine Stelle wird ein anderer rücken. Der Krieg geht weiter.«

Ich ließ Wheeler abführen.

»Du hast es selbst gehört«, sagte ich zu Steve, als wir uns auf dem Flur trafen. »Der einzige der Kerle, der außer Wheeler Bescheid wusste, ist tot. Wahrscheinlich hat er Wheeler vom Hauptquartier zu der Farm gefahren.«

»Vielleicht meldet sich Hank noch einmal«, murmelte Steve.

»Er muss höllisch vorsichtig sein. Wenn Sie ihm auf die Schliche kommen, ist sein Leben keinen Pfifferling wert.«

»Sein Mut ist anerkennenswert«, knurrte Steve.

»Hank ist Gold wert«, sagte Phil. »Aber in diesem Fall scheinen auch ihm Grenzen gesetzt zu sein. Warum dürfen wird das Versteck der Geiseln nicht aus Wheeler herausprügeln?«

»Über das Zeitalter der peinlichen Befragung sind wir hinaus«, bemerkte Steve.

»Was nun?«

»Phil und ich fahren nach Rikers Island und sprechen mit den Kerlen. Wobei ich der Meinung bin, dass wir nichts erreichen.«

Steve schaute auf die Uhr. »Noch vier Stunden.«

Ich schluckte würgend.

Hank Hogan alias Howard Henderson schlich durch das Gebäude. Vor einer Stunde hatten sie sich zur Ruhe begeben. Zwei Mann bewachten das Haus.

Das ›Hauptquartier‹ der NMA lag in einem großen

Garten. Das hatte Hank schon herausgefunden. Hinter dem Garten begann Wald. In der Nachbarschaft gab es keine Häuser. Da waren nur Wiesen, Äcker und Felder.

Die Tür zum Keller war abgesperrt. Hank war sich sicher, dass dort unten die Geiseln festgehalten wurden. Die Tür konnte er nicht einfach auframmen. Es hätte viel zu viel Lärm verursacht und die Kerle, die im ganzen Haus verteilt waren, geweckt.

Hank glitt zum Fenster und spähte hinaus. Wo er sich befand, wusste er nicht. Er schaute auf seine Uhr. Die Leuchtziffern verrieten ihm, dass es 2 Uhr 25 war. Unerbittlich verrann die Zeit. Seine Gedanken arbeiteten fieberhaft. Er verließ das Haus, lehnte die Haustür an, sodass er jederzeit in das Gebäude zurückkehren konnte. Von den beiden Wachposten war nichts zu sehen. Hank glitt um das Haus herum und hob das Gitter von einem der Kellerfensterschächte. Das Fenster ließ sich nicht öffnen. Er ging zum nächsten Schacht. Auch hier blieben seine Bemühungen erfolglos. Hank murmelte eine Verwünschung und legte das Gitter wieder auf den Schacht. In dem Moment sagte hinter ihm eine klirrende Stimme: »Was tust du da?«

Das Blut drohte Hank in den Adern zu gefrieren. Er richtete sich auf und drehte sich um. Zwei Schemen kamen durch die Dunkelheit auf ihn zu. Sie hielten die Gewehre auf ihn angeschlagen. Matt funkelte der Stahl der Läufe im Mond- und Sternenlicht.

Die beiden erreichten ihn. »Sag schon: Was tust du da?«

»Ich kann nicht schlafen und habe ein wenig frische Luft geschnappt«, erwiderte Hank.

»Du hast dich am Kellerfenster zu schaffen gemacht.«

»Du musst dich täuschen ...«

»Vorwärts, ins Haus. Und keine falsche Bewegung.«

Hank ging vor den beiden her in das Gebäude. Einer machte Licht. Dann zog er eine Trillerpfeife aus der Uniform und pfiff hinein. Aus den verschiedenen Türen kamen Männer. Auch Kellerman erschien. Alle waren fix und fertig angekleidet. Sie hatten angezogen auf den Feldbetten gelegen, die in den Zimmern aufgestellt waren.

»Was ist los?«, fragte Kellerman.

Einer der Wachposten erwiderte: »Er trieb sich draußen herum und machte sich am Kellerfenster zu schaffen. Mit dem Kerl stimmt war nicht.«

Kellermans Brauen schoben sich zusammen. Sein Blick wurde stechend. Er trat vor Hank hin und stieß hervor: »Was hattest du draußen zu suchen?«

»Ich hab nur frische Luft geschnappt«, log Hank.

Kellermans Gesicht nahm einen harten, entschlossenen Ausdruck an. »Wer bist du wirklich?«

»Mein richtiger Name ist Brennan – Jeff Brennan.«

Kellerman nickte einigen der Kerle zu. Hank wurde von kräftigen Fäusten gepackt, die Arme wurden ihm auf den Rücken gedreht. Kellerman griff ihm in die Haare und bog seinen Kopf in den Nacken. »Du hast dich bei uns eingeschlichen, nicht wahr? Der Zeitungsbericht war getürkt. Bist du ein Polizist?«

»Nein. Warum willst du mir nicht glauben? Ich ...«

Kellerman schlug Hank die Faust in den Leib. Hank wurde die Luft aus den Lungen gedrückt. Ein versiegender Laut brach aus seiner Kehle.

Kellerman griff in Hanks Jackentasche und holt das Handy heraus. »Wer wird sich wohl melden, wenn ich die Wahlwiederholungstaste drücke?«

Hank Hogans Zähne mahlten übereinander.

Kellerman drückte die Taste. Gleich darauf erklang es: »Cotton, FBI. Was ist, Hank?«

Kellerman sagte abgehackt: »Hank ist aufgeflogen, Cotton. Doch er hat dir nicht sagen können, wo wir uns befinden. Unser Misstrauen hat sich ausgezahlt. Wir werden morgen Früh um 6 Uhr zuerst ihn erschießen, wenn ihr Douglas nicht freilasst.«

»Wir haben Wheeler verhaftet«, erklang es.

»Was!?«

»Sie haben richtig gehört. Ihr ›General‹ befindet sich in unserer Hand. Spreche ich mit Ihnen, Kellerman?«

»Wir werden unsere Forderung erweitern.«

»Das war uns klar. Wheeler hat gestanden, dass er Ihnen den Auftrag gab, Cavendish zu liquidieren. Sie werden wegen Mordes dran sein, Kellerman.«

»Ich werde mit Douglas und Wheeler in den Jemen fliegen. Und Sie werden das Nachsehen haben, Cotton.«

»Vorausgesetzt, dass der Flug in den Jemen stattfindet.«

»Dann werden vier Leute sterben, Cotton.«

Kellerman drückte die Unterbrechungstaste und warf das Handy auf den Tisch. »Du heißt also Hank.«

»Hank Hogan. Ich bin Privatdetektiv.«

»Du kommst uns als vierte Geisel sehr willkommen«, knurrte Kellerman. Seine Stimme hob sich. »Bringt ihn in den Keller zu den anderen. Durchsucht ihn. Falls er mit einem Sender ausgestattet ist, müssen wir hier unsere Zelte abbrechen.«

Wir waren auf dem Weg nach Rikers Island. »Wenn wir Glück haben«, sagte ich, »gelingt es uns, Hanks Handy zu orten. Du kennst die Nummer Phil. Nimm mit Steve Verbindung auf.«

Phil wählte Steves Nummer, dann sagte er: »Hank ist aufgeflogen. Die NMA droht, ihn an Stelle von Mister

High um 6 Uhr zu erschießen, wenn der Forderung nicht nachgegeben wird. Wir müssen versuchen, sein Handy zu orten. Ich gebe dir die Nummer, Steve ...«

Ich sagte: »Kellerman weiß, dass wir Wheeler festgenommen haben. Natürlich fordert er jetzt auch dessen Freilassung. Sag dem Krisenstab, dass die Verbrecher jetzt vier Geiseln haben. Vielleicht ändert das seine Einstellung.«

Eine Viertelstunde später rief Steve an und sagte: »Die Handyortung hat nicht funktioniert. Das Handy wurde ausgeschaltet. Ich lasse Wheeler noch einmal in die Mangel nehmen.«

»In Ordnung, Steve.«

Nacheinander vernahmen wir im Gefängnis die vier Kerle, die Phil und ich festgenommen hatten. Der Weg war umsonst gewesen. Sie erzählten uns, dass sie zu der Farm bei Larchmont beordert worden waren, dass Wheeler zusammen mit seinem Chauffeur eintraf und dass ihnen nicht gesagt worden war, worum es ging. Man hatte von ihnen ohne nähere Angabe von Gründen Einsatzbereitschaft gefordert, und sie hatten keine Fragen gestellt.

Das waren willige Werkzeuge in den Händen brutaler Verbrecher. Das wurde mir während der Vernehmungen klar.

Wir ließen auch Jack Douglas vorführen. Er sah frisch aus und ich sagte mir, dass der Verbrecher in dieser Nacht wohl noch kein Auge zugemacht hatte. Die Hoffnung, freigelassen zu werden, hatte ihn wach gehalten.

»Sie haben nicht mehr viel Zeit«, sagte er.

»Wir haben Ihren Stiefbruder festgenommen.«

Er zuckte zusammen, als hätte ich ihn mit einem glühenden Draht berührt. Seine Mundwinkel zuckten. Fassungslos starrte er mich an.

Ich musste seine Erschütterung ausnutzen. »Wir

wissen, dass die Geiseln im Hauptquartier festgehalten werden.«

»Hat Ihnen das Jason gesagt?«

»Ja.«

»Dieser verdammte Narr.«

»Unsere Leute sind bereits unterwegs«, log ich. »Wenn sie den Bau stürmen, bleibt kein Auge trocken. Sie können das Leben vieler Ihrer Männer retten, wenn Sie Kellerman anrufen und ihn zur Aufgabe überreden. Die Hoffnung, freigelassen zu werden, können Sie begraben.«

Ich nahm mein Handy aus der Tasche und hielt es Douglas hin. »Rufen Sie Kellerman an. Ihre Sache ist verloren. Wahrscheinlich umstellen unsere Leute schon den Bau. Sie können sinnloses Blutvergießen verhindern – es wäre das Blut Ihrer Leute, das vergossen wird.«

Einen Moment lang schien sich Douglas nicht entscheiden zu können. Dann schüttelte er den Kopf. »Nein. Wir ziehen die Sache durch. Es gibt nur zwei Alternativen: Entweder ich komme frei und werde in den Jemen ausgeflogen, oder die Geiseln sterben.« Sein Gesicht hatte sich verzerrt und war nur noch eine Grimasse der Besessenheit. Er riss mir das Telefon aus der Hand, tippte eine Nummer und hielt den Apparat vor sein Gesicht. Dann presste er heiser hervor: »Kellerman, hier spricht Jack Douglas. Ihr macht weiter! Hören Sie! Ihr dürft jetzt so kurz vor dem Ziel auf keinen Fall aufgeben. Erschießt um 6 Uhr die erste Geisel.«

Mit einem Griff entwand ich Douglas das Telefon, unterbrach die Verbindung und sagte triumphierend: »Vielen Dank, Douglas.«

Der Verbrecher starrte mich an. Der Schimmer des Begreifens huschte über sein Gesicht. Ein herber Ausdruck kerbte sich in seine Mundwinkel. Er begriff, dass er einen schwerwiegenden Fehler begangen hatte.

Ich drückte die Wahlwiederholungstaste. Mein Stoßgebet war erhört worden. Die Nummer eines Festnetzanschlusses erschien auf dem Display. »Schreib auf, Phil«, sagte ich, und mein Kollege zückte sein kleines Notizbuch …

Kapitel 9

Versonnen hielt Robert Kellerman den Telefonhörer in der Hand. Er schien den Worten hinterherzulauschen. Dann sagte er: »Douglas, sind Sie noch da?«

Er erhielt keine Antwort. Das Misstrauen in ihm flackerte hoch. Warum war das Gespräch so abrupt unterbrochen worden? Plötzlich blitzte es in seinen Augen auf. »Elender Dummkopf!«, murmelte er und knallte den Hörer auf den Apparat. Einige Uniformierte beobachteten ihn. »Wir müssen von hier verschwinden!«, stieß Kellerman hervor. »Holt die Geiseln aus dem Keller, schnell, schnell. Ich schätze, dass innerhalb der nächsten Viertelstunde Hubschrauber der Avitation Unit auftauchen. Dann müssen wir fort sein.«

In die Kerle geriet Leben.

Einige rannten in den Keller hinunter. Die Tür zu dem Verlies wurde aufgeschlossen. »Raus mit euch!«, knirschte einer und zielte mit der Pistole auf Hank Hogan. Den vier Geiseln blieb die fieberhafte Hektik, die von den Gangstern ausging, nicht verborgen.

Die Uniformierten bugsierten High, Hank Hogan, Sam Frederick und Nora McCorey zur Tür hinaus und die Treppe hinauf. Oben empfing sie Kellerman. »Hinaus mit ihnen auf den Lastwagen, und dann nichts wie fort.«

Sie wurden ins Freie gestoßen, der Motor des Lastwagens lief. Die vier Geiseln mussten aufsteigen, die Uniformierten folgten ihnen auf die Ladefläche. Dann fuhr der Lastwagen an.

»Es ist eine Adresse in Bedford Hills«, sagte Zeery. »Lane Road. Ich verständige das Police Department und das Revier in Bedford Hills.«

Steve rief Jerry an. »Bedford Hills, Nummer 1 Lane Road«, sagte er. »Zeery alarmiert das Police Department. Sie sollen sofort ihre Hubschrauber losschicken.«

»Die Stadt liegt am Interstate Highway 684, nicht wahr?«

»Ja.«

»Wir fahren jetzt nach Manhattan zurück. Halte uns auf dem Laufenden.«

»Mach ich«, sagte Steve, dann legte er auf.

Zeery sagte: »In Ordnung. Jeder verfügbare Polizist in Bedford Hills wird zur Lane Road beordert. Ein SWAT-Team wird mobilisiert. Die Hubschrauber sind schon auf dem Weg.«

»Uns bleibt nur, abzuwarten«, murmelte Steve und schaute auf die Uhr. »In zwei Stunden läuft das Ultimatum ab.«

Um 4 Uhr 25 klingelte mein Handy. Wir befanden uns auf dem Northern Boulevard, der zur Queensboro Bridge führte. Auf ihr wollten wir den East River überqueren. Phil ging auf Empfang und meldete sich. Es war Steve. Er sagte: »Es handelt sich um ein einzelnstehendes Haus in der Lane Road. Als unsere Leute dort ankamen, waren die Gangster ausgeflogen.«

»Verdammt«, entrang es sich mir. »Kellerman hat Lunte gerochen und die richtigen Schlüsse gezogen.«

»Sie sind spurlos verschwunden«, murmelte Steve. »Und wir haben nur noch anderthalb Stunden Zeit.«

»Hast du den Krisenstab informiert?«, fragte ich.

»Ja.«

»Was sagen die Gentlemen?«, fragte ich mit sarkastischem Unterton in der Stimme.

»Sie haben es zur Kenntnis genommen, ohne einen Kommentar abzugeben. Zur Hölle, Jerry, in anderthalb Stunden erschießen sie Mister High oder Hank, und wir sind machtlos.«

»Kellerman wird sich vor Ablauf des Ultimatums melden«, sagte ich. »Es wird ernst. Du musst noch einmal mit Hywood sprechen, Steve. Es kann nicht sein, dass man den Tod von vier Menschen billigend in Kauf nimmt. Versuch noch einmal die Entscheidung zu beeinflussen.«

»Ich werde nichts unversucht lassen«, erklärte Steve.

Wir erreichten die Brücke und fuhren darüber hinweg. In Manhattan wandte ich mich nach Norden.

»Das ist die falsche Richtung«, bemerkte Phil.

»Wir fahren nach Pleasantville«, sagte ich.

»Denkst du, dass die Gangster auf die Farm geflohen sind?«

»Ich weiß es nicht. Aber allzu viele Möglichkeiten haben sie nicht. Es gibt drei Stützpunkte rund um New York, die wir kennen. Larchmont, Pound Ridge und Pleasantville. Wir müssen es einfach versuchen.«

»Wir sollten Steve Bescheid sagen.«

»Mach das«, sagte ich. »Und ruf das Sheriff's Büro in Larchmont an, dass sie eine Patrouille zu der Farm schicken. Wenn sich dort jemand aufhält, soll man uns informieren.«

Phil nahm mit Steve Verbindung auf. Ich schaltete die Sirene ein. Es ging jetzt um Minuten. Mit Vollgas brauste ich nach Norden. Die Straßen waren – abgesehen von einzelnen Fahrzeugen – leer. Nichts behinderte uns.

Die Dunkelheit lichtete sich. Wir hatten Manhattan hinter

uns gelassen und jagten auf dem Highway 287 nach Norden. Pleasantville liegt im Westchester County. Dass die Gangster zu der Farm geflohen waren, war meine vorletzte Hoffnung. Die letzte war, dass der Krisenstab die Forderung der Verbrecher erfüllte. Aber daran glaubte ich nicht.

Ich spürte Verbitterung.

Es wurde hell, als wir in die Nähe der Farm kamen. Die Sirene hatte ich ausgeschaltet. An einem Waldrand stellte ich den Jaguar ab. Es war kurz nach 5 Uhr. Phil und ich machten uns zu Fuß auf den Weg. Dann lag die Farm vor uns. Im Hof stand ein Lastwagen. »Sie sind da«, presste ich hervor und eine Art Genugtuung stieg in mir hoch.

»Fordern wir Verstärkung an?«

»Ich weiß nicht, ob sie rechtzeitig eintrifft. Falls Sie Hubschrauber schicken, sind die Gangster gewarnt und sie erpressen uns mit der Drohung, die Geiseln zu erschießen. – Sag Steve Bescheid.«

Phil telefonierte. »Wir sind bei der Farm in Pleasantville, Steve«, hörte ich meinen Kollegen sagen. »Es sieht so aus, als befänden sich die Geiseln hier. Jerry will nicht, dass die Avitation Unit in Erscheinung tritt. Ein SWAT-Team wird kaum rechtzeitig eintreffen. Wir haben nur noch eine knappe Stunde Zeit.«

»Ihr könnt nicht auf eigene Faust agieren«, sagte Steve.

Ich mischte mich ein. »Hast du mit Hywood gesprochen?«

»Es ist noch keine endgültige Entscheidung gefallen.«

»Okay«, sagte ich. »Warten wir ab.«

Wir beobachteten weiterhin die Farm. Zwei Männer verließen das Wohnhaus, stiegen in den Laster und fuhren davon. Sie wandten sich nach Süden. Ich rief Steve an. »Ein Lastwagen hat die Farm verlassen. Zwei Kerle sitzen drin. Es handelt sich um ein ausrangiertes Militärfahrzeug. Sieht aus, als wäre es nach Manhattan unterwegs. Vielleicht könnt ihr es abfangen.«

»Der Krisenstab berät immer noch«, erklärte Steve. »Scheint ein zähes Ringen zu sein.«

»Ruf an, wenn ein Ergebnis vorliegt.«

Der Anruf erfolgte um 5 Uhr 45. Steve sagte: »Negativ. Kellerman hat angerufen. Der Krisenstab lehnt es ab, die Forderung zu erfüllen. Kellerman will um 6 Uhr Hank Hogan erschießen lassen.«

»Dann warten wir nicht länger«, sagte ich und unterbrach die Verbindung. An Phil gewandt sagte ich: »Du nimmst die Hintertür, ich gehe von vorn rein. Wir benutzen Blendgranaten.«

Wir liefen zum Jaguar und ich öffnete den Kofferraum. Aus dem Einsatzkoffer, der mit einer Reihe von Utensilien ausgestattet war, unter anderem zwei Maschinenpistolen, einigen Tränengaspatronen und einem halben Dutzend Blendgranaten, nahm jeder von uns zwei der Knallbonbons und schob sie in die Jackentaschen. Dann schnappten wir uns die MPs und ich schlug den Kofferraumdeckel zu.

Wir machten uns auf den Weg. Im Schutz eines Schuppens pirschten wir uns an die Farm heran. Als wir den Schuppen erreichten, trennten wir uns. Phil verschwand. Ich lief zur Giebelseite des Farmhauses und schmiegte mich eng an die Wand. Nachdem ich einmal durchgeatmet hatte, pirschte ich geduckt um die Ecke, schob mich an der Frontseite entlang und tauchte unter zwei Fenstern hinweg. Ich erreichte die Tür. Ein Blick auf die Uhr zeigte mir, dass es zwei Minuten vor 6 Uhr war. Mein Handy vibrierte. Es war Phil. Er sagte: »Ich bin bereit.«

»Okay«, murmelte ich. »Hals- und Beinbruch.«

Ich jagte einige Kugeln aus der MP ins Türschloss, ein

Tritt, und die Tür flog auf. Fünf Kerle befanden sich in der Halle. In einem Sessel saß Hank Hogan. Einer der Gangster zielte mit einer Pistole auf ihn. Ich feuerte. Der Bursche brach zusammen. Die anderen griffen nach den Pistolen, die sie in den Holstern an ihren Koppeln stecken hatten.

In dem Moment flog krachend die Hintertür auf. Phil jagte eine Salve in die Decke. Einer der Kerle griff trotzdem nach der Waffe. Ich schoss ihn von den Beinen. Rücksicht konnten wir hier nicht üben. »Hände weg von den Waffen!«, schrie Phil. Er hielt die MP an der Hüfte im Anschlag.

Hank erhob sich, machte einen Schritt nach vorn und bückte sich nach der Waffe, die dem Kerl entfallen war, den ich zuerst niederschoss.

Oben auf der Treppe erschien ein Uniformierter. Auch er war mit einer MP bewaffnet. Ehe er zum Schuss kam, mähte ich ihn mit einer Salve von den Beinen.

»Hände hoch!«

Jetzt rissen die anderen Kerle, die wie erstarrt dastanden, die Arme in die Höhe. Hank und Phil entwaffneten sie und hielten sie in Schach. »Wo ist Kellerman?«, fragte ich.

»Der hat vor einer Dreiviertelstunde die Farm verlassen«, sagte einer der Gangster.

Er war also einer der Kerle gewesen, die mit dem Laster von der Farm gefahren waren.

»Wo sind Mister High und die anderen Geiseln?«, fragte ich.

»Im Keller«, sagte Hank und wies auf eine Tür, die von der Halle abzweigte.

»Lasst die Kerle nicht aus den Augen«, wies ich Phil und Hank an, dann ging ich zu der Tür. Wenig später schloss ich die Tür zu dem Raum auf, in dem die drei Geiseln festgehalten wurden.

»Jerry!«, entfuhr es Mr High. »Sie sind also rechtzeitig gekommen.«

»Im letzten Moment«, versetzte ich. »Einer der Schufte hatte bereits die Waffe auf Hank angeschlagen.«

»Dem Himmel sei Dank.«

Kellerman war entkommen. Der Lastwagen stand verlassen in der Bronx.

Sam Frederick und Nora McCorey waren nervlich derart am Ende, dass man sie in ein Krankenhaus brachte, wo sie stationär behandelt wurden.

Mr High ließ es sich nicht nehmen, ins Field Office zu fahren. Auch Hank Hogan kam mit. Steve und Zeery gratulierten Phil und mir zu unserem Erfolg. Auch die anderen Kollegen, die Bereitschaft hatten, kamen. Das Händeschütteln wollte kein Ende nehmen. Der Krisenstab wurde aufgelöst. Hywood und der Leiter der Field Operation Section East ließen es sich nicht nehmen, ins Field Office zu kommen und uns ihre Anerkennung und ihren Respekt auszusprechen.

Endlich konnten wir an Schlaf denken. Joe Brandenburg und Les Bedell brachten Mr High nach Hause. Ich lud Phil an der Kreuzung aus, an der er jeden Morgen zustieg, damit wir gemeinsam zur Arbeit fuhren.

Phil beugte sich noch einmal in den Wagen. »Es hätte auch ins Auge gehen können, Jerry.«

»Ich glaube, wir hatten keine andere Wahl«, antwortete ich. »Entweder – oder. Der Erfolg hat uns recht gegeben.«

»Wir sollten dankbar dafür sein.«

Ich nickte. »Dennoch ist der Erfolg noch nicht perfekt. Ich will Kellerman. Erst wenn er hinter Schloss und Riegel sitzt, ist der Fall abgeschlossen.«

»Schade, dass wir nicht Douglas' Gesicht sehen konnten, als ihm eröffnet wurde, dass aus seinem Flug in den Jemen nichts wird.«

Ich grinste lahm. »Jason Wheeler wird nicht weniger betroffen aus der Wäsche geschaut haben.«

»Noch innerhalb der nächsten Stunden wird die Fahndung nach Kellerman anlaufen«, murmelte Phil. »Wir sehen uns. Ruf mich an, wenn du ausgeschlafen bist.«

»Das wird nicht vor heute Abend sein«, erwiderte ich.

»Dann sehen wir uns spätestens morgen Früh zur gewohnten Zeit«, sagte Phil, hob die Hand zum Gruß, warf die Tür zu und ging davon.

Ich fuhr nach Hause. Jetzt, da alles vorbei war, spürte ich die Erschöpfung bis tief in mein Innerstes. Ein Blick in den Rückspiegel sagte mir, dass die vergangenen Tage unübersehbare Spuren in meinem Gesicht hinterlassen hatten …

Carl Meachams Telefon läutete. Er schlug die Augen auf und schaute unwillkürlich auf die Uhr. Es war 10 Uhr 20. Im anderen Bett lag Meachams Geliebte. Meacham brummte etwas Unverständliches vor sich hin und erhob sich, ging ins Wohnzimmer und nahm das Telefon von der Ladestation. »Meacham.«

»Ich bin's, Kellerman.«

»Was willst du?«

»Du musst mir helfen.«

»Was ist los? Du klingst ziemlich aufgeregt. Warum muss ich dir helfen?«

»Wir haben versucht, Douglas freizupressen.«

»Wenn du sagst wir, dann meinst du euren Verein, die NMA. Ich habe die Sache mitverfolgt und hab mir schon gedacht, dass ihr dahintersteckt. Es ist wohl schiefgegangen, wie?«

»Ja. Die Geiseln wurden heute Morgen befreit. Hast du nicht die Nachrichten gehört? Sämtliche Sender brachten es. Ich konnte mich noch rechtzeitig absetzen. Nachdem wir aus dem Hauptquartier vertrieben worden waren, ahnte ich, dass es schiefgeht, und hab mich in Sicherheit gebracht.«

»Ich will mit deinen Machenschaften nichts zu tun haben.«

»Du möchtest wohl, dass ich den Bullen einen Tipp gebe, was in deinen Kneipen so abläuft?«

»Du willst mich erpressen?«

»Ich will, dass du mir hilfst.«

»Wie stellst du dir das vor?«

»Ich brauche eine neue Identität. Außerdem wirst du mir mit Geld aushelfen müssen. An mein Konto werde ich nicht rankommen. Ich muss meine Spur verwischen.«

»Wo befindest du dich?«

»In der Wohnung über der Lounge.«

»Ich hätte nie zulassen dürfen, dass ihr die Lounge zu eurer Stammkneipe macht. Aber du hast mir immer versichert, dass eure Ziele harmlos sind. Wie hast du dir meine Hilfe vorgestellt?«

»Du versteckst mich und beschaffst mir neue Papiere. Sobald ich sie habe, verschwinde ich aus New York. Ich werde nach Boston gehen und mich dort der ›Nationalen Front‹ anschließen. Der Kampf geht weiter. Wheeler ist außer Gefecht gesetzt worden. Ich werde in Boston seine Stelle übernehmen.«

»Du bist krank.«

»Genug geredet, Cousin. Hilfst du mir?«

»Mir wird wohl nichts anderes übrig bleiben.«

»Gut, dass du es einsiehst.«

»Bleib in der Wohnung. Ich lasse dich abholen.«

»Noch etwas.«

»Was noch?«

»Einer unserer Feinde hat sich im Kampf gegen uns besonders hervorgetan. Sein Name ist Hank Hogan. Er ist Privatdetektiv.«

»Nie gehört.«

»Ich will, dass er erledigt wird.«

»Darum musst du dich schon selber kümmern, Cousin. Mord ist nicht mein Ding. Ich helfe dir, aber ich lasse mich nicht vor deinen und den Karren der NMA spannen.«

»Wir reden drüber, sobald wir uns treffen. Wohin lässt du mich bringen?«

»Ich besitze ein Haus in Staten Island. Dort findest du einige Zeit Unterschlupf. – Eine Bedingung: Du wirst dich, solange du dich dort aufhältst, vor rechtsradikalen Aktivitäten zurückhalten. Ich will keinen von deinen Freunden dort erleben. Wenn du dich an irgendjemand rächen willst, dann ohne mich.«

»Ich habe dich in der Hand.«

»Alles hat seine Grenzen.«

Sie beendeten das Gespräch.

Meacham tippte eine Nummer. Als sich jemand meldete, sagte er: »In der Wohnung über der Lounge befindet sich Bob Kellerman. Ich will, dass er verschwindet – für alle Zeiten.«

»Den Namen Kellerman habe ich in den Nachrichten gehört.«

»Ja. Im Moment ist er wahrscheinlich einer der meistgesuchten Männer in New York. Lass ihn verschwinden.«

»In Ordnung. Ich werde die Fische im East River mit seinem Kadaver füttern.«

»Genauso habe ich es gemeint«, murmelte Meacham.

Es klopfte. Robert Kellerman ging zur Tür und fragte: »Wer ist draußen?«

»Lorne Russel. Mich schickt Meacham.«

Kellerman öffnete. Russel betrat die Wohnung.

»Ich soll dich nach Staten Island bringen«, sagte Russel. »Bist du fertig.«

»Ich muss nur meine Jacke anziehen.« Kellerman angelte sich das Kleidungsstück von der Garderobe und schlüpfte hinein. Dann verließen sie die Wohnung. Russel hatte den Lincoln im Hof geparkt. Sie setzten sich hinein. »Wir nehmen den Weg über Brooklyn«, gab Russel zu verstehen.

»Ich hoffe, Meacham zieht kein falsches Spiel mit mir ab«, knurrte Kellerman.

Darauf gab Russel keine Antwort. Er ließ den Motor an, stieß rückwärts aus der Einfahrt, auf der Clinton Street wandte er sich in Richtung Manhattan Bridge. Sie gelangten nach Brooklyn und fuhren nach Süden. Sie benutzten den Interstate Highway 278. Ehe sie die Verrazano Narrows Bridge erreichten, bog Russel in den Dyker Beach Park ab.

»He, was soll das?«, fragte Kellerman misstrauisch. »Warum verlässt du den Highway?«

Russel zog – ohne Antwort zu geben – eine Pistole unter der Jacke hervor und richtete sie auf Kellerman. »Hast du wirklich geglaubt, Meacham lässt sich von dir erpressen?«

Kellerman wechselte die Farbe.

Russel lenkte den Wagen mit der Linken. Da es sich um

ein Automatikgetriebe handelte, brauchte er keine Hand, um zu schalten. Die Mündung der Pistole starrte Kellerman an. Russel hielt an. »Steig aus, Kellerman.«

Kellerman griff mit der rechten Hand nach dem Türgriff und öffnete die Tür. Er wusste, dass Russel schießen würde, sobald er aus dem Auto gestiegen war. Alles in ihm verkrampfte sich. Und er setzte alles auf eine Karte. Urplötzlich ließ er sich nach draußen kippen. Russels Kugel pfiff über ihn hinweg. Als er am Boden landete, hatte er die Pistole in der Hand. Er kroch zur Seite.

Russel sprang aus dem Wagen und rannte auf die andere Seite, um Kellerman den Fangschuss zu geben. Er lief genau in Kellermans Kugel hinein. Wie vom Blitz getroffen brach er zusammen. Die Detonation verhallte im Park. Russel stöhnte.

Kellerman steckte die Pistole in den Hosenbund, packte Russel unter den Achseln und schleppte ihn zwischen die Büsche. Dann kehrte er zurück, hob die Pistole auf und schleuderte sie ins Strauchwerk. Schließlich setzte er sich ans Steuer und fuhr davon.

Nach dem zweiten Klingelton hob Meacham den Hörer vom Apparat und meldete sich. »Du elender Hurensohn!«, erklang es.

Meachams Miene verschloss sich. »Bist du es, Bob?«

»Ja. Ich werde dich umbringen.«

»Hör zu, Bob. Ich …«

»Du hast mir einen Killer auf den Hals geschickt. Er sollte mich kaltmachen. Dafür ziehe ich dich zur Rechenschaft. Fang an zu beten, Carl.«

Meacham legte auf. Dann nahm er sein Handy, das auf dem Tisch lag, holte eine eingespeicherte Nummer aus dem elektronischen Telefonbuch und stellte eine Verbindung her. Es war Russels Nummer, die er anrief. Niemand nahm das Gespräch entgegen. Meacham zog die Unterlippe zwischen die Zähne und kaute darauf herum. Dann holte er eine Visitenkarte aus einer Schublade und tippte die Nummer, die auf dem Kärtchen angegeben war.

»Special Agent Winter, FBI New York«, ertönte es.

»Ich möchte Cotton sprechen.«

»Wer möchte Cotton sprechen?«

»Oh, entschuldigen Sie. Mein Name ist Carl Meacham. Es geht um ›The Avenger‹. Ich weiß nicht, ob Ihnen der Name etwas sagt, aber ...«

»Ich weiß Bescheid. Special Agent Cotton hat den Rest des Tages dienstfrei.«

»Geben Sie mir seine Privatnummer.«

»Ist es denn so wichtig? ›The Avenger‹ ist doch aus dem Verkehr gezogen.«

»Er hat sich wieder bei mir gemeldet und mir mit dem Tod gedroht.«

Agent Floyd Winter dachte nicht lange nach, dann suchte er Jerry Cottons Privatnummer heraus und diktierte sie Meacham.

Ich hatte das Gefühl, von den Toten zu erwachen. Aber meine überreizten Sinne hatten mir nichts vorgegaukelt. Mein Telefon läutete wirklich. Ich schleuderte die Bettdecke von mir, stand auf und schnappte mir den Hörer. »Cotton.«

»Entschuldigen Sie die Störung, Special Agent«, sagte eine Stimme, die mir bekannt vorkam. »Aber es ist wichtig. Es geht um Leben oder Tod.«

»Wer spricht da?«

»Carl Meacham.«

»Was gibt es, Mister Meacham?«

»›The Avenger‹ hat sich bei mir gemeldet und gedroht, mich zu töten.«

Ich stand da wie vom Donner gerührt. »›The Avenger‹«, wiederholte ich ungläubig. »Das war ein Deckname. Dahinter verbarg sich Burt Sawyer. Er befindet sich in Rikers Island.«

»Soeben erhielt ich den Drohanruf, Cotton. Sie müssen mich beschützen.«

»Wo befinden Sie sich, Mister Meacham?«

»In meiner Wohnung in der 19th Street. Verdammt, Cotton, ich fürchte um mein Leben.«

»Nur keine Panik«, versuchte ich, Meacham zu beruhigen. »Ich bin in spätestens einer Stunde bei Ihnen. Öffnen Sie niemandem die Tür.«

Ich legte auf. Meine Gedanken rotierten. Burt Sawyer hatte zugegeben, unter dem Namen ›The Avenger‹ agiert zu haben, um Meacham aus dem Geschäft zu drängen. Wer trat plötzlich unter diesem Namen auf?

Ich hatte noch lange nicht ausgeschlafen. Ein Blick auf die Uhr sagte mir, dass es halb ein Uhr war. Herzhaft gähnend trat ich den Weg unter die Dusche an. Während das warme Wasser über mich brauste, überlegte ich, ob ich Phil anrufen und mobilisieren sollte. Ich verzichtete darauf. Der Kollege sollte ruhig ausschlafen.

Nachdem ich mit abfrottiert hatte, schlüpfte ich in frische Kleidung. Dann wählte ich die Nummer des Field Office. Da Mr High und Steve Dillaggio den Rest des Tages ebenfalls freigenommen hatten, rief ich den Chef vom Dienst an. Gleich darauf hatte ich Floyd Winter an der Strippe. »Hier ist Cotton«, sagte ich. »Ich fahre in die 19th Street zu Carl Meacham. Er wird wieder bedroht.«

»Ich habe ihm deine private Telefonnummer gegeben, Jerry. Er sprach von ›The Avenger‹. Ich dachte ...«

»Schon gut, Floyd. Sind irgendwelche Meldungen bezüglich der Fahndung nach Kellerman eingegangen?«

»Man hat in dem Lastwagen die Prints eines Burschen namens Max Carter festgestellt. Ich habe den Burschen verhaften lassen. Er hat zugegeben, Kellerman von der Farm in Pleasantville bis in die Bronx chauffiert zu haben. In der Bronx sei Kellerman ausgestiegen. Carter bekam kalte Füße, stellte den Lastwagen ab und fuhr mit der U-Bahn nach Hause. Ich habe seine Überführung nach Rikers Island in die Wege geleitet.«

»Ist das alles?«

»Was Hinweise auf Kellerman anbetrifft – ja.«

»Danke, Floyd.«

Ich verließ meine Wohnung, fuhr hinunter in die Tiefgarage und setzte mich in den Jaguar. Noch immer fühlte ich mich wie betäubt. Mir fehlten einfach einige Stunden Schlaf. Der Körper verlangte sein Recht.

In der 19th Street fand ich einen Parkplatz, rangierte den Jaguar hinein und stieg aus. Der Aufzug trug mich in die vierzehnte Etage des Gebäudes Nummer 89. Ich läutete an Meachams Tür. »Wer ist draußen?«, ertönte es aus dem Lautsprecher der Gegensprechanlage.

»Cotton.« Ich stellte mich so vor den Spion, dass Meacham mein Gesicht sehen konnte. Die Tür ging auf. Ich ging an Meacham vorbei in die Wohnung. Auf der Couch saß Meachams Geliebte. Sie schaute mich an, als versuchte sie in meinem Gesicht zu lesen und meine geheimsten Gedanken zu ergründen.

»Was genau sprach ›The Avenger‹?«, fragte ich Meacham.

»Ich solle mich nicht zu früh freuen. Er, ›The Avenger‹, sei aktiv. Ich solle zu beten beginnen.«

Ich überlegte kurz, dann rief ich beim Police Department an und bat, ein Streifenfahrzeug mit zwei Mann Besatzung in die Neunzehnte zu schicken. Mit knappen Worten erklärte ich, worum es ging. Eine Viertelstunde später läutete es. Zwei Polizisten standen vor der Tür. Ich bat sie, die Wohnung im Auge zu behalten, dann fuhr ich nach Rikers Island, wo ich Burt Sawyer vorführen ließ. Er musterte mich gehässig. Nichts mehr erinnerte an das Häufchen Elend, das sich im Schlafzimmerschrank versteckt hatte und mich ängstlich anstarrte, als ich die Tür öffnete. Sawyer vermittelte Trotz und kalte Reserviertheit.

»Jemand scheint in Ihre Fußstapfen getreten zu sein«, begann ich.

»Wie meinen Sie das?«

»›The Avenger‹ hat Meacham angerufen.«

»›The Avenger‹ gibt es nicht«, antwortete Sawyer. »Ich habe den Namen benutzt, um Meacham mürbe zu machen, damit er die Segel streicht und mir seine Domäne überlässt.«

»Sie können sich also nicht denken, wer den Namen benutzt?«

»Ich habe nicht den Hauch einer Ahnung. Jemand ist wohl auf den Zug aufgesprungen, den ich ins Rollen brachte. Es gibt sicher eine Reihe von Leuten, die Meacham an die Kehle wollen.«

»Kann es sein, dass jemand versucht, an Ihre Stelle zu treten?«

»Das schließe ich natürlich nicht aus. Vielleicht hat sich ein anderer in den Sinn gesetzt, Meacham aus dem Geschäft zu drängen. Haben Sie sich eigentlich schon mal um seine Lasterhöhlen gekümmert? Meacham schickt wohl an die zwanzig Weiber auf den Strich. Sicher sind auch eine Reihe von illegalen Einwanderinnen darunter. Warum darf er ungestraft gegen die Gesetze verstoßen?«

»Man wird ihm zu gegebener Zeit eine Rechnung präsentieren«, versetzte ich. »Sie sind Besitzer der ›Red Lions Bar‹ und des ›White Tiger Club‹, nicht wahr?«

»Richtig. Warum fragen Sie?«

»Vielleicht macht einer Ihrer Geschäftsführer dort weiter, wo wir Sie gezwungen haben, aufzuhören.«

»Ich weiß es nicht«, sagte Sawyer achselzuckend. »Fragen Sie die beiden.«

»Sie werden es mir wohl kaum auf die Nase binden, wenn es so sein sollte«, knurrte ich.

Am folgenden Morgen fanden wir uns um kurz nach 8 Uhr im Büro von Mr High ein. Bevor ich zur Arbeit fuhr, hatte ich bei Meacham angerufen. Er war wohlauf. ›The Avenger‹ hatte sich nicht mehr bei ihm gemeldet. Zwei Polizisten wachten vor seiner Tür.

Der Chef bedankte sich noch einmal bei uns allen dafür, dass wir in unserem Bemühen nicht geruht hatten, ihn und die anderen Geiseln aus der Gewalt der NMA zu befreien.

»Wir sollten in ›Jimmy's Lounge‹ eine Razzia durchführen«, schlug Phil vor. »Den Mitgliedern und Sympathisanten der NMA muss unsere Präsenz vor Augen geführt werden. Wenn wir die Kerle als Angehörige einer kriminellen Vereinigung anzeigen, hat das sicher einen präventiven Zweck. Wir machen klar, dass wir rechtsradikale Strömungen nicht auf die leichte Schulter nehmen und ihnen entgegentreten.«

»Ja«, pflichtete ich bei. »Vielleicht hat Kellerman mit dem einen oder anderen der Kerle Verbindung aufgenommen. Wem gehört eigentlich ›Jimmy's Lounge‹?«

»Das kann ich mit einem Telefonanruf klären«, antwortete Phil.

Noch einmal ließ der AD seine Stimme erklingen: »Sie haben der rechtsextremen Szene New Yorks einen nachhaltigen Schlag versetzt, Special Agents. Phil hat recht. Wir müssen uns auch den kleinen Fischen widmen. Sie können wachsen und groß werden. Wehret den Anfängen. Zerschlagen Sie die NMA – versetzen Sie ihr den Todesstoß. Sicher, den Rechtsextremismus können wir nicht ausmerzen. Aber wir können eine wichtige Schlacht gewinnen.«

Das Telefon des AD läutete. Er hob ab, nannte seinen Namen, lauschte und hielt mir den Hörer her. »Für Sie, Jerry.«

Es war Ed Schulz. Er sagte: »Gestern Mittag wurde im Dyker Beach Park in Brooklyn die Leiche eines Mannes gefunden. Er heißt Lorne Russel. Er kam noch am Nachmittag auf den Seziertisch. Jetzt halt dich fest, Jerry: Die Kugel, die der Pathologe aus seinem Körper schnitt, weist dieselben Spezifikationen auf wie das Geschoss, mit dem Henry Cavendish getötet wurde.«

»Kellerman!«, entrang es sich mir.

Ed Schulz schwieg bedeutungsvoll.

»Weiß man, wo Russel wohnte?«

»321 East 95th Street.«

»Wurden schon irgendwelche Ermittlungen durchgeführt?«

»Nein. Mir ist der Bericht des Ballistikers erst heute Morgen auf den Tisch geflattert.«

»In Ordnung, Ed. Phil und ich fahren in die Fünfundneunzigste und hören uns dort ein wenig um.«

»Noch etwas. Am Tatort wurde auch eine Pistole gefunden. An ihr wurden Russels Fingerabdrücke festgestellt. Aus der Waffe wurde ein Schuss abgegeben.«

»Das lässt darauf schließen, dass es eine Schießerei gab«, sagte ich.

»Sieht ganz so aus. Melde dich, wenn du etwas in Erfahrung bringst, Jerry.«

»Ehrensache.«

Ich klärte Mr High und die anderen Agents, die sich im Raum befanden, auf, dann verließen Phil und ich die Runde. Von unserem Büro aus telefonierte Phil. Es dauerte nicht lange, dann legte er auf und sagte: »Besitzer von ›Jimmy's Lounge‹ ist Carl Meacham.«

Sekundenlang starrte ich Phil ungläubig an, dann entrang es sich mir: »Gibt es da eine Verbindung? NMA – ›Jimmy's Lounge‹ – Robert Kellerman – Carl Meacham.«

»Sie ist nicht auszuschließen«, antwortete Phil. »Die Frage ist nun, welche Rolle gegebenenfalls dieser Lorne Russel spielte.«

»Fahren wir in die Fünfundneunzigste.«

Wir verließen unser Büro und schritten zum Aufzug ...

Kapitel 10

Die Wohnung lag in der vierten Etage. An die Tür war nur ein Computeretikett mit dem Namen L. Russel geklebt. Phil läutete. In der Wohnung rührte sich nichts. Ich klingelte bei einem Nachbarn. Es war ein alter Mann, der die Tür öffnete. Fragend schaute er mich an. Ich erklärte, wer wir waren, dann fragte ich: »Lebt Russel alleine hier?«

Der Mann nickte. »Seine Freundin ist vor einigen Wochen ausgezogen. Sie hat es mit Russel wohl nicht mehr ausgehalten. Er war ziemlich gewalttätig.«

»Ging Russel einer Beschäftigung nach?«

»Ich glaube, er arbeitete als Türsteher. Tagsüber schlief er jedenfalls die meiste Zeit. Bei wem er angestellt war, kann ich Ihnen nicht sagen.«

»Kennen Sie den Namen der Freundin?«

»Alice Brown.«

»Haben Sie eine Ahnung, wo sie jetzt wohnt?«

Der alte Mann zog den Mund schief. »Nein. Aber ich weiß, wo sie arbeitet. Es ist eine Chipfabrik in Queens, Comtech Ltd. Ich glaube, die Firma befindet sich in Middle Village.«

»Das herauszufinden dürfte das geringste Problem sein«, sagte ich, dann bedankte ich mich und wir verabschiedeten uns.

Die Comtech Ltd. hatte ihren Sitz in der Furmanville Avenue. Alice Brown wurde von ihrem Arbeitsplatz weggerufen. Für ihre Vernehmung hatte man uns ein leeres Büro zur Verfügung gestellt. Sie fixierte uns verunsichert.

»Wir haben einige Fragen, Lorne Russel betreffend«, begann ich.

»Ich habe mich vor sechs Wochen von ihm getrennt«, erwiderte Alice Brown.

»Das wissen wir.«

»Was ist mit Lorne?«

»Er ist tot.«

Fassungslos starrte mich die junge Frau an. »Er – ist – tot?«, stammelte sie dann. »Aber – aber er war doch kerngesund.«

»Er wurde ermordet.«

»Großer Gott.« Alice Brown strich sich mit fahriger Geste über das Gesicht. »Warum? Hat man den Täter erwischt?«

»Deswegen sind wir hier. Hatte Russel Kontakt zur rechtsextremen Szene?«

Alice Brown musste nicht lange nachdenken. Sie schüttelte den Kopf. »Nein. Natürlich weiß ich nicht, welche Kontakte er in den vergangenen sechs Wochen geknüpft hat. Ich habe die Verbindung zu ihm abgebrochen.«

»Welcher Beschäftigung ging Russel nach?«

»Er war Türsteher im ›Club 24‹.«

Ich wechselte mit Phil einen schnellen Blick. Phil stieß hervor: »Gehört der Club nicht Carl Meacham?«

»Richtig«, sagte Alice Brown. »Für Meacham arbeitete Lorne.«

Als wir wieder auf dem Weg nach Manhattan waren, sagte Phil: »Irgendwo beißt sich hier die Katze in den Schwanz.«

»Ich komme auch zu keinem Ergebnis. Der Mord an Russel passt in das Schema der Morde an Warren Banks, Richard Weston, Price Swanson und Mort Wesley. Aber für diese Morde zeichnet Burt Sawyer verantwortlich. Aus welchem Grund sollte Kellerman in die Fußstapfen von ›The Avenger‹ getreten sein?«

»›The Avenger‹ gab es nicht und gibt es nicht«, murmelte Phil. »Das ist Fakt. Darum ist auch Kellerman nicht in diese Fußstapfen getreten. Der Mord an Russel hat einen anderen Hintergrund.«

»Aber Meacham dürfte dabei eine Rolle spielen«, sagte ich.

»Knöpfen wir uns den Burschen noch einmal vor.«

»Ja«, pflichtete ich bei. »Fahren wir in die Neunzehnte.«

Meacham bat uns in die Wohnung. In seinem Gesicht nahm ich Unruhe wahr. Er vermied es, einen von uns länger anzusehen. Er forderte uns auf, Platz zu nehmen, und auch er setzte sich. Er knetete seine Hände.

»Einer Ihrer Angestellten wurde ermordet«, eröffnete ich das Gespräch und ließ dabei Meacham nicht aus den Augen.

»›The Avenger‹!«, presste er hervor.

»Sie fragen gar nicht, um welchen Ihrer Angestellten es sich handelt«, mischte sich Phil ein.

»Ich beschäftige viele Leute. Ich – ich denke, der Name spielt auch keine große Rolle. Fakt ist, dass ›The Avenger‹ wieder zugeschlagen hat. Und ich dachte, der Fall ist gelöst.«

»Wir wissen, wer Russel erschossen hat«, sagte ich.

»Sie – Sie kennen den Mörder?«

»Er heißt Kellerman. Robert Kellerman ist einer der führenden Köpfe der NMA. Stammlokal dieser rechtsextremistischen Gruppierung ist ›Jimmy's Lounge‹. Besitzer dieses Etablissments sind Sie, Meacham. Wir nehmen an, dass es eine Verbindung zwischen Ihnen und Kellerman gibt. Gehören Sie der rechtsextremen Szene New Yorks an?«

Meine letzte Frage stellte ich mit scharfem, zwingendem Tonfall.

»Nein. Damit hab ich nichts am Hut. Heißt das, dass es sich bei Kellerman um ›The Avenger‹ handelt?«

»›The Avenger‹ versetzten wir mit Sawyers Verhaftung den Todesstoß«, erklärte Phil.

»Aber …«

»Sagen Sie uns die Wahrheit, Meacham«, forderte ich. »Was wird hier gespielt?«

»Sie kennen die Wahrheit.«

Wir starrten Meacham an. Er fühlte sich nicht wohl in seiner Haut. Das verriet jeder Zug seines Gesichts. Aber er blieb dabei. »Der Anrufer hat sich als ›The Avenger‹ ausgegeben. Sie müssen mich vor ihm beschützen.«

»Was stimmt da nicht?«, fragte Phil, als wir in Richtung Federal Plaza unterwegs waren.

»Auf diese Frage muss ich dir die Antwort schuldig bleiben«, erwiderte ich. »Alles, was ich dir bieten kann, sind Spekulationen.«

»Lass hören.«

»Kellerman hat sich hilfesuchend an Meacham gewandt. Dieser schickt Russel los mit dem Auftrag, Kellerman zum Schweigen zu bringen. Russel fährt mit Kellerman in den Park, es kommt zu einer Schießerei zwischen den beiden, bei der Russel den Kürzeren zieht. Daraufhin meldet sich Kellerman bei Meacham und bedroht ihn.«

»Und Meacham spannt uns vor seinen Karren, damit wir ihn vor Kellerman schützen. Er gaukelt uns die Story von ›The Avenger‹ vor.«

»Diese Theorie setzt eine Verbindung zwischen Meacham und Kellerman voraus«, sagte ich. »Auf diese Verbindung lässt die Tatsache schließen, dass die NMA ›Jimmy's Lounge‹ zu ihrem Stammlokal auserkoren hat.«

»Wir sollten den Laden hochnehmen.«

»Den Vorschlag hast du heute schon einmal gemacht«, sagte ich, »und Mr High war deiner Meinung. Wir sollten keine unnötige Zeit verstreichen lassen. Noch ist die NMA angeschlagen, und wir dürfen nicht warten, bis sie sich erholt hat.«

»Also heute Abend«, murmelte Phil.

Zurück im Field Office trafen wir die nötigen Vorbereitungen. Vom Police Department erhielten wir Unterstützung. Ich telefonierte auch mit Hank Hogan und berichtete ihm von dem Mord an Lorne Russel. »Es ist nicht auszuschließen«, sagte ich, »dass Kellerman Amok läuft. Er weiß, wer du bist. Vielleicht versucht er sich an dir zu rächen, weil du an seiner und der Demontage der NMA mitgearbeitet hast.«

»Ich werde auf der Hut sein«, versicherte Hank.

»Ist in der Zeit, in der du als Howard Henderson in ›Jimmy's Lounge‹ agiert hast, Meacham in irgendeiner Weise in Erscheinung getreten? Meacham ist der Inhaber der Kneipe.«

»Nein. Den habe ich nicht kennengelernt.«

»Okay, Hank. Gib auf dich Acht.«

»Mach ich.«

Wir beendeten das Gespräch. Kaum, dass ich aufgelegt hatte, läutete mein Telefon. Es war Ed Schulz, der sagte: »Lorne Russels Auto wurde in der 147th Street entdeckt. Kellerman dürfte sich also wieder in Manhattan befinden. Da er sich nicht abgesetzt hat, gehe ich davon aus, dass er irgendetwas erledigen will, ehe er verschwindet.«

»Er will Carl Meacham umbringen«, erklärte ich.

»Wie seid ihr zu dieser Erkenntnis gekommen?«

Ich erzählte es Ed Schulz. Als ich geendet hatte, sagte er: »Meacham steht also unter Polizeischutz. Wenn sich Kellerman an ihn heranwagt, läuft er unseren Leuten in die Hände. Meacham dürfte eine Menge Dreck am Stecken haben. Vielleicht sollte man in seinen anderen Etablissements auch mal 'ne Razzia abhalten. Möglicherweise ergäben sich Anhaltspunkte, die es ermöglichen, einen weiteren Gangster aus dem Verkehr zu ziehen.«

»Kellerman zu schnappen hat Priorität«, versetzte ich. »Er hat auch Cavendish auf dem Gewissen. Und er hätte sich nicht gescheut, Mister High und die anderen Geiseln hinzurichten, um seinen Willen durchzusetzen. Er hat den Kampf gegen den Rechtsstaat und die verfassungsmäßige Ordnung zu seiner Lebensaufgabe gemacht. Er ist ein Furunkel im Angesicht der Erde, ihm muss das Handwerk gelegt werden.«

»Legt es ihm, Jerry.«

»Wir tun alles, was in unserer Macht steht.«

Um Punkt 22 Uhr gab ich den Befehl, ›Jimmy's Lounge‹ zu besetzen. Beamte des Police Departments drangen durch die beiden Eingänge in den Gastraum vor, das Treppenhaus wurde besetzt, die Gäste wurden aufgefordert, auf ihren Plätzen zu bleiben und ihre Ausweispapiere bereitzuhalten.

Es gab immer noch eine Reihe von Kerlen, die Tarnanzüge trugen und die aufgrund ihres Outfits als Angehörige der NMA zu erkennen waren. Sie wurden ausgesondert.

Phil und ich hatten in der Zwischenzeit das Lokal betreten. Ich wandte mich an den Keeper. »Sie gehören nicht zur Szene, nicht wahr?« Das wusste ich von Hank Hogan.

»Nein. Ich hab mich von diesen Spinnern noch nicht anstecken lassen.«

»Sie können uns sicher sagen, wer von denen, die zivil gekleidet sind, dazugehört.«

»Natürlich. Oben in der Wohnung befinden sich auch noch welche von den Kerlen. In der Wohnung haben sie immer irgendwelche Besprechungen abgehalten.«

»Hat an diesen Besprechungen Kellerman teilgenommen?«

»Meistens.«

»Wem gehört die Wohnung?«

»Meacham. Bevor ›Jimmy's Lounge‹ Stammkneipe der NMA wurde, haben dort oben ein paar Nutten angeschafft.«

Einer der Beamten kam heran. »Wir haben alles im Griff«, sagte er.

»Der Keeper wird Ihnen die Leute zeigen, die ebenfalls zur NMA gehören«, erklärte ich. »Lassen Sie den ganzen Haufen ins Department transportieren. Ich will wissen, ob Robert Kellerman mit dem einen oder anderen von ihnen Kontakt aufgenommen hat.«

»In Ordnung«, sagte der Kollege. »Ich werde einige Fahrzeuge anfordern.«

Phil und ich verließen den Gastraum durch den Hinterausgang und stiegen die Treppe empor. Oben läutete ich an der Wohnungstür. In der Wohnung blieb es still. Ich wies einen der Beamten, die das Treppenhaus besetzt hatten, an, die Tür aufzubrechen. Der Mann fackelte nicht lange. Die Tür flog auf und der Beamte sprang sofort zur Seite.

In der Wohnung ratterte eine Maschinenpistole. Die Kugeln pfiffen durch die offene Tür und hämmerten auf der der Tür gegenüberliegenden Wand den Putz von der Mauer.

»Einige Beamte sollen auf der Straße und im Hof Stellung beziehen«, erteilte ich Anweisung. Dann rief ich: »Geben Sie auf! Sie haben fünf Minuten Zeit, es sich zu überlegen. Dann holen wir Sie aus der Wohnung.«

Die Antwort bestand wieder in einer MP-Salve.

Unten rief jemand: »Das Gebäude ist abgeriegelt. Sie sitzen in der Wohnung fest wie Ratten in der Falle.«

Es dauerte nicht lange, dann kamen einige Männer die

Treppe herauf. Sie trugen kugelsichere Westen und Schutzhelme. Ausgerüstet waren sie mit Maschinenpistolen. Sie gingen zu beiden Seiten der Tür in Stellung.

Die Zeit verrann. Als die Frist abgelaufen war, rief ich: »Die fünf Minuten sind um. Haben Sie es sich überlegt?«

»Wir kommen hinaus«, wurde mir geantwortet.

Es waren fünf Kerle. Sie kamen waffenlos und hatten die Hände erhoben. Die Kollegen nahmen sie in Empfang und fesselten sie. Wir gingen in die Wohnung. Gleich darauf hatten wir uns überzeugt, dass sich in ihr niemand mehr verbarg.

Ich trat vor die fünf Kerle hin, die mit gesenkten Köpfen an der Wand standen. Einen von ihnen kannte ich. Es war Walt Sturgess, den wir bereits einmal vernommen hatten. Er trug die Rangabzeichen eines Corporals. An ihn wandte ich mich. »So sieht man sich wieder, Sturgess.«

Er verzog den Mund, antwortete aber nicht.

»Hat Kellerman mit Ihnen Verbindung aufgenommen?«

Es dauerte kurze Zeit, in der mich Sturgess unschlüssig anstarrte. Dann nickte er: »Ja. Er hat den Befehl erteilt, Hank Hogan zu liquidieren.«

»Und Sie fünf wollten den Befehl befolgen, wie?«

»Nein, wirklich nicht.«

»Und warum habt ihr auf uns das Feuer eröffnet?«

Sturgess schwieg.

»Wo befindet sich Kellerman?«

»Das hat er mir nicht gesagt. Er erklärte mir, dass er eine wichtige Sache zu erledigen habe. Eine persönliche Sache.«

»Fiel der Name Meacham?«

»Ja. Kellerman will Meacham für einen Verrat bestrafen.

Er meinte, dass er das selbst erledigen müsse. Es sei ihm ein inneres Bedürfnis.«

»Bringt sie zu den anderen«, gebot ich. »Komm, Phil. Für uns gibt es hier nichts mehr zu tun.«

»Noch etwas«, sagte Sturgess.

»Was noch?«, fragte ich.

»Ich war Zeuge, als Kellerman einen Mord anordnete.«

»Wieso plötzlich so kooperativ, Sturgess?«, fragte ich. »Wollen Sie Ihren Kopf aus der Schlinge ziehen?«

»Wollen Sie mehr wissen, Special Agent?«, fragte Sturgess, ohne auf meine etwas spöttisch formulierten Fragen einzugehen.

»Sprechen Sie. Wer wurde ermordet?«

»Der Bursche hieß Josh Bellows. Er war der Verräter, der das FBI mit Tipps hinsichtlich des Aufenthalts von Linda Anderson und der geplanten Entführung Gordon Vaughams versorgte.«

»Reden Sie weiter.«

»Er wurde erschossen und außerhalb New Yorks im Wald verscharrt. Ich kann Ihnen die Namen der Männer nennen, die die Exekution vollzogen.«

Ich richtete den Blick auf einen der Kollegen aus dem Police Department. »Kümmern Sie sich darum.«

Der Mann nickte.

»Warum will Sie Kellerman töten?«

Carl Meacham saß in einem Sessel, sein gehetzter Blick zuckte zwischen Phil und mir hin und her. Wir waren von ›Jimmy's Lounge‹ aus in die 19th Street gefahren und hatten Meacham aus dem Bett geholt. »Ich weiß es nicht.«

»Reden Sie, Meacham«, sagte ich eindringlich. »Wir

werden Kellerman schnappen und er wird uns erzählen, weshalb Sie auf seiner Abschussliste stehen.«

»Er ist mein Cousin«, entrang es sich Meacham.

»Weiter. Ihre Verwandschaft ist sicher nicht der Grund für Kellermans Absichten.«

»Kellerman hat mich nach seiner Flucht um Hilfe gebeten.«

»Wie sollte die Hilfe aussehen?«

»Ich sollte ihn verstecken und ihm falsche Papiere besorgen. Außerdem ...«

Meacham brach ab.

»Außerdem?«

»Er wollte Geld.«

»Und?«

»Ich habe abgelehnt. Das dürfte auch der Grund für Kellermans Hass auf mich sein.«

»Nein!«, knurrte ich. »Sie haben Lorne Russel geschickt.«

Meacham zog den Kopf zwischen die Schultern. Eine Reaktion, die von keinem besonderen Willen gesteuert wurde, die mir aber sagte, dass ich den Nagel auf den Kopf getroffen hatte.

Phil ergriff das Wort: »Geben Sie's schon zu, Meacham. Mit welchem Auftrag schickten Sie Russel los? Sollte er Kellerman erledigen? Wenn ja, warum?«

Meacham holte tief Luft. »Es muss zum Streit zwischen den beiden gekommen sein, in dessen Verlauf Kellerman Russel erschoss.« Meacham hob die Schultern. »Ich weiß es nicht.«

»Mit welchem Auftrag schickten Sie Russel los?«, wiederholte ich Phils Frage.

»Er sollte Kellerman in mein Haus in Staten Island bringen.«

»Sie wollten ihm also helfen?«

»Nun, er ist mein Cousin.«

»Sie verzetteln sich, Meacham, und ich glaube Ihnen kein

Wort!«, gab ich mit Nachdruck zu verstehen. »Hat Kellerman Sie in der Hand? Erpresste er Sie, ihm zu helfen?«

»Womit sollte ich erpressbar sein?«

»Man munkelt, dass Sie die illegale Prostitution fördern.«

Meachams Kehlkopf rutschte hinauf und hinunter, als er würgend schluckte. »So ein Unsinn.«

»Vom Keeper der Lounge wissen wir, dass früher dort einige Ladys anschafften.«

»Davon weiß ich nichts.«

»Warum haben Sie uns die Story von ›The Avenger‹ erzählt?«

»Um Fragen, wie Sie sie mir jetzt stellen, zu vermeiden.«

»Sie fürchteten unsere Fragen?«

»Ich – ich ...«

»Geben Sie sich keine Mühe, Meacham. Wir sollten Sie nicht vor ›The Avenger‹, sondern vor Kellerman beschützen. Vielleicht rechneten Sie sogar damit, dass er einer Polizeikugel zum Opfer fällt, wenn er sich an Sie heranmacht. Sie schickten Russel mit einem Mordauftrag zu Kellerman. Doch dieser kam Ihrem Killer zuvor. Und Kellerman hat Ihnen Rache geschworen. Es ist eine ganz einfache Rechnung.«

»Sie irren sich.«

»Wir werden es Ihnen beweisen, Meacham«, versprach ich. »Und dann kommen auch Ihre gesetzeswidrigen Machenschaften auf den Tisch. Mein Wort drauf.«

Meacham stieß verbrauchte Atemluft durch die Nase aus. Seine Lippen bewegten sich, als wollte er etwas sagen, dann aber überlegte er es sich anders und schwieg.

Obwohl Meacham von zwei Polizisten bewacht wurde, bezogen Phil und ich vor dem Gebäude, in dem er wohnte, Stellung.

Wir rechneten damit, dass Kellerman erschien. Und dann wollten wir ihn uns schnappen. Gewissermaßen diente uns Meacham als Köder.

Gegen zwei Uhr beschlossen wir, die Observation abzubrechen. Da fuhr ein Mitsubishi heran. Der Wagen rollte an uns vorüber. Der Lichtkegel, den die Scheinwerfer warfen, kroch vor dem Wagen her über den Asphalt. Der Mitsubishi war nur mit dem Fahrer besetzt.

Das Fahrzeug wurde angehalten. Die Lichter verloschen, ein Mann stieg aus.

»Das ist er!«, stieß ich hervor.

Kellerman ging zur Haustür und betrat das Gebäude.

Wir sprangen aus dem Jaguar, zogen die Dienstpistolen und rannten über die Straße.

In der Halle saß ein Mann hinter der Rezeption. Von Kellerman war nichts mehr zu sehen.

»Der Mann, der eben ins Gebäude kam«, rief ich, »wo ist er?«

»Er ist in den Aufzug gestiegen.«

Es gab insgesamt drei Lifte. Ich drückte alle drei Knöpfe. Es dauerte kurze Zeit, dann ertönte ein leises Rumpeln, als einer der Aufzüge aufsetzte.

Die Edelstahltür glitt auf. Wir stiegen ein, Phil drückte den Knopf mit der Nummer vierzehn. Wir schwebten nach oben.

In der vierzehnten Etage verließen wir den Aufzug. Ein Polizist stand neben der Tür zu Meachams Wohnung an der Wand und hielt die Pistole in der Hand.

»Ist in dieser Etage jemand aus dem Aufzug gestiegen?«, fragte ich den Mann.

»Nein. Mein Kollege, der vor dem Haus postiert ist, informierte mich telefonisch, dass ein Mann das Gebäude betreten hat. Er wies mich auch darauf hin, dass Sie beide dem Kerl ins Haus gefolgt sind. War es Kellerman?«

»Ja.«

Plötzlich sah ich vorne an der Treppe eine flüchtige Bewegung. »Da ist er!«, zischte ich und setzte mich in Bewegung. Trampelnde Schritte erklangen, als jemand die Treppe nach unten stürmte. Kellerman hatte einige Etagen unter der vierzehnten den Aufzug verlassen und war zu Fuß weitergegangen.

»Vorsichtig, Jerry!«, rief Phil. Ich erreichte das Treppenhaus. Dumpf hallten die Schritte Kellermans. Blindlings folgen konnte ich ihm nicht, denn er war bewaffnet und er würde ohne Rücksicht von der Schusswache Gebrauch machen.

Ich warf einen Blick über die Schulter. Phil war verschwunden. Wahrscheinlich war er mit dem Aufzug in Richtung Erdgeschoss unterwegs. Kellermans Schritte waren nur noch leise zu hören. Ich lief die Treppe hinunter.

Mir war klar, dass ich Kellerman nicht mehr einholen konnte. Meine Hoffnung beruhte darauf, dass Phil vor ihm unten ankam und ihm den Weg abschnitt …

Phil verließ den Aufzug, als Kellerman die Tür erreichte. »Kellerman!«, peitschte sein Organ. Der Gangster drehte sich halb herum und feuerte auf Phil.

Aber er schoss viel zu überstürzt und ungezielt und verfehlte den G-man.

Neben der Treppe war eine Polstergarnitur um einen niedrigen Tisch herum gruppiert. Geduckt lief Phil hin und ging hinter einem Sessel in Deckung.

Kellerman rannte nach draußen.

Phil schnellte in die Höhe und folgte ihm. Er sah gerade noch den Mitsubishi davonfahren. Der Wagen verschwand in der Park Avenue.

Phil murmelte eine Verwünschung und stieß die SIG ins Holster. Jerry Cotton kam.

»Er hat sich auf der Park Avenue nach Norden gewandt«, erklärte Phil. »Vielleicht erwischen wir ihn noch.«

Kellerman bog sofort wieder ab und fuhr in die 20th Street. Dort fuhr er rechts ran, stellte den Motor ab und machte die Scheinwerfer aus.

Im Rückspiegel sah er auf der Park Avenue einen roten Sportwagen, der die Einmündung der Zwanzigsten passierte und im nächsten Moment aus seinem Blickfeld verschwand.

Die Anspannung fiel von Kellerman ab. Das war knapp gewesen. Er überlegte kurz, dann nahm er sein Handy und wählte eine eingespeicherte Nummer an.

Einige Male ertönte das Freizeichen, dann meldete sich eine schlaftrunkene Stimme: »Meacham. Was ist los?«

»Ich bin's, Cousin.«

»Was willst du?« Meacham schien mit einem Schlag hellwach geworden zu sein. Kellerman hörte ihn atmen.

»Du stehst also unter Polizeischutz. Was für ein Hohn. Einer der größten Gangster New Yorks wird von der Polizei bewacht.«

»Verdammt, Bob, lass mich in Ruhe.«

»Ruhe werde ich dir verschaffen, Carl. Bis zum Jüngsten Tag. Denk nur nicht, dass du ungestraft davonkommst. Du hörst wieder von mir.«

»Leg nicht auf, Bob. Lass uns reden. Wie viel Geld willst

du? Ich denke, wir können uns einig werden. Also sag schon: Wie viel?«

»Eine Million.«

Sekundenlang schwieg Meacham. Dann ertönte seine Stimme: »In Ordnung. Ich beschaffe das Geld gleich in der Früh. Wo soll ich es dir übergeben?«

»Für wie dumm hältst du mich eigentlich?«

»Keine Sorge, Bob ...«

»Wer sich mit dir einlässt, schließt einen Pakt mit dem Satan. Ich melde mich wieder, Meacham.«

Kellerman beendete das Gespräch. Sein Gesicht hatte einen entschlossenen Ausdruck angenommen. »Ja, Carl, du wirst zahlen, und irgendwelche Hintergedanken werde ich dir austreiben. Du wirst mir aus der Hand fressen.«

Der Gangster startete den Motor und fuhr los. Sein Ziel war die 76th Street, genauer gesagt der Abschnitt der Sechsundsiebzigsten zwischen Amsterdam und Columbus Avenue. Es war kurz nach drei Uhr, als er dort ankam. Vor dem Gebäude Nummer 264 parkte er den Mitsubishi.

Er hatte den Wagen für eine Woche gemietet. Und er hatte nicht vor, ihn zurückzugeben. Mit dem Mitsubishi wollte er New York verlassen, sobald er sich an Meacham gerächt hatte.

Kellerman wartete geduldig. Leise Musik kam aus dem Autoradio. Die Straße war ruhig.

Kellerman verspürte Müdigkeit. Manchmal fielen ihm die Augen zu, doch jedes Mal schreckte er wieder hoch. Er zwang sich dazu, wach zu bleiben. In ihm wühlte der Hass.

Nun, da er endlich am Ziel seiner Träume angelangt gewesen wäre, war die NMA zerschlagen worden. Er knirschte mit den Zähnen.

Aber er würde die ›Nationale Bewegung für Amerika‹ wieder ins Leben rufen. Und irgendwann würde es auch die NMA, Zelle New York, wieder geben. Kellerman war fest entschlossen. Für ihn ging der Krieg weiter …

Der Morgen kam. Auf der Sechsundsiebzigsten wurde es immer lebendiger. Menschen verließen das Haus, vor dem er parkte, um zur Arbeit zu gehen. Und dann kam die Person, auf die es Kellerman abgesehen hatte. Es war eine junge, dunkelhaarige Frau, mittelgroß, sehr schlank und von einer Rasse, mit der sie jeden Mann in ihren Bann schlug.

Carol Meacham, Carl Meachams Tochter aus seiner zweiten Ehe, die vor zehn Jahren geschieden worden war.

Carol Meacham war dreiundzwanzig Jahre alt und stand auf eigenen Beinen. Sie arbeitete als Sekretärin bei einem Immobilienmakler. Ihr Freund war Arzt und war im New York Medical Center beschäftigt.

Jetzt war sie auf dem Weg zur U-Bahn, um zur Arbeit zu fahren.

Kellerman stieg aus dem Mitsubishi. Er hatte die rechte Hand unter die Jacke geschoben. Carol Meacham sah ihn und hielt überrascht an. Ihre Brauen zuckten in die Höhe. »Hallo, Bob. Was tust du hier?«

»Ich hab auf dich gewartet.«

»Kann ich etwas für dich tun? Warum hältst du den Arm so komisch? Bist du verletzt?«

»Ich habe eine Pistole in der Hand. Sie ist auf dich gerichtet. Wenn ich abdrücke, bist du tot. Setz dich ans Steuer. Wir fahren ein Stück.«

»Was soll das?« Carol lachte fast amüsiert auf. »Du erlaubst dir einen Scherz mit mir.«

Ein Mann, der an ihnen vorbeiging, wurde aufmerksam. Er schaute Carol an, dann richtete er den Blick drohend auf Robert Kellerman und fragte: »Belästigt Sie der Kerl, Ma'am?«

»Verschwinde!«, knirschte Kellerman, zog die Hand mit der Pistole unter der Jacke hervor und richtete die Waffe auf den Mann. Der erbleichte. In Carols Miene schlich sich ein ungläubiger Ausdruck. »Los, hau ab!«

Der Mann beeilte sich, der Aufforderung nachzukommen.

»Einsteigen!«, befahl Kellerman. Seine Hand mit der Pistole war wieder unter der Jacke verschwunden.

Die schöne Frau begriff, dass Kellerman bereit war, über Leichen zu gehen.

Ihr Herz schlug hinauf bis zum Hals. Sie konnte keinen klaren Gedanken fassen. Das Entsetzen jagte durch ihre Blutbahnen. Sie kam dem Befehl nach.

Kellerman setzte sich auf den Beifahrersitz. »Fahr zur Columbus Avenue und bieg dort nach Norden ab.«

Erst nach einer ganzen Weile überwand sich Carol, nahm sich ein Herz und fragte: »Warum entführst du mich?«

»Dein Vater hat eine Rechnung bei mir offen.«

»Was willst du von meinem Vater?«

»Ich will ihn umbringen.«

»Warum? Habt ihr euch nicht immer gut verstanden?«

»Ja, bis ich Hilfe nötig hatte. Da fiel er mir in den Rücken. Dein Vater ist ein verdammter Hurensohn. Er schickte mir einen Killer auf den Hals.«

Von nun an schwiegen sie.

Kellerman wälzte düstere Gedanken.

Carol Meacham befand sich im Klammergriff der überwältigenden Angst und der grenzenlosen Verzweiflung. Ihr war klar, dass Kellerman bereit war, zu töten, wenn Carl Meacham seine Forderungen nicht erfüllte. In seinen Augen flackerte der Irrsinn …

»Ich habe Carol.«

Carl Meacham stockte der Atem. Seine Stimmbänder versagten ihm den Dienst. Er musste zweimal ansetzen, dann entrang es sich ihm fassungslos: »Was sagst du?« Seine Hand, die den Telefonhörer hielt, begann zu zittern.

»Ich habe Carol entführt. Und wenn du nicht tust, was ich von dir verlange, stirbt sie.«

Eine eisige Hand schien Meachams Herz zu umklammern und es zusammenzudrücken.

Er atmete stoßweise. »Ich will Carol sprechen.« Das Sprechen bereitete ihm Mühe. Sein Hals war wie zugeschnürt.

Gleich darauf erklang es: »Ich bin wohlauf, Dad. Aber Bob droht mich zu erschießen, wenn du seine Forderungen nicht erfüllst.«

»Mein Gott, Mädchen ...«

Im nächsten Moment war Kellerman wieder am Apparat. »Pass auf, Carl. Du besorgst die Million und kommst damit heute Abend um 22 Uhr zum Haupteingang der Penn Station. Dort erhältst du weitere Instruktionen. Wenn du auf krumme Gedanken kommst, wird Carol es büßen. Sie ist an einem Ort, an dem sie niemals gefunden wird. Wenn du mir also einen Killer auf den Hals schickst, bedeutet es das Todesurteil für Carol. Das Gleiche gilt, wenn du die Bullen einschaltest und ich verhaftet werde.«

»Es geht dir nicht nur um Geld, Bob«, murmelte Meacham.

»Ich will dich, Carl. Du bist ein Verräter, und Verräter werden liquidiert. Aber um dein jämmerliches Leben zu retten, setzt du Carols Leben sicher nicht aufs Spiel. Ich weiß, wie sehr du an der Kleinen hängst.«

»Lass uns vernünftig miteinander reden, Bob.«

»Die Würfel sind gefallen, Carl. Ich habe über deinem

Haupt den Stab gebrochen. Es gibt kein Verständnis und kein Entgegenkommen. Also um 22 Uhr beim Haupteingang der Penn Station. Solltest du nicht erscheinen, stirbt Carol.«

»Warte, Bob. Ich ...«

Robert Kellerman hatte aufgelegt.

Mit dem zitternden Atemzug lähmenden Entsetzens, der sich Meachams Brust entrang, löste sich ein Laut von seinen Lippen, der sich anhörte wie ersterbendes Röcheln und der ihm sekundenlang tief in der Kehle gesteckt hatte.

Er legte sein Handy weg, ging zu einem Sessel, ließ sich hineinfallen und barg sein Gesicht in den Händen.

»Was ist los?«, fragte Meachams Geliebte, die auf der Couch saß.

»Er hat Carol gekidnappt und droht, sie zu töten, wenn ich mich ihm nicht ausliefere.« Meacham hatte die Hände sinken lassen. Sie zitterten. »Außerdem will er eine Million Dollar.«

»Du musst die Polizei einschalten. Ruf Cotton an.«

Meacham schüttelte den Kopf. »Wenn sie Bob schnappen, wird er auspacken. Dann bin ich fertig. Alles, was ich mir geschaffen habe, ginge den Bach hinunter.«

»Wenn du dich ihm stellst, tötet er dich.«

»Ich muss ihn lebend in die Hand bekommen. Es gibt Mittel und Wege, ihn dazu zu bewegen, mir zu verraten, wo er Carol festhält.«

»Und wenn es schiefgeht? Dann tötet er vielleicht dich und Carol«

»Ich kann die Polizei nicht einschalten«, erklärte Meacham mit Nachdruck. »Mit dieser Sache muss ich alleine fertig werden.«

Mr High rief mich an. »Soeben teilte mir Detective Lieutenant Rodriguez vom Police Department telefonisch mit, dass Carol Meacham vor ihrer Wohnung in der 76th Street entführt wurde.«

Es durchfuhr mich wie ein Blitzstrahl. »Ist das eine Verwandte von Carl Meacham?«

»Es ist seine Tochter. Ein Passant war Augenzeuge der Entführung. Der Entführer ist Kellerman.«

»Woher weiß man das?«

»Der Augenzeuge hat die Nummer des Mitsubishi notiert, mit dem Kellerman und Miss Meacham wegfuhren. Es handelt sich um einen Leihwagen. Kellerman musste seinen Führerschein vorlegen, als er sich das Fahrzeug auslieh.«

»Ist es hundertprozentig, dass es sich um Carol Meacham handelt?«

»Ja. Sie wohnt in dem Haus, vor dem die Entführung stattfand. Die Beschreibung des Augenzeugen ist eindeutig. Außerdem ist die junge Frau nicht an ihrem Arbeitsplatz erschienen. Ein Zweifel ist ausgeschlossen.«

»Hat man die Fahndung nach dem Wagen eingeleitet?«

»Unverzüglich. Leider ergebnislos.«

»Kellerman ist sicher mit einer Forderung an Meacham herangetreten«, murmelte ich. Mit erhobener Stimme sagte ich: »Wir werden uns drum kümmern, Sir.«

»Halten Sie mich auf dem Laufenden, Jerry.«

Ich sicherte es zu.

Kapitel 11

Meachams Geliebte öffnete uns die Tür. Ich grüßte und fragte, ob Carl Meacham zu sprechen sei.

Einen Moment schien sie sich nicht schlüssig zu sein, was sie mir antworten sollte – das verriet ihr Mienenspiel –, aber dann nickte sie. »Kommen Sie herein.«

Wir gingen in die Wohnung.

Meacham saß auf der Couch. Er hielt eine brennende Zigarette zwischen den Fingern.

Auf dem Tisch lagen neben einem ziemlich vollen Aschenbecher eine Schachtel Marlboro und ein silbernes Feuerzeug. Zigarettenrauch schlierte vor dem Gesicht des Barbesitzers.

Rastlosigkeit zeichnete sein Gesicht. Er hielt meinem Blick nicht stand. »Was wollen Sie?«, fragte er mit belegter Stimme.

»Ich denke, das wissen Sie«, antwortete ich.

Meacham saugte an der Zigarette. Den Rauch stieß er durch die Nase aus. Plötzlich stieß er hervor: »Kellerman hat meine Tochter entführt.«

»Deswegen sind wir hier.«

»Wer hat Sie informiert?«

»Die Entführung wurde beobachtet. Der Augenzeuge erstattete Anzeige. Es war sehr schnell klar, dass es sich um Ihre Tochter handelt.«

»Ich bitte Sie, sich rauszuhalten«, stieß Meacham hervor.

»Das können wir nicht. Was fordert Kellerman?«

Meacham kämpfte mit sich. Sein Gesicht war Spiegelbild seiner Empfindungen. Ein schmerzlicher Ausdruck brach sich Bahn in seine Züge. »Es ist eine Sache zwischen mir und Kellerman. Wenn Sie sich einmischen, tötet er vielleicht Carol.«

»Sie sollten uns endlich reinen Wein einschenken«, meldete sich Phil zu Wort. »Warum ist Kellerman hinter Ihnen her?«

»Ich habe ihm Hilfe verweigert.«

»Sagen Sie uns die Wahrheit«, forderte ich. »Lorne Russel wurde nicht zufällig von Kellerman erschossen.«

»Es ist so«, behauptete Meacham. »Er bat mich um Hilfe, und ich habe sie ihm verweigert.«

»Sie haben Angst, sich Ihr eigenes Grab zu schaufeln, wenn Sie uns mit der Wahrheit bedienen, nicht wahr?«, bemerkte Phil.

Meacham schwieg verbissen.

Dafür ließ seine Geliebte ihre Stimme erklingen. Sie sagte: »Kellerman will eine Million Dollar, außerdem denke ich, dass er Carl bei Übergabe des Geldes töten will.«

»Halt die Klappe, verdammt!«, fauchte Meacham. Er war aufgesprungen. Seine Hände öffneten und schlossen sich. Einen Moment sah es so aus, als wollte er sich auf seine Geliebte stürzen.

Unbeirrt sprach die Frau weiter: »Carl soll sich heute Abend um 22 Uhr mit der Million beim Haupteingang der Penn Station einfinden. Dort soll er weitere Instruktionen erhalten.«

Ein Stöhnen entrang sich Meacham. Er griff sich an die Stirn und ließ sich auf die Couch zurückfallen. »Wenn er Carol umbringt, bist du schuld«, keuchte er.

»Haben Sie die Million?«, fragte ich.

»Ich hole sie am Nachmittag bei der Citi Bank ab.« Seine Stimme wurde flehend: »Bitte, halten Sie sich raus. Er hält Carol an einem Ort fest, an dem sie niemand findet, wenn ihm etwas zustößt oder wenn er verhaftet wird.

Wollen Sie in Kauf nehmen, dass meine Tochter kläglich umkommt?«

Wir fuhren zurück ins Field Office. Dort sprachen wir sofort bei Mr High vor und erstatteten Bericht. »Wie es scheint, hat sich Kellerman gut abgesichert«, schloss ich. »Er wirft das Leben der jungen Frau eiskalt in die Waagschale. Zu verlieren hat er nichts mehr. Wenn wir ihm auf den Leib rücken, wird er reagieren wie ein in die Enge gedrängtes Raubtier.«

»Wir dürfen das Leben seiner Geisel nicht gefährden«, bemerkte Mr High.

»Wir können aber auch nicht zulassen, dass sich ihm Meacham ausliefert und von ihm umgebracht wird.«

»Natürlich nicht«, murmelte der Chef versonnen.

»Wo könnte er Carol festhalten?«, fragte Phil.

»Du denkst an die Farmen bei Larchmont und Pleasantville, nicht wahr, vielleicht auch an die alte Fabrik bei Pound Ridge, nicht wahr?«

»Warum nicht. Vielleicht geht er davon aus, dass wir Carol dort am wenigsten vermuten – eben weil es so offensichtlich ist.«

»Schicken Sie jemand zu den Farmen und zu der Fabrik«, ordnete Mr High an. »Auszuschließen ist es nicht.«

Wir begaben uns in unser Büro. Ich telefonierte mit den Revieren in Larchmont und Pleasantville, Phil rief in Pound Ridge an. Zuerst erhielt ich Rückmeldung aus Larchmont. Fehlanzeige. Wenig später rief ein Kollege aus Pound Ridge an. Die Fabrik war verwaist. Schließlich teilte man mir mit, dass sich auf der Farm bei Pleasantville niemand befand.

»Wir könnten Meacham mit einem Funkpeilsender ausstatten«, schlug Phil vor.

»Er spielt sicher nicht mit. Zwingen können wir ihn nicht.

Wir müssen an ihm dranbleiben. Das ist unsere einzige Chance, Kellerman zu schnappen.«

»Wir setzen das Leben Carols aufs Spiel«, gab Phil zu bedenken. »Darauf, dass uns Kellerman das Versteck der Geisel verrät, sollten wir nicht vertrauen.«

Guter Rat war teuer.

Um 22 Uhr befand sich Meacham am Haupteingang der Penn Station. Er hatte einen Koffer dabei, in dem sich die Million befand. Menschen liefen an ihm vorbei. Es herrschte hektische Betriebsamkeit. Meacham war voll fiebriger Erwartung. Er fühlte sich verunsichert und hatte Angst. Aber er konnte und wollte Carol nicht einfach ihrem Schicksal überlassen.

Als sein Handy klingelte, zuckte er zusammen. Sein Herz raste. Er zog das Telefon aus der Jackentasche und ging auf Empfang. »Meacham.«

»Hast du die Million?«

»Ja. Wirst du Carol laufen lassen, wenn du das Geld und mich hast?«

»Sicher.«

»Was hast du vor? Willst du mich umbringen?«

»Du hast die Hosen voll, nicht wahr?«

»Lass uns reden, Bob. Nimm das Geld und ...«

»Ich habe nicht vor, mit dir irgendwelche Debatten zu führen. Komm zum Parkplatz des East River Parks.«

»Was soll das, Bob?«

»Du tust, was ich dir sage. He, Carl, du hast doch hoffentlich nicht die Bullen informiert.«

»Sie wissen Bescheid.«

»Du Narr! Du spielst mit dem Leben deiner Tochter.«

»Ich habe sie nicht in Kenntnis gesetzt. Die Entführung

wurde beobachtet. Der Augenzeuge hat sich an die Polizei gewandt.«

»Verdammt, wir brechen die Sache ab.«

»Warte, Bob.«

»Die Sache ist gelaufen.«

»Nein, Bob. Das FBI hält sich heraus. Ich bin alleine. Sie wissen, dass Carols Leben gefährdet ist.«

»Ich trau den Bullen nicht über den Weg.«

Kellerman unterbrach die Verbindung.

Meacham holte rasselnd Luft. Eine Bruchteile von Sekunden andauernde Blutleere im Gehirn ließ ihn taumeln. In seinen Ohren rauschte das Blut. Er war wie betäubt.

Meacham nahm den Koffer und ging zu seinem Auto, legte den Koffer auf den Beifahrersitz und setzte sich in den Wagen. Einen klaren Gedanken zu fassen war ihm nicht möglich. Er fuhr nach Hause. Seine Geliebte erwartete ihn in der Wohnung. »Was ist vorgefallen?«

»Kellerman hat abgebrochen. Er fürchtet, dass das FBI mit von der Partie ist. O verdammt, warum hast du geredet? Wenn Carol stirbt, bist du schuld.« Meacham ging zu einem Sessel und ließ sich hineinfallen. Mit erloschenem Blick starrte er vor sich hin. In ihm begann etwas zu zerbrechen …

Kellerman sagte: »Dein Vater hat die Polizei eingeschaltet. Daran kannst du ermessen, wie viel ihm an dir liegt.« Sie befanden sich in einer Wohnung in der Bronx. Sie gehörte einem Mitglied der NMA.

»Niemals würde Dad mein Leben gefährden«, behauptete Carol. Sie saß in einem Sessel, ihre Hände und Füße waren gefesselt. Der Bursche, dem die Wohnung gehörte, saß auf der Couch. Immer wieder streifte sein begehrlicher Blick die schöne, junge Frau.

Kellerman nahm eine unruhige Wanderung auf. Sein angespannter Gesichtsausdruck verriet, dass er angestrengt nachdachte. Plötzlich hielt er an und sein Blick verkrallte sich an dem Burschen auf der Couch. »Slater, du fährst zu Meacham und holst das Geld. Damit rechnet sicher niemand. Die Adresse ist 89 East 19th Street, vierzehnte Etage. Du bringst das Geld hierher, ich zahle dir fünfzigtausend aus und verschwinde.«

»Was wird aus Carol?«

»Du lässt sie laufen.«

»Und eine Viertelstunde später stehen die Bullen bei mir auf der Matte.«

»Lass Sie verschwinden.«

»Ich bin kein Mörder. Verdammt, Major, warum haben Sie mich da mit hineingezogen?«

»Ich bin Colonel«, versetzte Kellerman streng.

»Spielen Dienstgrade noch eine Rolle?«, fragte Slater.

»Du hast meinen Rang zu respektieren.«

»Also gut, Colonel. In Ordnung, ich hole das Geld. Mit fünfzigtausend werde ich mich aber nicht zufriedengeben.«

Ein Schatten huschte über Kellermans Gesicht. »Wie viel willst du?«

»Zweihunderttausend.«

Sekundenlang biss Kellerman die Zähne zusammen. Dann nickte er. »Du kriegst den Betrag.«

»Okay, dann fahre ich jetzt los.«

»Wir werden die NMA wieder ins Leben rufen, Slater«, murmelte Kellerman. »Du wirst hier in New York meine Stelle einnehmen. Wie gefällt dir das? Major Bill Slater.«

»Hört sich gut an.«

»Hol jetzt das Geld, Slater.«

»Was ist mit Ihrer Rache an Meacham?«

»Aufgeschoben ist nicht aufgehoben. Er kriegt sein Fett noch. Zunächst will ich das Geld, damit ich für eine Weile untertauchen kann.«

Slater holte seine Jacke von der Garderobe, schlüpfte hinein und verließ die Wohnung. Kellerman wandte sich an Carol. »Er ist ein Dummkopf. Denkt er wirklich, dass ich ihm zweihunderttausend Dollar abtrete? Wenn er mit dem Geld kommt, werde ich ihn kaltmachen. Und dann bist du an der Reihe, Carol. Wenn ich dich töte, trifft das deinen Vater mehr, als wenn ich ihm selbst eine Kugel servieren würde.«

Ein Blick in sein Gesicht führte der jungen Frau die Skrupellosigkeit vor Augen, die in ihm steckte. Carol erschauerte ...

Wir hatten Meacham beobachtet. Er fuhr von der Penn Station aus nach Hause. Irgendetwas musste vorgefallen sein. Wir standen vor einem Rätsel. »Wir müssen mit Meacham Verbindung aufnehmen«, meinte Phil.

»Ruf ihn an«, sagte ich.

Phil stellte eine Verbindung her. Aus dem Lautsprecher ertönte Meachams Stimme. Er nannte seinen Namen. »Hier spricht Special Agent Decker«, sagte mein Kollege. »Wir waren bei der Penn Station. Was ist vorgefallen?«

»Großer Gott! Sie unternehmen alles, damit Kellerman meine Tochter umbringt.«

»Wir unternehmen alles, um Ihre Tochter zu retten«, erwiderte ich.

»Und nicht nur Ihre Tochter«, fügte Phil hinzu. »Auch Sie, Meacham.«

»Kellerman hat die Aktion abgebrochen, als ich ihm erzählte, dass Sie Bescheid wissen.«

»Warum haben Sie es ihm erzählt?«

»Ich wollte nicht, dass Sie ihn schnappen. Den Grund hierfür kennen Sie.«

»Sie wussten nicht, dass wir Ihnen zur Penn Station gefolgt waren.«

»Ich rechnete nicht damit, dass Sie die Hände in den Schoß legen ...«

»Will Kellerman wieder mit Ihnen Verbindung aufnehmen?«

»Er äußerte sich dahingehend nicht.«

»Würden Sie uns informieren, falls er sich noch einmal meldet?«

»Nein. Es wäre das Todesurteil für Carol.«

Nach dem letzten Wort trennte Meacham das Gespräch.

»Wir fahren in die Neunzehnte«, sagte ich.

Vor dem Gebäude Nummer 89 bezogen wir Stellung. Nur selten ging jemand in das Gebäude. Worauf wir warteten, wussten wir selbst nicht zu sagen. Ich konnte mir nicht vorstellen, dass Kellerman so mir nichts, dir nichts eine Million sausen ließ. Also warteten wir darauf, dass irgendetwas geschah.

Irgendwann fuhr ein Toyota vor. Ein Mann stieg aus und ging in das Haus. Es dauerte etwa zehn Minuten, dann kam er zurück. Er trug einen Koffer. Mir fiel es wie Schuppen von den Augen. »Zugriff!«, stieß ich hervor und öffnete die Autotür. Ich sprang ins Freie und zog die SIG. »Rühren Sie sich nicht!«

Der Bursche hielt an, als wäre er gegen eine unsichtbare Wand gelaufen. Aus den Augenwinkeln sah ich, dass Phil um den Jaguar herumkam und sich dem Mann näherte, ohne mir jedoch in die Schusslinie zu geraten.

Plötzlich ließ der Bursche den Koffer fallen, warf sich

herum und ergriff die Flucht. Ich spurtete ebenfalls los.

Nach fünfzig Yards hatte ich ihn eingeholt. Ich packte ihn mit der Linken am Jackenkragen und riss ihn zurück. Er wirbelte herum und schlug nach mir.

Ich blockte den Schlag ab und versetzte ihm mit der SIG einen Hieb, der ihn auf das linke Knie niederbrechen ließ.

Ich zog Handschellen aus der Tasche und fesselte ihn. Dann bugsierte ich ihn zum Jaguar, wo Phil mit dem Koffer in der Hand wartete.

Als ich heran war, legte er ihn auf die Motorhaube des Jaguar, und öffnete ihn. Der Koffer war voll Geld.

»Wo versteckt sich Kellerman?«, fragte ich den Burschen.

»149 Belmont Avenue, Bronx, vierte Etage.«

»Ist es Ihre Wohnung?«

»Ja.«

»Wie heißen Sie?«

»Bill Slater.«

Wir brachten Slater ins Field Office, dann machten wir uns auf den Weg in die Bronx. Das Police Department hatten wir informiert. Man versprach uns, eine Spezialeinheit in die Belmont Avenue zu schicken und sicherte mir zu, das Gebäude Nummer 149 abzuriegeln, aber nichts zu unternehmen, bis Phil und ich eingetroffen waren.

Ich hatte die Sirene eingeschaltet, das rote Blinklicht saß auf dem Dach des Jaguars.

Wir durchquerten Manhattan in Rekordzeit. Ehe ich in die Belmont Avenue kam, schaltete ich die Sirene aus.

Ich parkte den Jaguar am Straßenrand, wir stiegen aus. Ich wusste nicht, ob die Kollegen schon eingetroffen waren. Zu sehen war nichts von ihnen.

Ich telefonierte noch einmal mit dem Police Department und hinterließ dort meine Handynummer. Es dauerte keine zwei Minuten, dann vibrierte mein Mobiltelefon.

Ich nahm das Gespräch an. Ein Mann sagte: »Wir sind in fünf Minuten da, Special Agent.«

»Gut«, antwortete ich, »wir warten.«

Die Kollegen trafen tatsächlich fünf Minuten später ein. Der Mannschaftstransportwagen hielt natürlich nicht direkt vor dem Gebäude, in dem Slaters Wohnung lag.

Die Beamten verteilten sich. Auch der Hof wurde besetzt. Phil und ich betraten das Haus. Es gab keinen Aufzug. Die Stufen waren aus Holz, manchmal war ein leises Knarren zu vernehmen.

Wir langten in der vierten Etage an. Es gab hier zwei Wohnungen. An der rechten war ein Schild mit dem Namen Slater angebracht.

Phil schaute mich fragend an. Ich nickte. Der Kollege rammte mit der Schulter die Tür auf, ich wirbelte in die Wohnung und ging auf das linke Knie nieder.

Kellerman schoss aus einem Sessel in die Höhe. Seine Hand zuckte unter die Jacke. Mitten in der Bewegung erstarrte er.

Ich richtete mich auf. »Das Spiel ist aus, Kellerman.«

Langsam hob der Verbrecher die Hände in Schulterhöhe. Phil trat von der Seite an ihn heran und zog ihm die Waffe aus dem Hosenbund.

Ich beugte mich über die junge Frau, die gefesselt auf der Couch lag. »Sind Sie in Ordnung?«

Sie nickte. Die Erleichterung stand ihr ins rassige Gesicht geschrieben.

Kellerman saß an dem Tisch im Vernehmungsraum. Ich hatte mich ihm gegenüber niedergelassen. Phil stand neben dem Tisch und hielt die Arme vor der Brust verschränkt.

»Was bewog Sie, Lorne Russel zu erschießen?«, fragte ich.

»Es war Notwehr«, erwiderte Kellerman. »Russel sollte mich im Auftrag von Meacham abservieren.«

»Warum sollte er sie töten?«

»Ich habe Meacham erpresst. Ich weiß, in welchen seiner Kneipen Huren anschaffen. Er sollte mich verstecken, mir eine neue Identität besorgen und mich finanziell unterstützen. Meacham schickte mir einen Killer.«

»In welchen seiner Etablissments gehen Frauen der Prostitution nach?«, fragte ich.

»In der ›Golden Lounge‹ und im ›Club 24‹. Ich selbst habe dort einige Male verkehrt. Meacham beschäftigt auch illegale Einwanderinnen, denen man die Papiere abgenommen hat und die zur Prostitution gezwungen werden.«

»Wessen Idee war es, Jack Douglas freizupressen?«

»Es war Jason Wheelers Idee. Douglas ist sein Stiefbruder. Wir hingen alle derselben Ideologie an.«

»Von Wheeler wissen wir, dass Sie Cavendish ermordet haben.«

»Der Befehl kam von Wheeler.«

Kellerman legte ein umfassendes Geständnis ab. Am Morgen fanden wir uns bei Mr High ein. Ohne mich einmal zu unterbrechen, hörte er sich meinen Bericht an.

Dann nickte er zufrieden und sagte: »Hervorragende Arbeit, Jerry, Phil. Kellerman und Wheeler werden wohl die Freiheit nie wieder sehen. Und das ist gut so. Wie ich Sie kenne, haben Sie den Fall jedoch noch nicht ad acta gelegt.«

Der AD lächelte in der ihm eigenen Manier.

»Sie haben recht, Sir«, versetzte ich. »Eine Kleinigkeit gibt es noch zu tun.«

Mr High erwiderte: »Legen Sie Meacham das schmutzige Handwerk. Er darf nicht ungeschoren davonkommen.«

Damit waren wir entlassen.

»Zugriff«, sagte ich ins Mikro meines Headsets.

Die Kollegen aus dem Police Department stürmten durch Vorder- und Hintereingang in den ›Club 24‹. Wir hatten für diese Aktion Unterstützung vom Police Department erhalten. Niemand durfte das Lokal verlassen. Die Kollegen machten sich daran, die Gäste zu überprüfen.

Ich stieg zusammen mit drei Kollegen die Treppe in die obere Etage hinauf.

Einer der Beamten klopfte an die Tür der Wohnung, auf die wir es abgesehen hatten.

»Öffnen Sie!«, rief er. »Oder müssen wir uns gewaltsam Zutritt verschaffen?«

Die Tür ging auf. Ein glatzköpfiger Mann zeigte sich. In seinem rechten Ohrläppchen funkelte ein Edelstein. Wir betraten die Wohnung. Verschiedene Türen zweigten ab. Sie führten – wie wir später feststellten – in die ›Arbeitszimmer‹ der Ladies, die hier ihrem Gewerbe nachgingen.

»Wem gehört die Wohnung?«, fragte ich.

»Carl Meacham«, erwiderte der Glatzköpfige.

Es waren insgesamt fünf junge Frauen, die im ›Club 24‹ anschafften. Zwei von ihnen waren Mexikanerinnen, die keine Aufenthaltsgenehmigung besaßen.

Ich rief Phil an, der zeitgleich mit einem Team der ›Golden Lounge‹ einen Besuch abgestattet hatte. »Wie sieht es bei dir aus?«

»Sechs Frauen«, sagte Phil. »Drei von ihnen sind illegal in den Staaten. Ein voller Erfolg. Der Geschäftsführer schiebt alle Schuld auf Meacham.«

»Bei mir sind es fünf Ladies, unter ihnen zwei illegale. Das reicht, um Meacham festzunageln.«

»Ich freue mich auf sein Gesicht, wenn wir ihm eröffnen, dass er verhaftet ist.«

»Ja«, sagte ich, »darauf freue ich mich auch.«

Es ging auf Mitternacht zu, als wir an Meachams Tür läuteten. Meacham selbst öffnete.

Er war nur mit einem Schlafanzug bekleidet. Etwas wirr standen die Haare von seinem Kopf ab.

Wie es schien, war er hinsichtlich der Razzien in seinen Betrieben noch nicht informiert.

»Sie?«

»Ziehen Sie sich an, Mister Meacham«, sagte ich. »Sie sind verhaftet. Ihnen wird Förderung der illegalen Prostitution zum Vorwurf gemacht. Wir haben entsprechende Beweise.«

Meacham wollte die Tür zuschlagen, aber ich stellte schnell den Fuß dazwischen. Wir drangen in die Wohnung ein.

Meacham wollte ins Schlafzimmer fliehen.

Phil holte ihn ein und stellte ihm ein Bein.

Der Gangster landete mit einem Aufschrei am Boden, seine Finger verkrallten sich im Teppich.

In der Tür erschien seine Geliebte. Sie presste die linke Faust auf den Mund und schaute uns mit großen Augen an.

Ich beugte mich über Meacham. Handschellen klickten.

Ich war zufrieden. Und ein Blick in Phils Gesicht sagte mir, dass auch er voll Genugtuung war.

Kerle wie Meacham waren die Luft nicht wert, die sie atmeten.

ENDE